Für Gerlinde,
die alles ist, was eine Mama sein soll.
Und mehr.

Die Autorin:

C.J. Kingston wurde 1992 geboren und lebt mit ihren Eltern und zwei Katzen in Österreich. Schon seit sie klein war und Harry Potter entdeckt hat, liebt sie Bücher über alles und verbringt jede freie Minute mit ihnen. Passend dazu studiert sie Englisch an der örtlichen Universität und übersetzt nebenbei Bücher in das Deutsche. Sie ist ein massiver Nerd und würde ihr Leben als erfolgreich bezeichnen, wenn es ihr gelänge, ein gesamtes Zimmer mit Büchern zu füllen, die sie allesamt gelesen hat. Wie gesagt: Nerd.

Mehr Informationen unter www.facebook.com/cjkingstonautorin

C.J. Kingston

MAKE ME FEEL REAL

Contemporary Romance

ROMANCE EDITION

MAKE ME
FEEL REAL

C.J. KINGSTON

1. Auflage

Originalausgabe März 2015

8712 Niklasdorf, Austria

Covergestaltung: © jdesign.at
Titelabbildung: © Gladkov
Korrektorat: Melanie Reichert, www.lekorrektorat.de
Printed in Germany

ISBN-Taschenbuch: 978-3-902972-36-1
ISBN-EPUB: 978-3-902972-54-5

www.romance-edition.com

Prolog

Mum: Hab dich lieb, Eric. Ich weiß, die letzte Zeit war nicht so einfach für dich, aber vergiss nicht: Dein Schutzengel passt immer auf dich auf. Versprochen.

Gestern, 16:45 Uhr

1. Kapitel

War es möglich, einen Tag zu hassen?

Schließlich war es definitiv *nicht* möglich, einen Tag für seine schändlichen Taten zur Rede zu stellen. Klar, man konnte ihn beschimpfen und vielleicht in einem verzweifelten Versuch, Gerechtigkeit zu erlangen, in die Luft treten. Schlussendlich hatte ein Tag aber die Form einer gestaltlosen Masse, der man es nicht heimzahlen konnte. Er war von jeglicher Bestrafung ausgenommen.

Ein Grund mehr, diesen beschissenen Tag abgrundtief zu hassen, ergab sich, weil ich gerade ohne Schirm in ein Gewitter geraten und von einem vorbeifahrenden Auto mit dreckigem Regenwasser übergossen worden war.

Fröstelnd und wütend darüber, mich in ein Klischee verwandelt zu haben, warf ich die Tür meines Wohnkomplexes hinter mir zu. Oder zumindest versuchte ich das. Die Tür war leider eine von denen, die sich auf langsame und höchst unbefriedigende Weise von selbst schloss. Blödes Arschloch!

Vielleicht sollte ich meine Wut besser auf die Tür projizieren. Sie war zweifellos ein Komplize meines grauenhaften Tages und sollte daher bestraft werden. Während ich besagte Tür – und verdammt, war das ein hässliches Teil – mit Blicken erdolchte und aus tiefstem Herzen hoffte, sie möge in Flammen aufgehen, erschien Mrs. Gibson aus 2A auf der Bildfläche. Bekleidet mit einem geblümten Regenmantel und einem Kopftuch aus durchsichtigem Plastik, lief sie mit kleinen, aber schnellen Schritten an mir vorbei.

»Guten Morgen«, sagte sie mit weit aufgerissenen, wässrigen Augen. Mir fiel der Sicherheitsabstand, den sie zwischen uns gelassen hatte, überdeutlich auf. Mit einem Mal wurde mir klar, wie ich aussehen musste: Ich war von oben bis unten mit Schlamm bespritzt – soweit ich das sehen konnte zumindest – und irgendetwas Glitschiges klebte an meiner Wange. Abgesehen davon, tropfte ich und starrte eine Tür an, als wäre sie mein nächstes Mordopfer. Ganz gewiss hatte ich die alte Lady zu Tode erschreckt.

Gut so. Es war nur recht und billig, dass andere Menschen auch leiden mussten.

Ohne ein Wort zu sagen, drehte ich mich um und machte mich auf den Weg in den fünften Stock. Hinter mir hörte ich Mrs. Gibson vor sich hin murmeln und auf eine gewisse Art wünschte ich mir, ich hätte ihren Morgen hiermit zerstört.

Allerdings tat mir dieser Gedanke augenblicklich leid. Nur weil ich zu blöd gewesen war, mir einen Schirm von Clara zu leihen (seien wir ehrlich: ich hatte den starken Mann spielen wollen), hieß das noch lange nicht, dass deshalb andere dafür büßen mussten. Clara war über fünfzig, zum Teufel noch mal! Warum wollte ich sie eigentlich beeindrucken?

Mittlerweile verursachte jeder meiner Schritte ein schmatzendes Geräusch, weil meine Schuhe durchnässt waren und langsam erhärtete sich mein Verdacht, dass mich das Auto auch mit etwas anderem als Wasser bespritzt hatte. Der Geruch sprach für sich.

Nein. Die Welt war scheiße. Mrs. Gibson musste einfach damit leben.

Weil es keinen Aufzug gab, lief ich großen Schrittes die Treppen hoch und gab mir dabei die allergrößte Mühe, meine Füße so laut wie möglich aufzusetzen. Als ich oben angekommen war, hatte mich der Großteil meiner Wut verlassen und ich fühlte mich einfach nur erschöpft. Alles, was mir jetzt noch wichtig war, hatte damit zu tun, aus den nassen Sachen zu schlüpfen und mich unter einer weichen Decke zu verkriechen.

Nachdem ich meine Wohnung betreten hatte, verriegelte ich das Schloss und begann sofort, mir meinen Hoodie von den Schultern zu schälen. Dasselbe galt für den Rest meiner Kleidung. Jetzt klebte zwar kein Stoff mehr an mir wie eine Art mutierter Oktopus, aber nass war ich trotzdem noch und außerdem nackt in einer Wohnung, in der es unglaublich zog.

Auf dem Weg ins Bad und wahrscheinlich auch zu einer Lungenentzündung begann ich, zu zittern.

»Verdammt, Scheiße, Fuck!«

Seltsam, dass man sich sofort besser fühlte, wenn man fluchte. Ich erinnerte mich vage daran, dass es etwas mit der Platzierung von Emotionen und Schimpfworten im Gehirn zu tun hatte – sie waren sich ziemlich nah –, aber letztendlich war das jetzt unwichtig. Ich hing meine Klamotten so schnell es ging, mehr oder weniger ordentlich, im Badezimmer zum Trocknen auf und sprang unter die Dusche, wo ich endlich das Ahornblatt, das auf meiner Wange klebte, entfernen konnte.

Wie war das überhaupt da hingekommen? Angeekelt warf ich es neben der Dusche auf den Boden.

Als das warme Wasser auf meinen Kopf herabprasselte, ließ meine Anspannung allmählich nach. Ich seufzte und stützte meine Arme an den kühlen Fliesen ab. Was für ein beschissener Tag! Dabei war es noch nicht mal Mittag. Zumindest musste ich das Haus heute nicht mehr verlassen. Das war ein Pluspunkt, denn ich war nicht sicher, ob ich es ertragen hätte. Abgesehen davon, war es zweifellos besser, wenn ich mich in meiner derzeitigen Gefühlslage nicht in die Gesellschaft anderer Personen begab. Das hatte man eindeutig an meinem Verhalten gegenüber der alten Mrs. Gibson erkennen können. Nicht, dass ich an guten Tagen besonders sozial gewesen wäre. Normalerweise gelang es mir allerdings recht gut, mich zu beherrschen und ich verwandelte mich nur selten in einen schlammigen Psychopathen.

Wieder aufgewärmt, stieg ich einige Minuten später aus der Dusche und schnappte mir ein großes gelbes Handtuch, in das ich mich einwickelte. Ich erhaschte einen Blick von mir im Spiegel und starrte meine Reflektion wütend an.

Ich sah aus wie ein Küken.

Aber ich war zum Teufel noch mal kein Küken, also ließ ich das Handtuch fallen und schnappte mir stattdessen ein schwarzes. Es kratzte und an den Seiten waren ein paar Fäden lose. Das war definitiv das Handtuch eines harten Kerls.

Zufrieden tapste ich in mein Schlafzimmer. Auf dem Weg dorthin trocknete ich mich ab und freute mich darüber, wie unangenehm sich das Badetuch auf meiner Haut anfühlte.

Als ich aus dem Fenster blickte, hatte es aufgehört, zu regnen und ich verfluchte jede Gottheit, die mir in den Sinn kam. Ich fuhr täglich mit dem Bus von meiner Wohnung zu Claras Tierklink. Hatte es ausgerechnet in diesem unglaublich kleinen Zeitfenster, in dem ich von der Haltestelle zu meiner Wohnung gegangen war, regnen müssen? Wenn ich einmal in meinem Leben keinen Schirm bei mir hatte? Irgendjemand da oben hasste mich offensichtlich. Oder ich war das Opfer eines kosmischen Zufalls geworden.

Mir gefiel die erste Version besser. So konnte ich jemanden beschuldigen.

Resigniert schüttelte ich den Kopf. In einem dunklen, selten besuchten Winkel meines Kopfes war mir durchaus klar, dass ich nur mir und dem weiteren Verlauf meines Tages schadete, wenn ich die heutigen Ereignisse nicht hinter mir ließ. Aber ich kam nicht dagegen an. Ein trotziger Teil von mir, den ich von Kindesbeinen an perfektioniert hatte und aus dem ich nie herausgewachsen war, wollte schlechte Laune haben. Es war die Stimme purer Unvernunft und ich gab ihr nach.

Nachdem ich meine Schubladen durchwühlt und mir eine Jogginghose und ein T-Shirt übergezogen hatte, schleifte ich mich zurück in den Wohnbereich meines Apartments. Ich wohnte allein und redete mir ein, dass ich es so wollte. Meine Wohnung war relativ groß für englische Verhältnisse und billig obendrein. Das war der Vorteil, wenn man eine Mutter hatte, der mehrere Häuser gehörten. Leider beinhaltete unser Deal aber auch einen täglichen Anruf und ein Treffen pro Monat mit ihr.

Ich war froh, dass sie nicht mehr von mir erwartete oder gar im selben Gebäude wohnte. Schließlich hatte ich achtzehn Jahre meines Lebens unter ihrem Dach verbracht und wusste, wie lästig sie sein konnte.

Die Sonne schien bereits wieder zwischen vereinzelten Wolken hindurch und ich blinzelte in das Licht, nachdem ich mich auf meiner roten Couch niedergelassen hatte. Aufgrund der plötzlichen Wärme richteten sich die dunklen Härchen meiner Arme auf und ein wohliger Schauer durchrieselte meinen Körper. Der Sommer war zwar längst vorbei, aber die Septembersonne kam noch oft zum Vorschein. Es würde wahrscheinlich ein angenehmer Herbst werden. Wenn man unerwartete Mini-Regenschauer aus der Hölle außer Acht ließ.

Hatte Dante in seiner himmlischen Komödie solchen Regen des Todes eingebaut? Ich hoffte es. Vielleicht sollte ich sein Werk endlich mal lesen. Mein Gefühl sagte mir, dass ein Mann, der sich zum Spaß überlegte, wie es wohl in der Hölle zuging, nur ein Seelenverwandter sein konnte.

Vor mich hin grübelnd, streckte ich mich auf der Couch aus und hörte meiner Wirbelsäule zu, wie sie ein paar Mal knackste. Vielleicht sollte ich deswegen zum Arzt gehen. Aber heute nicht mehr. In gewisser Weise wunderte es mich, dass mir nicht nach Schlafen zumute war. Schließlich hatte ich die ganze Nacht in der Tierklinik verbracht. Ein Hund hatte abends noch eine Notfalloperation benötigt und jemand hatte ihn danach vorsichtshalber überwachen müssen. Mit *jemand* war ich gemeint. Clara, mein Boss, war auf mein Drängen hin nach Hause gegangen. Anders als ich war sie verheiratet und hatte somit jemanden, der sie nachts vermisste, wenn sie nicht da war. Mich vermisste höchstens meine Katze Florence. Ich hatte sie nach Florence Nightingale benannt. Weil ich Tierarzthelfer war und Nightingale eine Krankenschwester gewesen war. Außerdem galten Katzen als reinliche Tiere und Sauberkeit war so etwas wie Florence Nightingales Hobby gewesen.

Flo hatte mich vorhin allerdings nicht einmal begrüßt und döste derzeit auf der Fensterbank, wo sie wahrscheinlich alles vollsabberte. Sie war nicht unbedingt die schlauste Katze auf diesem Planeten und sah manchmal so aus, als wäre in ihrem Oberstübchen niemand zu Hause. Leider konnte man sich die Persönlichkeit seiner Haustiere nicht aussuchen. Wenigstens war Flo niedlich. Das tröstete mich über ihre Dämlichkeit hinweg.

Dinge wie nervige Haustiere und Tage voller Pech waren

wiederum mein Hobby. Unfreiwillig, versteht sich. Ich wusste nicht, woran es lag. Vielleicht gab es doch so etwas wie Karma. Ein Verhalten wie vorhin bei Mrs. Gibson legte ich zwar selten an den Tag, aber ich war teilweise schon ein wenig ... Na ja. Nicht zuvorkommend war möglicherweise keine schlechte Definition. Aber Menschen waren kompliziert und ...

Ach, scheiß drauf! Ich musste mich nicht vor mir selbst rechtfertigen. Schließlich lebte ich dieses Leben nun schon seit knapp zwanzig Jahren und wusste, wie ich tickte. Da ließ sich nichts dran rütteln – so viel hatte ich längst festgestellt. Ich war eben, wie ich war. Das konnte ich genauso gut akzeptieren, anstatt in meinem Wohnzimmer rumzuliegen und mich zu fragen, warum ich niemanden außer meiner Katze bei mir hatte. Die Antwort war mir bewusst. Aber ich konnte nicht aus meiner Haut, auch wenn ich das manchmal gern getan hätte.

Wie musste es wohl sein, eine Persönlichkeit wie Clara zu haben? Laut zu sein, ja sogar vorlaut und das nicht nur in ihrem Kopf, wo nur sie sich hören konnte. Wenn jeder einen mochte und die paar, die es nicht taten, einfach nicht zählten. Wenn man einen Mann hatte, der beinah jeden Tag in der Klinik anrief, damit er zusammen mit seiner Frau Mittagspause machen konnte.

Die einzige Beziehung, in der ich jemals gewesen war, hatte sich eindeutig anders gestaltet.

Beim bloßen Gedanken an Natalie zuckte ich unwillkürlich zusammen. Nein, auf keinen Fall würde ich unsere grauenhafte Beziehung schon wieder Revue passieren lassen. Ich wusste, wohin das führte.

Entschlossen sprang ich auf und schnappte mir Flo von der Fensterbank. Sie gab ein verschlafenes Miauen von sich, machte aber keine Anstalten, sich zu befreien. Zurück auf der Couch fischte ich die Fernbedienung vom Tisch und legte mich wieder hin. Flo platzierte ich auf meiner Brust. Im ersten Moment starrte sie mich verwirrt und mit angelegten Ohren an.

»Leg dich einfach hin, okay?«

Einen Augenblick lang hatte es den Anschein, als wollte sie

die Flucht ergreifen. Letztendlich rollte sie sich aber auf mir zusammen und schlief weiter, als wäre nichts geschehen.

Ich seufzte zufrieden und vergrub eine Hand in Flos dichtem, weichem Fell. Sie gab ein anfeuerndes Gurren von sich und ich musste lächeln.

Dann schaltete ich den Fernseher ein und sah mir den restlichen Tag Wiederholungen von *The Big Bang Theory* an.

Am Abend gegen sechs Uhr starrte ich in den Kühlschrank. Der Rest der Wohnung war stockdunkel, bis auf den Fernseher, der im Hintergrund irgendeine Serie zeigte, die mich nicht interessierte. Das Licht blendete mich und meine Augen tränten ein wenig, während ich versuchte, etwas Essbares zu finden. Das stellte sich als nicht besonders schwer heraus. Die Fächer waren voll mit frischem Gemüse und einfachen Dingen wie Joghurt und Käse. Ich war die meiste Zeit nicht in Stimmung zu kochen und sich jeden Tag etwas zu bestellen, war einfach nicht drin. Mein Gehalt in der Tierklinik war zwar nicht mit einem Hungerlohn zu vergleichen, aber ich wollte auch etwas zur Seite legen, falls der Fernseher oder die Waschmaschine eingingen.

Ich holte einen Karton Milch aus dem Kühlschrank und stellte ihn auf die Anrichte. Die Tür schloss ich nicht, damit ich die Schubladen und Schränke erkennen und mir einen Löffel und eine Schüssel holen konnte. Nachdem ich mir Cornflakes gemacht hatte und gerade dabei war, sie zu verspeisen, klingelte mein Handy.

Ich verdrehte die Augen. Dem Klingelton nach zu urteilen, war es meine Mutter. Ich hatte ihr vorsorglich einen eigenen zugeteilt, damit ich wusste, ob es etwas Dringendes war oder eben nur sie. Nicht, dass mich besonders viele Leute anrufen würden. Es waren meistens nur meine Mum, Clara und früher auch mal Rory. Aber bei dem hatte ich mich seit einem Jahr nicht mehr gemeldet und irgendwann hatte er aufgegeben.

Mit dem Löffel im Mund nahm ich mein Handy in die Hand

und würgte damit *Mama* von *My Chemical Romance* ab.

»Hm?«

»Meldest du dich wirklich so am Telefon?«

Ich nahm den Löffel aus dem Mund und blickte sehnsüchtig zu meinen Cornflakes, die zweifelsohne gerade zu einem schleimigen Brei mutierten.

»Hi Mum.«

»Schon besser.«

Ich seufzte.

»Gibt's irgendetwas Neues?«, fragte sie.

»Nicht wirklich.«

»Gar nichts? Überhaupt nichts?«

»Die Welt ist scheiße, aber ich nehme an, das wusstest du schon«, grummelte ich und lehnte mich an die Anrichte, einen Arm vor meiner Brust verschränkt und den Ellbogen des anderen darauf gestützt.

»Ja, wusste ich. Was ist denn so Schlimmes passiert, dass du den Drang verspürt hast, das Offensichtliche anzumerken?«

Ich erzählte ihr die ganze Geschichte und sie klang sogar in meinen Ohren reichlich lächerlich. Nichtsdestotrotz hörte sie mir zu und machte die richtigen Geräusche an den richtigen Stellen.

»Diese Mrs. Gibson hat es wohl nicht anders verdient«, neckte sie mich und ich schnaubte.

Von da an war es ein oder zwei Minuten lang still und ich hörte Mum auf der anderen Seite der Leitung seufzen. »Schatz, gibt es denn sonst keine Neuigkeiten?«

Augenblicklich verspannte ich mich. »Wir telefonieren jeden Tag. Was soll in den paar Stunden schon Großartiges passieren?«, versuchte ich, sie abzuwehren.

»Du wärst überrascht, was in der Zeit alles geschehen kann.«

»Ach ja?«

»Du könntest zum Beispiel jemanden kennenlernen. Das dauert gar nicht lang.«

»Mum ...« Ich suchte nach Worten. Was sollte ich darauf schon sagen? *Mum, ich bin ein Loser und das solltest du eigentlich wissen.*

»Nein, Eric. Du bist immer nur allein und ...«

»Ich gehe auch arbeiten, weißt du? Da sind viele Leute.« Ich wusste, das würde ihr nicht reichen. Es schien, als machte sie sich durchgehend Sorgen um mich und langsam, aber sicher hielt ich das nicht mehr aus.

»Du weißt, das meine ich nicht.« Sie zögerte. »Ich ... meine bei dir zu Hause. Es muss ja nicht mal eine Beziehung sein, sondern einfach ein Kumpel oder so, damit du ...« ... *nicht komplett allein bist.* »Ich verstehe ja, warum du nicht mehr mit Rory redest, aber ihr wart doch immer die besten Freunde.«

»Mit Betonung auf *wart*. Das Ganze ist irgendwie im Sand verlaufen.«

Lüge.

Ich wusste nicht mal, warum ich log. Sie kannte doch die Wahrheit.

»Meinst du nicht, dass ...«

»Mum«, unterbrach ich sie. »Im Fernsehen sagen sie gerade, dass *Supernatural* wiederholt wird. Ich würde gern wieder up to date sein, wenn die neue Staffel anfängt. Falls ich etwas vergessen habe.«

Ich wusste, es war falsch, sie so abzuwürgen. Aber ich wollte wirklich nicht über all das reden. Es war ja nicht so, als wären diese Gespräche nicht an der Tagesordnung. Manchmal war ich davon überzeugt, dass sie mich nur deshalb anrief – um mir ein schlechtes Gewissen zu machen und in offenen Wunden herumzustochern. Man sollte meinen, die eigene Mutter besäße etwas mehr Feingefühl.

Sie seufzte. »Okay. Viel Spaß.«

»Ja. Wir reden morgen.«

Ich beendete das Gespräch und warf das Handy auf einen Stapel Zeitschriften. Mein gesamter Körper fühlte sich schwer an und unter meiner Haut spürte ich ein unangenehmes Kribbeln. Ich ballte meine Hände immer wieder zu Fäusten, in dem hilflosen Versuch, dieses unerträgliche Gefühl zu vertreiben. Zittrig holte ich Luft und presste augenblicklich meine Lippen zusammen, um nicht weitere solcher Geräusche von mir zu geben.

Langsam, immer noch an die Anrichte gelehnt, rutschte ich nach unten, bis ich auf dem Boden saß. Ich stützte den Kopf in meine Hand und vergrub die Finger in meinem Haar.

Was erhoffte sie sich bloß von diesen Gesprächen? Warum musste sie dieses Thema jedes Mal zur Sprache bringen? Ich fühlte mich wie in einem Karussell gefangen. Immer wieder drehte meine Mutter daran, während ich nichts lieber täte, als auszusteigen. Was machte es schon, allein zu sein? Keine wirklichen Freunde zu haben? Es ging sie einen Scheißdreck an, was ich aus meinem Leben machte. Sie war nicht mehr für mich verantwortlich, also sollte sie verdammt noch mal den Mund halten.

Ich schluckte schwer. Mein Hals schmerzte und ich ahnte, was das bedeutete. Nein, ich würde jetzt nicht in Tränen ausbrechen. Meine Mutter mochte recht haben. Der wichtigste Mensch in meinem Leben war derzeit Flo und rein technisch gesehen, war sie nicht mal ein Mensch.

»Scheiße ...«

Aber auf dem Boden zu sitzen, würde auch nichts daran ändern. Ich blinzelte ein paarmal, um meine leicht verschwommene Sicht wieder klar zu bekommen. Schluss mit Selbstmitleid. Schluss mit dieser Emo-Masche. Ich hatte das nicht nötig.

Als ich mich wieder aufgerichtet hatte, nahm ich meine Müslischale und den Löffel an mich und setzte mich auf die Couch. Die Cornflakes schmeckten grauenhaft.

Ich aß die ganze Schüssel leer.

2. Kapitel

Am folgenden Tag fühlte ich mich, als hätte ich die Nacht damit verbracht, einen Kübel Sangria zu trinken. Meine Augen brannten und waren gerötet, als ich um sieben Uhr morgens vor dem Spiegel stand. Ich konnte nur hoffen, dass dieser Look im Laufe des Tages verschwinden würde. Den Tieren mochte es egal sein, wenn ich wie ein betrunkener Landstreicher aussah, aber ihre Herrchen und Frauchen sahen das mit Sicherheit anders. Ich rümpfte die Nase und strich mir mit der Hand über die dunklen Bartstoppeln, die bereits nach einem Tag auf meinem Gesicht zu sprießen begannen. Kurz überlegte ich, ob ich damit davonkommen könnte, mich nicht zu rasieren. Ich sah wegen meiner roten Augen sowieso wenig vertrauenswürdig aus. Was machte da ein bisschen Blauschatten? Abgesehen davon, war man es in der Klinik ohnehin von mir gewohnt, dass ich mit einem Dreitagebart herumlief.

Ich sprang also nur rasch unter die Dusche und kämmte mein kurzes dunkelbraunes Haar, damit es nicht in alle Richtungen abstand.

Etwa zehn Minuten später verließ ich das Haus und machte mich auf den Weg zur Arbeit. Es schien ein schöner Tag zu werden, am Himmel waren kaum Wolken zu sehen. Ich hoffte, es würde so bleiben, obwohl ich diesmal vorsorglich einen Schirm dabeihatte.

Wie immer fuhr ich mit dem Bus zur Arbeit. Autofahren kam in Manchester einem Selbstmord nah und ich war oft genug fast überfahren worden, um zu wissen, dass ich keine Lust hatte, selbst zum Mörder von nichts ahnenden Passanten zu werden. Außerdem war meine Wohnung nicht weit von einer Haltestelle entfernt und da die Klinik in der Stadtmitte lag, gab es mit den Busverbindungen keine Probleme.

»Hey, Mann. Ich will oben sitzen!«

Jemand rempelte mich von hinten an und zusammen mit dem Fahrstil des Buslenkers wäre ich dadurch fast auf die Nase gefallen. Nachdem ich mich gefangen hatte, drehte ich mich mit angespannten Schultern um und versuchte, den Kerl mit Blicken zu erdolchen.

Dieser sah mich auf dem Weg zum Obergeschoss des Busses nur beiläufig an und zuckte die Schultern. »Sorry, Alter.«

Ich presste die Lippen zusammen und wandte den Blick ab. Ich hätte mich gern über Jugendliche und ihre schlechten Manieren aufgeregt, aber in Wahrheit war der Typ, seinem Aussehen nach zu urteilen, in meinem Alter. Innerlich seufzte ich und konnte es kaum erwarten, bei meiner Haltestelle anzukommen.

Beim Aussteigen murmelte ich ein Danke in Richtung des Busfahrers und ging so schnell ich konnte zur Klinik. Hoffentlich würden heute ein paar flauschige Katzen hergebracht werden. Ich konnte ein wenig Trost vertragen nach der ganzen Scheiße gestern.

»Hey Eric.« Ich schenkte Clara ein kleines Lächeln, als ich das Hinterzimmer betrat und meinen Spind öffnete. »Alles klar bei dir?«

Sie stellte sich neben mich und stützte eine Hand auf ihre Hüfte.

»Sicher«, murmelte ich.

Sie zog eine Augenbraue hoch. »Hm. Mich wundert es, dass du keine Lungenentzündung hast.«

Ich schnaubte und zog mein T-Shirt über die Schultern, um es gegen meine Arbeitskleidung zu tauschen. Anfangs war es mir relativ unangenehm gewesen, mich vor Clara umzuziehen. Aber sie hatte mir schnell klar gemacht, dass ich erstens nichts hatte, wofür ich mich schämen musste, sie zweitens glücklich verheiratet war (vielen Dank auch) und drittens absolut nichts dabei war. Tatsächlich waren da noch mehr Punkte gewesen, aber ganz ehrlich – ich hatte ihr nicht weiter zugehört. Es war auch egal. Clara war ein Ausnahmefall. Einer der wenigen Menschen, bei denen ich den Mund aufbekam.

»Falls es dich glücklich macht ... Ich habe meine Sturheit noch bereut.«

Sie grinste und blies sich eine Locke, die sich aus ihrem kurzen Zopf gestohlen hatte, aus den Augen.

»Das will ich hoffen. War ziemlich dämlich von dir.«

Damit drehte sie sich um und lief in den Nebenraum. Nachdem ich mich fertig umgezogen hatte, folgte ich ihr.

»Wie geht's Dino?«, fragte ich sie und lehnte mich an den Türrahmen.

»Ist ziemlich erpicht darauf, hier rauszukommen«, sagte sie und lachte. Sie hatte sich hinter den Schreibtisch gesetzt, der im Untersuchungszimmer stand und klickte mit der Maus herum. »Danke noch mal, dass du auf ihn aufgepasst hast.«

»Hatte ja nichts Besseres vor.« Außerdem musste man bei Dino vorsichtig sein. Der Dalmatiner war eine extreme Nervensäge und verletzte sich nicht nur andauernd, sondern liebte es geradezu, die Arbeit zunichtezumachen, die Clara und ich in ihn steckten. Es hatte mich nicht gestört, bei ihm zu bleiben. Wenn man ihn ausgiebig kraulte, schlief er sowieso schnell ein und so hatte ich mein Buch fertig lesen können.

»Die Typen kommen ihn heute doch abholen, oder?«

Clara verdrehte die Augen und warf mir aus dunkelbraunen Augen einen scharfen Blick zu. »Falls du mit den *Typen* Mr. Cavendish und seine Tochter meinst, dann ja. Sie wollten gleich in der Früh vorbeischauen.« Sie schüttelte den Kopf. »Wir müssen wirklich an deinem Gedächtnis arbeiten.«

Clara wusste, dass es nicht an meinem Gedächtnis lag. Mir war es nur ehrlich gesagt egal, wie die Besitzer der Tiere hießen, bei deren Behandlung ich half. Was gingen die mich schon an?

»Hallo?«, ertönte eine Stimme aus dem Wartezimmer.

Clara und ich blickten uns an.

Na, dann mal los.

Nach einigen Stunden Arbeit und erzwungenen Halbgesprächen zwischen mir und ein paar Tierbesitzern war ich so gut wie am Ende meiner Geduld angekommen. Derzeit stand eine

Frau Mitte vierzig vor mir und schnippte mit den Fingern vor meiner Nase, nachdem ich sie einige Sekunden lang voll entsetztem Erstaunen angestarrt hatte.

»Hören Sie mir zu, junger Mann!«, schnappte sie, da sie meine Reaktion scheinbar mit Unaufmerksamkeit verwechselte. »Sie sind eine Tierklinik. Bestimmt können Sie so etwas machen.«

Ich hielt mich davon ab, ihr zu sagen, dass ich keinesfalls eine Tierklinik war und blickte stattdessen von ihr zu dem kleinen getigerten Fellknäuel, das in dem Katzenkorb vor mir saß. Der Kleine konnte kaum älter als vier oder fünf Monate sein. Seine Ohren waren viel zu groß für seinen Kopf.

»Ich will, dass Sie das bei Titus machen.«

Ich verzog bei dem Namen ein wenig das Gesicht und schluckte. »Wir ... wir machen so etwas nicht, weil ... weil das ...« Ich hasste es, wie kleinmütig meine Stimme klang.

»Er zerkratzt mir meine ganzen Möbel«, sagte sie und stützte scheinbar ungeduldig die Hände auf ihre Hüften.

»Katzen tun das nun mal ...«, murmelte ich.

Sie schnalzte mit der Zunge. »Jetzt werden Sie mal nicht frech. Ich bin durchaus über die Gewohnheiten von Katzen informiert. Deswegen will ich ja, dass Sie ihm die Krallen ziehen.«

Allein bei dem Gedanken hätte ich mit Gegenständen um mich werfen mögen. Ich hatte noch nie verstanden, warum Tierbesitzer ihren Lieblingen so etwas antun wollten. Ich warf ihren manikürten Fingernägeln einen vielsagenden Blick zu. Wie würde es ihr gefallen, wenn man ihr die Fingerspitzen abschnitt?

»Ihnen muss klar sein ... Für die Katze ist das sehr schmerzhaft. Er müsste ganz neu zu laufen lernen und ...«

»Ich habe keine Zeit für solches Gerede. Holen Sie mir den Tierarzt.« Sie schürzte die Lippen und zog die Augenbrauen hoch, als wollte sie sagen: *Na, wird's bald?*

»Dr. Newby wird Ihnen auch nichts anderes sagen«, flüsterte ich, ging aber trotzdem los, um Clara zu holen. In England war es verboten, Katzen die Krallen zu ziehen. Gegen das Gesetz. Verstand die Frau das nicht?

Clara kam bald darauf nach draußen und verstrickte sich in eine Diskussion mit der Besitzerin, während ich mit Titus deprimierte Blicke austauschte.

»Na schön. Dann gehe ich eben woanders hin. Ich bin auf Sie nicht angewiesen. Und ich werde sicherstellen, dass meine Freunde das auch nicht sind.« Daraufhin stürmte sie aus der Klinik und gab nicht im Geringsten auf den Kater acht, der auf dem Weg nach draußen im Korb wild durchgerüttelt wurde.

Clara wischte sich mit der Hand übers Gesicht. Ihre Augen funkelten. »Manchmal denke ich, es wäre besser, wenn man einen Führerschein für Tiere machen müsste.«

Ich schnaubte, stimmte aber innerlich mit ihr überein. Sie warf mir einen müden Blick zu und ihre Schultern sanken ein wenig nach unten. Sie sah resigniert aus, was ich sehr gut nachvollziehen konnte. Als Tierarzt und auch als Helfer sah und hörte man so einiges, das man nie ganz vergessen konnte. Vermutlich war es bei einem Chirurgen oder Allgemeinmediziner nicht anders. Allerdings gab es bei Tieren einen Faktor, der bei Menschen unter normalen Umständen nicht vorkam: Sie hatten keine Ahnung, was überhaupt vor sich ging. Wussten nicht, warum sie krank waren oder weshalb sie geschlagen wurden. Und aus welchem Grund sie Schmerzen hatten und dass wir ihnen nur helfen wollten. Daher war es für mich immer unverständlich, wenn Tierbesitzer wie die Dame eben vorbeikamen. In den meisten Fällen hielt man sich doch ein Haustier, um Gesellschaft und jemanden zu haben, mit dem man kuscheln konnte. Warum sollte man diesem Tier absichtlich Schmerzen zufügen wollen, außer es war unumgänglich wie im Fall einer lebensnotwendigen Operation?

»Na ja. Was sollen wir machen?«, fragte Clara und strich sich nachdenklich mit der Zunge über die Schneidezähne – ein Tick von ihr. Sie machte einen Schritt zur Seite, stoppte dann aber, als wäre ihr in letzter Sekunde etwas eingefallen. »Ach ja, was ich dir noch sagen wollte: Grace ist ab Montag wieder hier.«

Ich verzog das Gesicht. Grace war ebenso wie Clara Tierärztin, aber gerade erst mit der Uni fertig geworden. Das hier war ihre erste Anstellung. Kaum einen Monat nachdem sie hier angefangen hatte, war sie krank geworden und die letzten zwei Wochen ausgefallen. Ich war immer noch nicht sicher, ob ich ihr die Geschichte abkaufen sollte. Mir schien es doch sehr verdächtig. Aber na ja.

Es würde auf jeden Fall helfen, wenn sie wieder da war. Claras Klinik war zwar nicht groß, aber so zentral gelegen, dass es teilweise zu stressig für zwei Leute werden konnte. Soweit ich das hatte beurteilen können, war Grace talentiert, wenn auch ein wenig ungeschickt mit Vögeln. Aber Vögel waren ohnehin eine Sache für sich.

»Okay.«

Clara atmete tief aus und rief den nächsten Patienten auf. Natürlich war es ein Vogel.

Am Montag füllte ich gerade den Medizinschrank auf, als Grace hereinstürmte. Ich warf einen Blick auf die Uhr an der Wand. Es war bereits zehn. Die Klinik war längst geöffnet und Clara hatte schon fünf Tiere verarztet. Es wunderte mich nicht im Geringsten, dass Grace zu spät kam und wenn ich ehrlich sein sollte, flackerte da eine Flamme unheiliger Schadenfreude in mir auf. Für mich entpuppte sie sich mehr und mehr zu einer arbeitsfaulen Person.

Grace sah allerdings auch ziemlich zerzaust aus, als wäre sie gerannt. Ihre roten Locken hingen ihr teilweise ins Gesicht und sie konnte deshalb wahrscheinlich nicht besonders gut sehen. Als hätte sie meine Gedanken erraten, strich sie sich hastig ihr Haar zurück und gab ein wütendes Geräusch von sich.

»Ich hasse Menschen!«

Okay, da konnte ich mitfühlen.

»So eine blöde Scheiße! Warum fährt eigentlich jeder zur selben Zeit in die Arbeit? Man sollte meinen, die Leute hätten bemerkt, dass sie um diese Uhrzeit immer im Stau stehen, aber nein ...« Sie zog das letzte Wort in die Länge, riss sich praktisch ihren Peacoat von den Schultern und stapfte in den Nebenraum, wahrscheinlich um sich umzuziehen.

Ich hielt mich davon ab, ihr zu sagen, dass sie scheinbar kein Stück besser war als die Leute, die sie gerade beschimpft hatte.

Ein paar Minuten später kam sie zurück und ich schloss den Medikamentenschrank. »Und peinlich ist die Sache noch dazu. Da liege ich seit zwei Wochen flach und kaum gesund, komme ich auch noch zu spät.« Ihre Stimme wurde unangenehm schrill, wenn sie wütend war. Gott sei Dank waren gerade keine Hunde im Raum.

Ich presste meine Lippen zusammen und zog kurz die Augenbrauen hoch. Was sollte ich dazu sagen?

»Es ist nur so nervig ... Ich möchte nicht, dass ihr denkt, ich will nicht hier sein.« Sie blickte zu Boden, die Brauen zusammengezogen.

Sie würde doch nicht anfangen, zu heulen, oder?

Ich räusperte mich und wünschte, ich hätte meine Arbeit hier drin noch nicht erledigt und es gäbe etwas, womit ich mich beschäftigen konnte, anstatt herumstehen zu müssen und abzuwarten, bis sie mit ihrer Tirade fertig war. Obwohl, ich könnte sie nach dem Grund ihrer Erkrankung fragen.

Grace, warum warst du überhaupt weg? Nein, das klang so sehnsüchtig. *Grace, was hattest du eigentlich?* Ja, das ging. *Grace was hattest du eigentlich ...*

»Grace, was ...«, brachte ich hervor, als Clara die Tür aufriss.

»Grace, da bist du ja!«

Grace für ihren Teil gab einen weinerlichen Laut von sich. »Es tut mir so leid, Clara! Ich schwöre, sonst bin ich nicht so, ich ...«

Aber Clara winkte ab und warf ein paar Gummihandschuhe in den Müll. »Es passt schon. Mach dir keine Sorgen.«

Grace seufzte und rieb sich kurz über die Nase. »Sicher?«

Clara nickte. »Kein Problem. Ich wünschte nur, der Hund der Bernards würde mich nicht immer abschlecken.« Sie rümpfte die Nase.

Grace lachte übertrieben auf. Scheinbar war sie sich noch nicht sicher, ob ihr wirklich vergeben worden war. »Der Hund meiner Eltern ist auch so. Er ist ein irischer Wolfshund, also könnt ihr euch denken, wie toll das ist.«

Clara schickte ihr ein schiefes Lächeln. »Stell bitte sicher, dass deine Eltern das Ding nur vorbeibringen, wenn du da bist. Ich habe genug Sabber für das nächste Jahr auf mir.« Sie wischte sich demonstrativ die Wange ab und Grace lachte erneut. Ich grinste.

Clara öffnete die Tür und blickte in den Warteraum. »Na, da ist ja einiges los«, sagte sie. »Der Mittag kann gar nicht schnell genug kommen.« Sie warf uns beiden einen seltsam spekulativen Blick zu. »Du und Eric solltet vielleicht zusammen Mittagspause machen. Er kann dir erzählen, was in letzter Zeit hier so los war.«

Oh. Mein. Gott. Nein. Nicht auch noch Clara. Bitte, nicht auch noch Clara! Hatten sich denn alle Frauen mittleren Alters gegen mich verschworen? War ihr nicht klar, dass ich bei Grace nicht mal einen vernünftigen Satz zustande brachte?

Grace schien Claras alles andere als subtilen Plan nicht zu durchschauen und nickte eifrig. Scheinbar wollte sie alles Menschenmögliche tun, damit Clara nicht doch noch böse auf sie wurde. »Gute Idee. In zwei Wochen kann viel passieren. Ich gehe gleich mal nach draußen und sehe mir den nächsten Patienten an, damit ich die Pause dann auch verdient habe.«

Als sie weg war, blickte ich Clara voller Verzweiflung an. »Wieso würdest du mir so was antun?«

Clara schnaubte. »Deswegen. Weil du es als Bestrafung ansiehst, dich mit anderen Menschen abzugeben.«

Ich warf die Hände hoch. »Ich sehe es nicht als Bestrafung, ich verstehe nur nicht, was du dir davon versprichst. Grace und ich sind nicht befreundet.«

»Das solltet ihr aber vielleicht sein. Ihr seid ungefähr gleich alt ...«

»Das sind Justin Bieber und ich auch. Trotzdem möchte ich

ihm nicht zu nahe kommen.«

Clara gab ein ungeduldiges Geräusch von sich. »Ob du es willst oder nicht, du musst dich ab und zu auch mit anderen Leuten beschäftigen.«

»Meine Mum und ich hatten vor Kurzem ein extrem ähnliches Gespräch. Was okay ist. Anders als du ist sie nämlich meine Mutter.« Kaum waren die Worte draußen, biss ich mir auf die Lippe.

Eine Sekunde lang sah Clara mich einfach nur an, bevor sie sich zu ihrer vollen Größe aufrichtete und das Kinn anhob. »Ich möchte gar nicht deine Mama sein. Das heißt aber nicht, dass ich dich nicht gern habe. Oder dass ich mir keine Sorgen machen darf.« Sie seufzte. »Bitte, tu mir den Gefallen, ja? Es gibt wirklich ein paar Sachen, über die sie Bescheid wissen muss und Paul wollte heute irgendetwas mit mir besprechen, also habe ich mittags keine Zeit.«

Weil ich mich schuldig fühlte, nickte ich. Ich hatte bisher nie darüber nachgedacht, aber ... Clara und Paul hatten keine Kinder und sie bemutterte mich gern. Sie hatte es zwar nicht ausgesprochen, aber auf einer gewissen Ebene wusste ich, dass sie mich in ihre Familie aufgenommen hatte. Mit sechzehn war ich auf der Suche nach einem Teilzeitjob gewesen und Clara hatte mich bei sich arbeiten lassen. Damals waren es natürlich hauptsächlich Dinge gewesen, die mit Saubermachen zu tun hatten. Trotzdem. Sie war der Grund, warum ich Tierarzthelfer geworden war. Ich hatte ihr viel zu verdanken.

»Ich kann ihr ja vom neuen Arbeitsprogramm erzählen.«

»Danke.«

»Bitte.«

Ich hatte einen Plan. Ich würde die Gelegenheit nutzen. Grace kannte mich kaum und war sich nicht darüber im Klaren, wie seltsam ich wirklich war. Diese Beziehung konnte noch entstehen. Es musste nicht verkrampft und komisch werden. Ich musste nur den Mund aufmachen und tatsächlich sagen, was ich dachte.

Kinderspiel.

Es war ein Uhr und ich steckte den Kopf ins kleinere der beiden Behandlungszimmer. Grace kritzelte etwas auf einem Klemmbrett, blickte aber auf, als sie mich hörte. »Ist es schon eins?« Sie sah sich im Zimmer nach einer Uhr um.

Vergeblich. Hier drinnen gab es keine. Ich nickte.

»Wow. Die Zeit vergeht ganz schön schnell, wenn man zu spät kommt.« Grace lachte etwas schrill.

Sie versteifte sich also immer noch auf dieses Thema. Scheinbar war es ihr nicht komplett egal, welchen Eindruck sie hinterließ. »Okay, ja. Ich komme.«

Wir schlenderten beide in den Aufenthaltsraum. Er war extrem klein und es war kaum Platz für den Tisch und die vier Stühle, die hier standen.

»Ist Clara gar nicht hier?«, fragte sie, während sie sich aus dem Kühlschrank eine Tupperdose holte. Wann hatte sie die denn da drin verstaut?

Ich schüttelte den Kopf und zog mir innerlich eins mit der Keule über. Worte, Mann! Benutz deine Worte!

»Hm.« Mehr sagte sie nicht, aber sie sah besorgt aus.

»Sie und Paul müssen was bereden«, brachte ich schließlich heraus und holte mein Sandwich aus der Papiertüte, die ich dabei hatte.

»Okay. Ich hatte schon Angst, sie würde mir aus dem Weg gehen.«

»Hm.«

Ein oder zwei Minuten lang aßen wir in Stille.

»Clara hat irgendetwas über ein neues Arbeitsprogramm gesagt?«

Ich nickte. »Ja. Aber es funktioniert fast genauso wie das alte. Ein paar Sachen heißen anders. Dafür ist es schneller.«

»Oh. Gut.«

Wieder Stille. Langsam, aber sicher baute sich Anspannung in mir auf. Was sollte ich noch sagen? Was sagte man zu wildfremden Menschen? Ich krampfte meine Hände um das Sandwich. Mir fiel nichts ein. Mein Kopf war wie leer gefegt.

Sag was, sag was, sag was ...

Grace' Blick huschte immer wieder zu mir und es war, als läge eine Frage in ihren Augen. Als wartete sie auf etwas. Aber es gab ansonsten keine Neuigkeiten, bis auf den blöden Vogel, der am Samstag hereingebracht worden war. Er war uns im Behandlungszimmer entwischt und hatte auf den Besttecktisch gekackt, bevor wir ihn hatten einfangen können.

Ich überlegte. Das war eigentlich gar keine so dumme Story. Grace konnte nicht gut mit Vögeln umgehen und vielleicht würde sie das witzig finden.

Am Samstag war ein Vogel hier, der uns entwischt ist. Nein.

Hey, du hasst doch Vögel, oder? Nein, nein. Ähm ...

»Na ja, ich gehe dann mal wieder an die Arbeit«, sagte Grace etwas zögerlich und blickte mich noch einmal erwartungsvoll an. Ich seufzte und nickte zustimmend. Ich konnte regelrecht fühlen, wie meine Schultern absackten.

Grace schickte mir ein peinlich berührtes Lächeln und verließ den Raum.

Ihre Tupperdose stand noch auf dem Tisch.

Als ich zu Hause angekommen war, ließ ich mich gegen die Tür fallen, kaum dass sie geschlossen war. Ich holte tief Luft und als ich wieder ausatmete, stellte ich sicher, dass all die Anspannung, die sich seit der Mittagspause in meinem Körper aufgestaut hatte, nachließ. Nach und nach lockerten sich meine verkrampften Muskeln, atmete meine Lunge ein bisschen leichter, fühlte sich mein Kopf nicht mehr so schwer an.

Mein Herz schlug allerdings immer noch schmerzhaft in meiner Brust.

Ich wusste nicht, was mit mir los war. Es war schließlich nicht das erste Mal, dass es mir misslungen war, mich wie ein normaler Mensch zu verhalten. Wie oft war ich schon in einer

Situation gewesen, die der mit Grace eins zu eins glich? Momente, in denen ich reden wollte, aber nicht konnte? In denen sich alles in mir gegen mich und meinen Willen zu stellen schien und ich nicht wusste, was ich tun sollte? Es war immer entweder das eine oder das andere. Entweder war mein Hirn leer, leer, leer und egal, wie sehr ich mir den Kopf zerbrach, es fiel mir einfach nichts ein. Dann bekam ich Panik, denn die Person vor mir sah mich meistens erwartungsvoll an und von mir kam ... nichts. Oder mir fiel Wunder über Wunder doch ein Gesprächsthema ein. Aber was, wenn ich die andere Person langweilte? Was, wenn sie mich seltsam fand? Wenn ich lustig sein wollte, die andere Person den Witz aber nicht verstand? Schließlich wiederholte ich in Gedanken immer wieder, was ich sagen wollte und brachte es oft dennoch nicht zustande, etwas von mir zu geben.

Ich presste meine Augenlider fest zusammen und atmete zittrig aus.

Okay. Normalerweise gab ich mir nicht mal Mühe. Ließ die Leute einfach in dem Glauben, dass ich unhöflich und verschwiegen war. Was machte es schon?

Aber heute ... Heute hatte ich es wirklich gewollt. Hatte mir ehrlich den Kopf zerbrochen, hatte in gewisser Weise meine Mum beschwichtigen und Clara einen Gefallen tun wollen, aber ...

»Scheiße!«, rief ich und schlug mit der Faust gegen die Tür hinter mir.

Was zum Teufel sollte das? Wieso konnte ich nicht normal sein, mich nicht normal verhalten? Andere Leute schienen auch kein Problem damit zu haben, sich irgendein Gesprächsthema einfallen zu lassen. Warum gelang mir das nicht? Die einzige Person, außer Clara und Mum, die mich wirklich jemals gemocht hatte, war Rory gewesen und der ...

Ich stieß einen unterdrückten Schrei aus, um die Erinnerung zu verbannen. Ich wollte nicht an Rory denken. An ihn und seine Schwester.

Mit einem Mal war mir alles zu viel. Ich hatte keine Lust

mehr, mir etwas vorzumachen. Ich war einsam. Ich hasste es, wie sich mein Leben entwickelt hatte. Es gab nur mich und meine Katze. Was für ein Leben war das? Es war, als wäre ich in meinem eigenen Kopf eingesperrt und ich konnte einfach nicht ...

Ich öffnete die Augen und durch meine verschwommene Sicht konnte ich den kleinen Engel erkennen, den Mum mir zu meinem Einzug geschenkt hatte.

Engel wachen über dich ...

Das hatte sie mir immer gesagt, als ich noch klein gewesen war. *Engel wachen über dich und leiten dich.* Wenn Engel mich wirklich leiten würden, wenn sie mir helfen würden, dann wäre das alles nicht so verdammt beschissen, oder?

Mit resoluten Schritten lief ich zu der Ablage, auf der das Ding saß und knallte es auf den Boden, wo es in Stücke zersprang. Zufrieden, etwas zerstört zu haben, starrte ich die Scherben an. »Schutzengel. Ja, klar. Wenn ich einen habe, macht er einen beschissenen Job.« Ich konnte regelrecht fühlen, wie hysterisches Lachen in mir hochstieg. Vielleicht war es das. Vielleicht drehte ich jetzt endgültig durch. Aber möglicherweise war das gar nicht so schlecht, weil ...

»Okay, jetzt reicht's!«

Ich fuhr herum.

Hinter mir stand jemand und ... er wirkte extrem wütend.

3. Kapitel

Eine paar Sekunden lang starrte ich den Fremden vor mir ganz und gar sprachlos an. Mein Hirn war wie leer gefegt. Meine Gedanken ließen sich mit ... beschreiben. Was ...?

»Krieg mal keine Panik, Eric.«

Das riss mich aus meinem Stupor und ich schnappte mir den nächstbesten waffenwürdigen Gegenstand, den ich finden konnte und hielt ihn schützend vor mich. »Wer zur Hölle bist du?«

Der Einbrecher verdrehte die Augen und verschränkte die Arme vor der Brust. »Jetzt werd mal nicht lächerlich. Leg den Schirm wieder hin.«

Ich schüttelte den Kopf. »Wie bist du hier reingekommen?«

Meine Stimme klang ruhiger und vor allem bedrohlicher, als ich mich fühlte. Ich war die ganze Zeit mit dem Rücken an der Tür gelehnt gewesen. Ich hatte abgesperrt. Der Typ musste schon länger in der Wohnung gewesen sein. Hatte ich zwischendurch mal die Tür offen gehabt? Seit wann versteckte er sich schon hier drinnen?

Gänsehaut kroch an meinen Armen hoch.

»Wie jeder normale Mensch, durch die Tür. Mit dir. Gerade eben.« Er musterte mich aus verengten Augen. »Jetzt leg schon den Schirm hin. Das ist doch dämlich.«

War der Kerl irre? »Ich finde das ganz und gar nicht dämlich! Du ... Du bist in meine Wohnung eingebrochen. Ich habe jedes Recht ...«

Der Kerl stöhnte. »Oh mein Gott. Das würde dir gefallen, nicht wahr?« Er schnaubte. »Ich bin Eric und mein Leben ist so scheiße und ich bin so allein und jetzt bricht auch noch ein Irrer bei mir ein, buhu«, sagte er mit affektierter Stimme und schnalzte mit der Zunge.

»Was?«, war meine wenig geistreiche Reaktion darauf. Hatte ich das alles etwa laut gesagt? Mich nicht nur in Gedanken über mein Leben aufgeregt? Hitze stieg mir in die Wangen und Scham gesellte sich zu dem panischen Gefühl, das ich wegen seiner unverhofften Anwesenheit verspürte.

Ich schluckte. »Wie lang bist du schon hier?«

Die Augen des Kerls funkelten. »Oh, das ist relativ. Meinst du in dieser Wohnung oder in deinem Leben?«

Den Kopf schüttelnd, starrte ich ihn an. »Wie bitte?«

»In dieser Wohnung lebe ich seit etwa zwei Jahren.«

Alles in mir schien sich zu verkrampfen. Das war doch lächerlich. Ich lebte seit zwei Jahren hier und es war unmöglich, dass er die ganze Zeit über da gewesen war.

»Aber, weißt du ... Dich kenne ich seit zwanzig Jahren.«

Zwanzig? Aber das wäre ...

Der Typ trat an mich heran. Kam näher und näher, während ich rückwärts stolperte und letztendlich mit dem Rücken gegen die Tür krachte. Er blieb erst stehen, als wir beinah Nase an Nase voreinander standen.

»Seit dem Tag deiner Geburt«, flüsterte er und blickte nach unten.

Ich folgte seinem Blick und starrte auf seinen Oberkörper.

Der Schirm steckte mitten in seiner Brust.

Entsetzt sah ich ihm in die whiskybraunen Augen.

Er zog eine Augenbraue hoch. »Da wir jetzt klargestellt haben, dass der Schirm dir nicht helfen wird ... Kannst du ihn bitte hinlegen?«

Als hätte ich mir die Hand verbrannt, ließ ich den Schirm los, aber ... Anstatt in dem Kerl stecken zu bleiben, fiel er durch ihn hindurch und landete scheppernd auf dem Boden. Mit weit aufgerissenen Augen starrte ich seinen Oberkörper an. Da war kein Blut, keine Wunde, gar nichts.

»Was?«, flüsterte ich und konnte meinen Blick immer noch nicht von seiner Brust lösen.

»Ich verstehe ja, dass du nicht glauben kannst, was *Holden Caulfield* von dir denkt, aber du solltest dich beruhigen.«

Nichts, was dieser Typ sagte, machte auch nur irgendeinen Sinn. Ich sah ihm in die Augen. Er grinste schief und zeigte auf sein Shirt.

Erst jetzt fiel mir der Aufdruck auf. *Holden Caulfield thinks you're a phony.*

»*Der Fänger im Roggen*? Nein? Du musstest das mal in der Schule lesen. Fandest es grauenhaft. Du hattest noch nie besonders viel Geschmack.«

Zögerlich hob ich meine Hand. Der Fremde wich zurück. Er sah aus, als würde er sich unbehaglich fühlen. »Lassen wir das mit dem Aufspießen mal sein. Mir reicht ein Schirm, da muss nicht auch noch dein Finger durch mich hindurch.«

Schwer schluckend, richtete ich mich etwas auf und stieß mich von der Tür ab. »Bin ich irre geworden?«

Er verdrehte die Augen. »Oh, klar. Such dir den offensichtlichsten und durchschnittlichsten Grund aus, warum ich hier vor dir stehen könnte.« Er strich sich mit der Hand durch das kurze braune Haar.

»Was soll ich denn sonst denken?« Langsam kehrte das Gefühl in meine Gliedmaßen zurück und ich fühlte mich nicht mehr ganz so, als hätte man mich mit einem Kübel eiskalten Wassers übergossen.

»Denk weniger in Richtung Seifenoper und mehr in Richtung *Supernatural*.«

»Dann bist du das Monster der Woche und willst mich umbringen.«

Der Typ schnaubte und grinste schief. »Wenn's nur so wäre.« Er nahm sich die Brille von der Nase und rieb sich die Augen. »Nein, vergiss es. Dich tot zu sehen, ist das Letzte, was ich will. Das Allerletzte.«

Ich hatte keine Ahnung, was ich als Nächstes tun sollte. Selbst wenn dieser Typ hier eingebrochen war, konnte es nicht schwierig für ihn gewesen sein – da Dinge wie feste Gegenstände scheinbar kein Problem für ihn darstellten. Hölle, wahrscheinlich war er einfach durch die Wand geschlendert, als wäre es die normalste Sache der Welt. Wie seltsam und schlicht und einfach unmöglich das war, darüber wollte ich gar nicht nachdenken.

Abgesehen davon ... Was sollte das Gerede von wegen er wäre schon mein Leben lang bei mir? Hatte er mich gestalkt wie ein irrer Serienmörder? Aber selbst wenn ... Er sah kaum älter aus als ich. Jünger sogar, wenn ich ehrlich war. Die Sache ergab einfach keinen Sinn! Dann war da noch der Kommentar über *Der Fänger im Roggen*. Ich hatte das Buch wirklich grauenhaft gefunden. *Holden Caulfield*, Hauptcharakter des Buchs und Idiot extraordinaire, konnte mich mal.

Ich seufzte. »Wer bist du?«, fragte ich, mir ganz und gar bewusst, dass meine Stimme weinerlich und irgendwie kindlich klang. Mir ging dieser Tag so was von auf den Arsch.

»Leo.«

»Sollte mir das etwas sagen?«

Er schnaubte. »Hör zu ... Denkst du, für mich ist das hier leicht? Hm? Mich dir nach all den Jahren wieder zu zeigen?«

Wieder?

Er lachte, aber es klang kein bisschen fröhlich. Ganz im Gegenteil. »Das hier ist so eine verdammt blöde Idee. Ich bin sicher, das verstößt gegen Hunderttausende Regeln oder zumindest gegen die wichtigsten Regeln. Obwohl ... Niemand hat mir das jemals ins Gesicht gesagt, also ist es vielleicht gar keine Regel. Aber ich weiß, dass das hier dumm ist. Die erste Regel von *Fight Club* lautet, man redet nicht über den *Fight Club* und ich sollte nicht ...«

»Hey«, unterbrach ich ihn. Wenn ich nicht aufpasste, würde meine Verwirrtheit noch ungeahnte Ausmaße annehmen. Trotzdem hatte mich Leos hysterisches Gebrabbel irgendwie beruhigt. Vielleicht half es mir, zu wissen, dass dieser Typ in jedem Fall durchgeknallter war als ich. Niemand wollte die verrückteste Person im Raum sein. Ich am allerwenigsten.

Leo warf mir einen elenden Blick zu und machte ein paar Schritte in Richtung Wohnzimmer. »Gehen wir rein. Ich will dir das nicht im Flur erzählen. Du solltest dich hinsetzen, damit du weich landest, falls du doch in Ohnmacht fällst.«

Ich baute mich zu voller Größe auf. »Ich bin ein Kerl. Kerle fallen nicht in Ohnmacht.«

»Als hätte das auch nur irgendetwas miteinander zu tun. Du bist zart wie ein Blümchen. Lass dir von niemandem etwas anderes einreden.« Damit schritt er geradewegs durch die Tür und ich blieb allein im Flur zurück.

Ein paar Sekunden lang stand ich einfach nur da. Reglos. Versuchte, meine Gedanken zu ordnen. Aber es war unmöglich und jede Überlegung, jeder Ansatz einer Erklärung verlief ins Nichts. Ich hatte keine Ahnung, womit ich es hier zu tun hatte und die Stimme in meinem Kopf sagte mir, dass ich nicht annähernd genug Angst hatte. Dabei wusste ich nicht mal, vor wem oder was (mein Gott, was war Leo überhaupt?) ich Angst haben sollte. Hatte ich mich so sehr in das Sci-Fi- und Mysterygenre verstrickt, dass ich keinen gesunden Menschenverstand mehr besaß?

So oder so, ich wollte Antworten. Wenn ich schon keine ordentliche Furcht generieren konnte, dann sollte ich das zu meinem Vorteil nutzen und diesen Leo zwingen, die Karten auf den Tisch zu legen. Keine Ahnung, wie ich das anstellen sollte, weil ... Hallo? Immateriell?

Ich verlor keine Zeit mehr und streifte meine Jacke ab, kickte die Schuhe von meinen Füßen und tapste ins Wohnzimmer, wo Leo gerade zum Fenster ging und dort stehen blieb.

Er sah so normal aus. Trug ein kariertes Hemd über seinem dämlichen T-Shirt, war sogar etwas kleiner als ich. Dazu noch die Brille. Er wirkte in keinster Weise bedrohlich. Vielleicht war das der Grund, warum ich mich zwar nicht ängstlich, aber unwohl fühlte. Er wirkte zu normal.

»Dann rede mal.«

»Kein Grund, so unhöflich zu sein«, sagte Leo, drehte sich aber zu mir um. Ich überquerte die kurze Distanz zur Couch und setzte mich auf die Kante. Mir war nicht ganz wohl bei dem Gedanken, mich einfach zurückzulehnen.

»Ich weiß nicht, wie ich das erklären soll. Es wird seltsam klingen und du wirst mir nicht glauben.«

»Hör auf, dir Ausreden zu überlegen. Du bist plötzlich hier aufgetaucht. Jetzt leb damit.«

Leo ließ ein scharfes Lachen vernehmen. »Ja, klar. Und das gerade von dir.« Er schüttelte den Kopf. »Unfassbar.«

Es herrschte unangenehmes Schweigen im Zimmer und ich verspannte mich noch mehr. Ich hatte genug von peinlicher Stille. »Jetzt sag einfach ...«

»Ich bin dein Schutzengel«, platzte Leo heraus und verzog gleich darauf das Gesicht.

Ich riss den Kopf zurück, als hätte mich etwas im Gesicht getroffen. »Mein was, bitte? Bist du noch zu retten?«

Leo stieß ein frustriertes Geräusch aus und begann damit, auf und ab zu laufen. »Glaub mir, ich weiß ganz genau, wie sich das anhört. Aber ich weiß nicht, wie ich es sonst nennen soll.«

»Wie du was nennen sollst?«, fragte ich, weil ... Was zum Teufel?

»Na das, was ich mache. Mein Job, meine Berufung, meine heilige Aufgabe. Es ist nicht so, als hätte ich mich dafür beworben oder mir jemand eine Broschüre in die Hand gedrückt.«

Sein Sarkasmus war gänzlich unangebracht. Schließlich war ich hier die verwundete Partei und er schuldete mir Antworten. Stattdessen erzählte er mir irgendeinen Scheiß, von wegen er wäre mein Schutzengel. Dachte er wirklich, ich würde ihm die Geschichte abkaufen?

»Hör auf, zu denken, dass ich lüge. Es ist wahr.« Leo, wenn das denn wirklich sein Name war, war tatsächlich so dreist, verletzt auszusehen.

»Ähm, ganz ehrlich. Ich habe noch nie so einen Schwachsinn gehört.«

»Seltsam. Du hörst dir doch beim Denken zu, oder?«

»Meinst du echt, ich kaufe dir diesen Mist ab?«, fragte ich und ignorierte seinen Kommentar.

»Das solltest du. Eine andere Erklärung gibt es nämlich nicht.« Er blieb dicht vor mir stehen. Mitten im Kaffeetisch.

»Kannst du bitte nicht ...«, sagte ich mit abgehackter Stimme.

Nichts in meinem Leben war je seltsamer gewesen, als der Anblick von Beinen, die aus einem Tisch ragten.

Leo verdrehte die Augen. Ich hoffte, sie würden stecken

bleiben. Er machte ein paar Schritte zur Seite. Dabei sah er aus, als täte er mir einen riesigen Gefallen. Arschloch!

Trotzdem entschloss ich mich, wieder zum Thema zurückzukommen. »Was meinst du mit, eine andere Erklärung gibt es dafür nicht? Eine andere Erklärung wofür?«

»Na, das hier zum Beispiel.«

Ich war kurz davor, zu fragen, was er meinte, als ein überwältigendes Gefühl von *falsch und schlecht und lauf* mich überkam. Es war so stark, dass ich mich ein wenig zusammenkrümmte und keuchte. Ich war mir sicher, ich hatte so etwas erst einmal in meinem Leben gespürt. Ich biss mir auf die Lippe. Daran wollte ich jetzt wirklich nicht denken. So schnell wie das Gefühl aufgetaucht war, verschwand es auch wieder. Mit trockenem Mund sah ich hoch in Leos Gesicht, auf dem ein schmerzlicher Ausdruck lag.

»Kennst du das nicht? Wenn ein sechster Sinn, ein Gefühl in deinem Bauch dir sagt, was eine gute und was eine schlechte Idee ist? Wenn du plötzlich das Verlangen hast, links anstatt rechts zu gehen oder du beschließt, lieber doch zu Hause zu bleiben, obwohl du ausgehen wolltest und dann am nächsten Tag hörst, dass es eine Schießerei an dem Ort gegeben hat, an den du gehen wolltest?« Sein Blick hielt meinen fest. Ich hätte nicht wegsehen können, selbst wenn es um mein Leben gegangen wäre.

»Diese kleinen Vorahnungen. Das bin ich. Das bin alles ich. Dafür bin ich da. Um dich zu beschützen.« Er flüsterte das letzte Wort beinah.

»Einen tollen Job hast du da gemacht.«

Bei meinen Worten ging ein Ruck durch seinen Körper und mir wurde klar, dass ich ganz schön zynisch geklungen hatte. Aber mal ehrlich: mir war nicht danach zumute, ihn zu verhätscheln. Ihn in dem Glauben zu lassen, alles wäre toll und mein Leben nicht ein einziges großes Desaster.

»Weißt du, was das Problem mit dir und all den anderen Idioten da draußen ist?«, fragte er mich. »Was der Grund für meinen tollen Job ist? Du hörst nicht auf mich. Ignorierst mich immer und immer wieder und manchmal frage ich mich, warum ich mir die Arbeit überhaupt antue.«

Ich saugte zischend Luft in meine Lunge. Der Typ hatte vielleicht Nerven! »Klar, schieb die Schuld auf mich. Aber wir beide wissen, dass ...«

»Natalie.«

Mehr musste er nicht sagen, um mich zum Schweigen zu bringen. Wie lang hatte ich diesen Namen nicht mehr ausgesprochen und jeglichen Kontakt zu allen abgebrochen, die sie kannten? Denn der Name, diese drei Silben genügten, um mir einen schmerzhaften Stich ins Herz zu versetzen. Jede Faser meines Körpers, ja, sogar meine Gedanken schienen vor Anspannung zu vibrieren.

»Was ist mit ihr«, flüsterte ich.

»Erinnerst du dich nicht? Anfangs? Als du sie kennengelernt hast? Was war dein erstes Gefühl?«

Unwohlsein.

Ich hatte mich in ihrer Gegenwart extrem unwohl gefühlt. Angespannt. Als wäre sie unter meine Haut gekrochen und ich bekäme sie nicht heraus. Was Leo vorhin mit mir gemacht hatte, erinnerte mich sehr an dieses Gefühl von damals. Aber ich hatte es als irrelevant abgetan, weil ich mich in der Gegenwart der meisten Leute unwohl fühlte.

»Was hat das damit zu tun?«

Er schüttelte leicht den Kopf und blickte zu Boden. Die Hände an seinen Seiten waren zu Fäusten geballt. »Ich habe so sehr versucht, dich von ihr fernzuhalten. Habe alles reingesteckt. Aber du? Du hast es ignoriert. Hast wahrscheinlich gedacht, du solltest ihr eine Chance geben.« Er spuckte das Wort regelrecht aus, als wäre es etwas Schmutziges.

Das Dumme war, er hatte recht. Genau das waren meine Gedanken gewesen. Natalie war Rorys Schwester und Rory damals mein bester Freund gewesen. Rory war der liebste und netteste Kerl auf diesem Planeten und ich hatte einfach nicht glauben wollen, dass seine Schwester anders war. Im Nachhinein wusste ich es natürlich besser. Das tat man immer.

»Woher wusstest du es? Dass sie ...« Ich konnte den Satz nicht beenden.

»Wenn wir eine andere Person berühren oder was immer es auch ist, das ich da tue, dann wissen wir, wie sie ist. Was sie von dir will. Oder zumindest, ob es etwas Gutes oder Schlechtes ist.« Leo seufzte. »Es ist manchmal nicht ganz klar und mitunter kommt es erst später ans Tageslicht, aber bei ihr war ich mir sicher. Dir war das allerdings scheißegal.«

Damals, ja. Natalie schien so nett und hübsch zu sein und sie hatte mich gemocht. An und für sich hatte ich kein Problem damit, Frauen auf mich aufmerksam zu machen. Ich war kein Troll oder so. Aber anders als sonst hatte ich es diesmal sogar geschafft, mit ihr zu reden. Hatte nicht jede Silbe mit aller Macht aus mir herauspressen müssen. Vielleicht hatte es daran gelegen, dass Rory mir mit seiner Anwesenheit eine Art Starthilfe gegeben hatte. Wenn ich eine Person in einer Gruppe neuer Leute kannte, war es einfacher für mich, zu reden. Und als es mir gelungen war, ein Gespräch mit Natalie zu führen, war das eine solche Erleichterung gewesen. Es hatte bedeutet, dass ich vielleicht darüber hinwegkommen würde. Dass es lediglich eine jugendliche Macke war, die sich langsam in nichts auflöste und daran hatte ich mich geklammert.

Letztendlich hatte Natalie natürlich nur alles schlimmer gemacht. Mit Fremden zu reden, war härter als jemals zuvor.

»Also hast du beschlossen, mir nicht mehr zu helfen.« Die Worte verließen meinen Mund, bevor ich richtig darüber nachgedacht hatte. Aber als ich sie aussprach, machten sie so viel Sinn.

»Was? Nein! Im Ernst? Das hast du der ganzen Sache entnommen?«

Ich hörte gar nicht mehr zu. Mein eigener Schutzengel hatte mich im Stich gelassen. Aufgegeben. Warum sonst bekam ich den Mund noch weniger auf als früher? Warum sonst passierte mir eine schlimme Sache nach der anderen? Es war so offensichtlich. Ich stand auf und verließ ohne ein weiteres Wort das Zimmer.

4. Kapitel

»Dir ist klar, dass Türen kein wirkliches Hindernis für mich darstellen?«

Ich schloss resigniert meine Augen, als ich Leos Stimme hörte. Der Klang allein bescherte mir Gänsehaut. »Trotzdem hättest du den Wink nicht ignorieren müssen.«

»Aber ich wollte ihn ignorieren«, sagte er, als wäre das ein stichhaltiges Argument. Er schien plötzlich viel näher bei mir zu sein. Ich öffnete die Augen und sah, dass er sich zu mir aufs Bett gesetzt hatte. Keine Ahnung, wie er diese Position halten konnte, ohne dass sein Arsch in der Matratze versank.

»Kannst du nicht einfach weggehen?«

Er rückte seine Brille zurecht. »Nein. Das ist doch der Sinn der Sache. Ganz abgesehen davon, will ich wissen, wie du darauf kommst, dass ich dir nicht mehr helfe, weil ich wütend bin oder so.«

Eine Spur von Zorn schlich sich in die Lethargie, in die ich verfallen war. Das fragte er mich tatsächlich? Nach der ganzen Scheiße, die er hier abgezogen hatte? Leo konnte nicht wirklich so dumm sein. Oder er wollte mich absichtlich auf eine falsche Spur lenken.

»Wie soll ich denn von etwas anderem ausgehen? Alles, was du bisher getan hast, war auf irgendeine Weise dazu da, mich schlechtzumachen oder mir ein schlechtes Gefühl zu geben. Buchstäblich«, sagte ich und dachte an den Vorfall im Wohnzimmer. Noch nie hatte ich mich so ... Ich wollte das Wort *vergewaltigt* nicht verwenden, aber auf eine gewisse Art und Weise fühlte ich mich tatsächlich so. Es war eine Sache, ein flaues Gefühl zu bekommen und zu denken, es wäre der eigene, genetisch bedingte sechste Sinn. Aber zu wissen, dass da jemand war, der einen ohne große Anstrengung so etwas fühlen lassen konnte, war erschreckend.

Leo verzog das Gesicht und fummelte an den hochgerollten

Ärmeln seines Hemds herum. »Okay, das ist fair. Ich gebe zu, ich hätte es besser regeln können.« Er biss sich auf die Lippe. »Aber ich hatte einfach genug, weißt du? All dieser Selbsthass ist nicht gesund.«

»Warum so plötzlich? Es ist ja nicht so, als wäre das eine neue Entwicklung. Und bis jetzt bist du noch nie aufgetaucht.«

»Willst du mir das jetzt vorhalten?«, fragte er mit ungläubigem Ton. »Es gibt schon einen Grund, warum niemand von unserer Existenz weiß. Dass die Leute uns für Aberglauben oder eine hübsche Fantasie halten. Wenn jeder Schutzengel – oder was auch immer wir sind – sich jedes Mal zeigen würde, wenn sein Schützling in Schwierigkeiten steckt, dann hätten wir ein ganz anderes Problem.«

Sein Ausdruck wirkte immer noch verkrampft auf mich, aber gleichzeitig schien es so, als hätte der Kampfgeist Leos Körper verlassen. Seine Körperhaltung war in sich zusammengesackt.

»Ich weiß manchmal einfach nicht mehr, was ich mit dir machen soll.«

Du und jeder andere, dachte ich wenig wohlwollend. »Nichts, was du sagst, widerspricht meiner Theorie.«

»Der Theorie, die besagt, dass ich dich im Stich gelassen habe?« Leo schüttelte den Kopf und sah dabei irgendwie gänzlich verloren aus. »Du weißt gar nicht, wie ... Ich meine, es ist nur eine Annahme, weil ich nie mit jemandem darüber gesprochen habe, aber ich bin mir ziemlich sicher, wir könnten gar nicht.«

Seine Worte machten wenig Sinn. Ich war mir nicht sicher, ob Leo sich meiner Anwesenheit überhaupt noch bewusst war. Er starrte aus dem Fenster, an dem sich nach und nach Tropfen ansammelten. Es hatte wohl wieder zu regnen begonnen. Wie passend.

»Du erinnerst dich wirklich nicht an mich«, sagte er leise.

Ich zog die Augenbrauen zusammen. Wie auch?

»Ich habe mich dir einmal gezeigt. Als du klein warst. Ich meine, ich dachte, was macht es schon? Kinder haben dauernd irgendwelche Fantasiefreunde.« Leo zuckte die Schultern.

Ich blickte ihn an, musterte ihn von oben bis unten, aber ich konnte mich ehrlich nicht erinnern, diesem Kerl schon einmal begegnet zu sein. Nichts an ihm war mir auf irgendeine Weise vertraut.

»Ich bin mir sicher, ich habe dich noch nie zuvor gesehen.«

»Da liegst du falsch.« Etwas in seinem Unterton sagte mir, dass ich seiner Meinung nach dauernd falsch lag. Vielleicht war es auch nur eine unterschwellige Abneigung, die ich gegen ihn hegte. Würde er dagegen etwas unternehmen? Mir ein Gefühl schicken, damit ich ihm vertraute? Der Gedanke ließ mich erschaudern.

»Du kannst dich wirklich nicht daran erinnern?«, fragte Leo missmutig.

Ich schüttelte den Kopf. Wollte ich das überhaupt? Alles, was mit Leo, meinem gottverdammten Schutzengel, zu tun hatte, erschien mir falsch, *so falsch*. Der Typ konnte mich bestimmt nicht leiden. In meinem Kopf würde das einiges erklären. Es erklärte mein beschissenes Leben und warum ich nicht wie ein normaler Mensch funktionierte. Offensichtlich war es ihm scheißegal, wie es mir ging. Er würde mir ansonsten helfen, nicht wahr?

Ich zuckte zusammen, als ich eine Art Ziehen in meinem Kopf spürte. Als würde ich über etwas nachgrübeln und die Antwort wäre kurz davor, an die Oberfläche zu kommen. Als läge sie auf meiner Zungenspitze, wäre aber noch nicht in Reichweite. Noch nicht ganz.

»Was tust du?«, fragte ich leicht panisch.

»Ich versuche, dir zu helfen, dich zu erinnern«, sagte Leo mit konzentriertem Gesichtsausdruck.

»Mach so was nicht ohne ...« Aber plötzlich war es wieder da. Ich erinnerte mich.

15 Jahre zuvor

Es donnerte. Ich fuhr zusammen. Donner machte mir Angst.

Wimmernd zog ich mir die Decke über den Kopf, damit alle Geräusche ein wenig leiser wurden. Vielleicht, wenn ich mich fest genug konzentrierte, würde ich das nächste Grollen nicht hören. Ich wollte es nicht hören, wollte schlafen, wollte meine Mama ...

Warum schlief sie nicht mehr bei mir, so wie früher? Sie hatte gesagt, ich wäre nun ein großer Junge und das gefiel mir. Aber jetzt war es Nacht und ich hatte Angst und wollte mich an sie kuscheln.

Ich öffnete meine Augen einen Spalt und sah sofort das Licht eines weiteren Blitzes, das über die Zimmerdecke zuckte.

»Mama.«

Hörte sie mich? Sollten Mamas einen nicht immer hören? Papa würde wahrscheinlich nicht kommen, weil sein Schnarchen noch lauter war als der Donner. Aber Mama? Sollte ich aufstehen und zu ihnen ins Schlafzimmer gehen? Ich wollte es, aber ich hatte Angst, dass ein Monster nach meinem Fuß greifen könnte, wenn ich ihn auf den Boden stellte. Ich wusste, da war eins unter dem Bett. Papa hatte zwar gesagt, dass es keine Monster gäbe – weder unter dem Bett noch sonst wo – und ich mich nicht so anstellen sollte, aber ich fand mich ziemlich schlau. Wenn ich ein Monster wäre, würde ich mich ganz sicher unter dem Bett verstecken. Würde dort unten lauern und darauf warten, bis es draußen finster war und ein Gewitter kam und dann ...

Ich gab einen erstickten Schrei von mir. Ich wollte an so etwas nicht denken, aber ich traute mich auch nicht, mich umzudrehen. Das Monster war inzwischen vielleicht ungeduldig geworden und stand hinter mir. Wenn ich mich umdrehte, würde es grinsen und mich mit seiner kalten, schleimigen Hand anfassen und unters Bett ziehen.

Ich schloss meine Hände um die Decke. Ich wollte meine Mama. Sie roch immer so gut. Nach etwas, das mich dazu brachte, mich sicher zu fühlen. Aber ich musste jetzt allein schlafen.

Weil ich ein großer Junge war.

Mein Kopf tat mir weh, wahrscheinlich weil ich so krampfhaft versuchte, mich zusammenzureißen. Trotzdem schlüpften Schluchzer über meine Lippen. Warum war niemand da? Warum verscheuchte niemand die Monster mit ihren bösen Fratzen ...?

»L-Leo? Leo bist du da? Bitte sei da, sei da, sei da ...«

Ich vergrub mein Gesicht tiefer in meinem Kissen. Mama war der Meinung, ich würde mir Leo nur einbilden. Dass es diese Gestalt nicht gab, die eines Nachts zu mir gekommen war, als ich mich gefürchtet hatte. Mama war überzeugt, ich hätte zu viel Fantasie. Dass ein fremder Mann nie im Leben in meinem Zimmer auftauchen und sagen könnte, dass alles gut werden würde und dass er mich lieb hätte. Mich immer beschützen würde. Dass er mein Schutzengel wäre und niemals von mir weggehen würde. Deswegen hatte ich bis jetzt auch nicht nach ihm gerufen. Weil ich nicht wollte, dass ich mir Dinge einbildete. So etwas würde Papa und Mama nicht stolz machen. Aber jetzt wollte ich einfach nur, dass jemand für mich da war. Leo hatte so echt ausgesehen beim letzten Mal, als er hier gewesen war.

»Schh, Spätzchen. Es ist alles gut. Ich bin ja da.«

Ungläubig öffnete ich die Augen. Langsam zog ich die Decke von meinem Kopf und sah in das lächelnde Gesicht aus meiner Erinnerung, das ich in der Dunkelheit des Zimmers kaum erkennen konnte.

»Leo?«

Er nickte. »Hast du Angst vor dem Gewitter, Spätzchen?«

Ich nickte auch. Jetzt, wo Leo hier war, war die Angst nicht mehr ganz so schlimm. Leo sah wie jemand aus, der alles Böse vertreiben konnte. Stark und klug.

»Es wird bald vorüber sein, Eric. Nicht mehr lang. Es vergeht immer mehr Zeit zwischen Blitz und Donner. Du wirst sehen, gleich wird es nur noch regnen.«

»Bestimmt?« Das Gewitter schien so nah. Als wäre es direkt über mir. Kein bisschen so, als würde es weiterziehen.

»Ganz bestimmt.« Leos Stimme klang zuversichtlich.

»Und die Monster?«, fragte ich unsicher.

Leos Brauen hoben sich. »Monster?«

»Die unter dem Bett. Da sind bestimmt welche. Und im Schrank vielleicht auch.«

Leos Lippen formten ein perfektes O. Ich fand nicht, dass er aussah, als glaubte er mir. Ich zog meine Augenbrauen zusammen.

»Hast du schon einmal ein Monster gesehen, Spätzchen?«

Ich schüttelte heftig den Kopf und wischte mir mit dem Ärmel meines Pyjamaoberteils über die nassen Augen und Wangen. »Nein. Am Tag kommen sie nicht raus und in der Nacht traue ich mich nicht, nachzusehen. Aber ich weiß, dass sie da sind.«

Leo richtete sich auf. »Soll ich nachsehen?«

Ich nickte, immer noch damit beschäftigt, mir mein Gesicht abzuwischen. Die blöden Tränen wollten einfach nicht weniger werden.

Ich bekam ein Lächeln geschickt, das mich zurücklächeln ließ. Leo war nett.

Ich sah ihm zu, wie er sich vom Bett erhob und zu meinem Schrank ging, dessen Tür offen stand. Atemlos und etwas besorgt um meinen Beschützer, reckte ich meinen Kopf.

»Der Schrank ist definitiv monsterfrei«, verkündete Leo ein paar Sekunden später und näherte sich mir wieder.

»Sie verstecken sich lieber unter dem Bett. Da ist es dunkel und unheimlich. Und staubig. Ich glaube, Monster mögen Staub«, verkündete ich und rümpfte die Nase.

»Da hast du wahrscheinlich recht.« Leo bückte sich. Allerdings nicht so, wie ich es erwartet hatte. Vielmehr setzte er sich wieder auf das Bett und steckte den Kopf direkt durch die Matratze hindurch. Das sah vielleicht komisch aus! Ich lachte.

Leo hob den Kopf und strich sich durchs Haar. »Auch keine Monster. Und horch mal, Kleiner. Es donnert gar nicht mehr.«

Ich setzte mich auf, um besser hören zu können. Kein Donner. Nur der Regen prasselte stetig auf das Dach, aber daran war ich gewohnt. In England regnete es dauernd.

»Es ist weg?«

»Ja. Das Gewitter zieht weiter. Hier war es schon lang genug. Es will mal etwas Neues sehen.«

Ich zog die Augenbrauen zusammen. »Du redest Unsinn.«

»Ist das so? Vielleicht hast du recht. Aber ich bin mir dennoch sicher, dass selbst ein Gewitter Abwechslung braucht.«

Leo streckte sich neben mir auf dem Bett aus. Etwas unsicher hob ich die Hand und hielt sie dorthin, wo ich Leos Arm hätte spüren müssen. Allerdings war alles, was ich fühlte, eine wohlige Wärme, die meinen eigenen Arm hinaufwanderte und irgendwo in meiner Brust endete. »Du fühlst dich an wie Mama«, murmelte ich und legte mich so neben meinen Beschützer, dass mein Arm in seinem lag. Dieses Gefühl sollte nicht aufhören. Es machte mich schläfrig und glücklich, und ließ mich an Kissen und weiche Decken denken. Ich mochte das.

»Denkst du, du kannst jetzt schlafen, mein Spatz?« Leos Stimme klang gedämpft, als wollte er absichtlich nicht laut sprechen.

»Hm. Du gehst nicht weg, bis ich eingeschlafen bin, oder?«

»Natürlich nicht. Ich bin immer bei dir, das habe ich dir doch versprochen.«

Einige Minuten war es still im Zimmer, als ich den Kopf nach oben richtete, um Leos Gesicht zu betrachten. Ich hatte keine Zweifel, dass der Mann neben mir ein Schutzengel war. Er war so schön und alles an ihm brachte mich dazu, ihm vertrauen zu wollen. Einzig die Flügel fehlten, aber das störte mich nicht. Flügel waren sicher furchtbar unpraktisch. Leo war mein schöner, mutiger Schutzengel. Er hatte nach den Monstern gesehen, ohne sich zu fürchten. Jemand, der es mit Monstern aufnahm, konnte nur ein Schutzengel sein.

»Leo?«

»Ja?«

»Bilde ich mir nur ein, dass du da bist?«

»Nein, Eric. Ich bin wirklich hier. Und daran darfst du nie zweifeln. Ich bin immer bei dir. Immer. Und ich passe auf dich auf.«

Ich erinnerte mich. Wünschte aber, es wäre nicht so. Ich hatte es also geschafft, meinen eigenen Schutzengel oder Beschützer – oder was immer er war – dazu zu bringen, sich von mir abzuwenden.

Was stimmte bloß nicht mit mir?

»Hey, nein.« Leo lehnte sich nach vorn, aber ich streckte eine Hand aus und stoppte ihn mit dieser Geste. »Keine Ahnung, was in deinem Hirn vorgeht, aber diese Reaktion wollte ich mit der Erinnerung nicht hervorrufen.«

»Pech für dich«, murmelte ich. Es reichte mir. Ich fühlte mich müde. Ausgelaugt. Ich lehnte mich zurück in die Kissen und schloss die Augen gegen die aufkommenden Kopfschmerzen.

»Eric ...«, begann Leo.

»Kannst du weggehen?«

Stille. Aber etwas sagte mir, dass er noch hier war.

»Bitte«, flüsterte ich und wünschte, man könnte die Tränen in meiner Stimme nicht hören.

Als ich die Augen öffnete, war er fort.

5. Kapitel

Als ich aufwachte, ließ ich meine Augen zunächst geschlossen und lag einfach nur da. Ich musste gestern wohl irgendwann, nachdem ich mir noch ewig den Kopf über Leo zerbrochen hatte, eingeschlafen sein.

Leo.

Im ersten Moment wollte ich so tun, als wäre das alles eine Illusion gewesen. Eine Wahnvorstellung. Vielleicht war ich nach Hause gekommen und hatte nur sehr lebhaft halluziniert. Aber diese Reaktion auf unerklärliche Dinge hatte es in Büchern und Filmen schon hundertmal gegeben und ich war an einem Punkt angelangt, wo mich das nur noch nervte. Nein, es war wirklich passiert. Zumindest war ich mir da relativ sicher.

Hatte ich gestern überreagiert? Mit meiner Annahme, er könne mich nicht leiden? War es melodramatisch und eigentlich viel mehr eines Broadway Musicals würdig gewesen? Ich war mir nicht sicher. Gestern hatten meine Reaktion und die Gedanken, mit denen sie zusammenhing, noch so viel Sinn ergeben. Ich war wütend gewesen, als ich nach Hause gekommen war. Ausgelaugt. Und dann war dieser Typ aufgetaucht.

Es war so einfach gewesen, ihm alles in die Schuhe zu schieben. Ein Sündenbock. Allerdings änderte das nichts daran, dass Leo kein netter Mensch ... *Schutzengel* war. Schließlich hatte er mich gestern ordentlich beschimpft.

Aber eine Frage blieb: War ich verrückt geworden oder gab es ihn wirklich?

Es gab nur eine Möglichkeit, das herauszufinden.

»Leo?«, fragte ich, immer noch mit geschlossenen Augen.

Nichts ging über einen Test, nicht wahr?

»Was?«, antwortete eine Stimme aus einer Ecke des Zimmers und ich zuckte zusammen.

»Nichts. Du kannst wieder gehen.« Ich strampelte die Decke unter mir hervor und deckte mich zu. Scheinbar hatte ich die ganze Nacht auf anstatt unter ihr geschlafen, was auch erklärte, warum mir so kalt war.

»Ähm, nein. Sicher nicht. Ich bin nicht dein Hund. Du kannst mich nicht rufen und dann ignorieren.« Leo klang extrem empört und ich musste mir ein zufriedenes Grinsen verkneifen.

»Rede keinen Blödsinn. Ich würde niemals meinen Hund ignorieren.«

»Oh, haha. Sehr schlau. So witzig, ich sterbe gleich«, sagte er mit ausdrucksloser Stimme.

»Wenn du wieder verschwinden würdest, müsstest du meinen Humor nicht ertragen.«

Leo schnaubte. »Leider doch. Hast du eine Ahnung, wie oft du Selbstgespräche führst?«

Ich spannte meine Schultern an. Verdammt. Daran hatte ich noch gar nicht gedacht. Wenn Leo wirklich seit meiner Geburt bei mir gewesen war und wie es schien, immer in meiner Nähe sein musste, dann hatte er alles und zwar wirklich *alles* gesehen und gehört, was ich jemals gemacht und gesagt hatte. Jedes Selbstgespräch, jeden Pickel, den ich versucht hatte, zu überdecken, jedes Mal, wenn ich bei einem Song laut und falsch mitgesungen hatte, jedes Mal, wenn ich die Hand in meine Hose ...

»Oh mein Gott! Über was denkst du nur nach?«

Ich zog die Decke über meinen Kopf. »Sag du es mir.«

»Woher soll ich das wissen? Newsflash – ich kann deine Gedanken nicht lesen.«

Wenigstens etwas.

»Aber wenn ich raten müsste, dann ist dir soeben klar geworden, dass ich jede kleinste Kleinigkeit über dich weiß und du bist ausgeflippt, weil du ein peinlicher Mensch bist, der peinliche Sachen macht.«

Verdammt!

»Nicht, dass ich dich aus deiner so wunderbar unterhaltsamen Stimmung reißen will, aber ... es ist sieben.«

»Fuck!«, rief ich und riss mir die Decke vom Körper. Das Erste, was ich sah, war Leo, der mit einem selbstzufriedenen

Grinsen am Ende meines Bettes stand.

»Auf, auf zum wilden Jagen!«, sagte er und streckte beide Daumen nach oben.

War er so was wie mein Cheerleader?

»Verschwinde!«, sagte ich nur und flitzte ins Badezimmer. Ein paar Minuten später – ich wollte gerade aus der Dusche steigen – stolperte ich beinah über Leo, der auf dem Klodeckel saß.

»Dreh dich wenigstens um, du Spanner!«, rief ich und versuchte so gut es ging, alles zu bedecken. Leo für seinen Teil besaß die Dreistigkeit, mit den Augenbrauen zu wackeln. »Dir ist schon klar, dass ich dir jeden Tag beim Duschen zusehe, oder?«

Ungewollt gab ich ein erbärmliches Wimmern von mir, als ich mich auf umständliche Weise abtrocknete und letztendlich unter meiner Bettdecke anzog, während Leo mich mit amüsiertem Blick keine Sekunde aus den Augen ließ.

»Sag mal, macht dich das scharf?«, fragte ich entnervt, als ich mich aus dem Bett rollte.

»Dir auf die Nerven zu gehen?« Er überlegte mit einer Hand an seinem Kinn und nachdenklichem Blick. »Ja, doch. Schon irgendwie.«

Mit extra lauten Schritten machte ich mich auf den Weg zur Wohnungstür. Es war mir so was von egal, wenn sich die Nachbarn unter mir wegen dem Lärm beschwerten. Sollten sie nur! Ich war derzeit in bester Stimmung für einen Streit. Außerdem konnte ich den Nachbarn eine verpassen. Anders als Leo. Vielleicht würde er ja dann die Klappe halten.

Ich hielt ruckartig inne, als mir etwas klar wurde. »Hey, du willst mir doch nicht folgen, oder? Die Leute werden dich sehen.«

Oh mein Gott! Endlich, endlich hatte ich eine Möglichkeit gefunden, wie ich ihn loswerden konnte. Ich würde einfach nie wieder allein irgendwohin gehen. Nie wieder. Wahrscheinlich würde ich an einer Überdosis Interaktion mit Menschen sterben, aber das war es mir wert.

»Sei nicht blöd. Nur du kannst mich sehen.«

Beinah hätte ich losgeheult.

»Hey, kein Grund, gleich so beleidigende Gefühle zu haben!«

Warum nur war das mein Leben?

Bis ich in der Klinik war, hatte ich alle Geduld mit der Welt, aber vor allem mit Leo verloren. Die ganze Busfahrt über hatte er nicht einmal die Klappe gehalten, als hätte er sich vorgenommen, mir für sämtliche Ignoranz seiner Person den Tag zur Hölle zu machen und als sich eine alte Lady *in* ihn gesetzt hatte, war ihm das komplett egal gewesen. Ich meine ... *What the fuck?* Ganz ehrlich, am liebsten würde ich jegliche Beschwerde, die ich erst gestern über mein Leben geäußert hatte, zurücknehmen, wenn das Leo zum Verschwinden brächte. Außerdem war meine Existenz noch nie so höllisch gewesen wie jetzt.

Ich riss die Tür meines Spinds auf. Sie sprang wegen des heftigen Schwunges sofort wieder ins Schloss und ich stieß einen unterdrückten Schrei aus.

»Na, na, Eric. Beruhige dich mal«, sagte Clara und blickte mich mit hochgezogenen Brauen an.

»Ja, Eric. Hör auf die Lady«, fügte Leo hinzu, der sich auf einem Hundetransportkorb niedergelassen hatte. Er schien die Show zu genießen. Jede Sekunde davon. Bastard.

Ich atmete tief durch und drückte dabei die Arme fest an meine Seiten, damit ich nicht dem Impuls nachgab, um mich zu schlagen. Ein. Aus. Ein. Aus.

Den Kopf schüttelnd, öffnete ich behutsam meinen Spind und begann, mich umzuziehen. Obwohl ich es von Clara gewohnt war, dabei beobachtet zu werden, konnte ich den Gedanken nicht ertragen, dass Leo es ihr gleichtat. Claras Blicke wurden immer von amüsiertem Desinteresse begleitet. Leos Blicke waren einfach nur obszön, da war ich mir sicher. Zwar konnte ich ihn nicht sehen, weil er hinter mir stand, aber ich konnte fühlen, dass er mir zusah. Wusste es wegen der Gänsehaut, die über meine Arme kroch und wegen des Prickelns in meinem Nacken.

Erschaudernd drehte ich mich zu Clara und sah sie flehend an. »Bitte, gib mir irgendetwas zu tun.«

Sie wirkte etwas vor den Kopf gestoßen, fing sich aber schnell wieder. »Sieh mal nach, ob Mrs. Flanigan mit Quinn schon hier ist. Sie wollte ihn impfen lassen.« Mit einem dankbaren Nicken drehte ich mich um und ging nach draußen ins Wartezimmer.

Es war leer.

Noch nie war ein Wartezimmer so leer gewesen.

»Da ist keiner.«

Ich unterdrückte ein Grollen. »Das sehe ich auch, danke«, erwiderte ich genervt, als sich Leo ohne Einladung zu mir gesellte.

»Was sagst du, Eric?«, rief Clara mir aus dem Nebenraum zu.

»Du solltest aufpassen. Wenn du mit der Luft redest, denkt sie am Ende noch, du wärst verrückt.« Ein unheiliges Lächeln lag auf Leos Lippen und nicht zum ersten Mal an diesem Tag fragte ich mich, womit ich das verdient hatte. Womit ich ihn verdient hatte. Leo war der Teufel in Person und keiner konnte mich von etwas anderem überzeugen.

»Du bist so nervig«, flüsterte ich, woraufhin er seinen imaginären Hut vor mir zog. Scheinbar war er auch noch stolz darauf.

In diesem Moment ging Gott sei Dank die Tür auf und Mrs. Flanigan kam mit ihrem Spitz Quinn herein. Ich war noch nie im Leben so froh gewesen, das dämliche Gesicht dieses Hundes zu sehen. Womit ich allerdings nicht gerechnet hatte, war der Umstand, dass Quinn – sonst eine extrem stille, ja, sogar schüchterne Hündin – plötzlich wie verrückt zu bellen begann. Mrs. Flanigan sah ihr Haustier regelrecht entgeistert an, während ich die Augenbrauen hochzog. Ich war kurz davor, es als seltsames Ereignis abzutun und mir etwas zu überlegen, um das Tier zu beruhigen, als ich den Ausdruck auf Leos Gesicht sah.

Er hatte die Nase gerümpft und blickte den Hund voller

Verachtung an.

»Bellt sie wegen dir so?«, flüsterte ich aus dem Mundwinkel.

Leo gab ein Knurren von sich. »Hunde sind sensibel, was so etwas betrifft.«

»Dann geh weg. Das Bellen nervt.«

Leo rollte mit den Augen. Aber, Wunder über Wunder, er verschwand und der Hund verstummte augenblicklich, als wäre nichts passiert.

Ich seufzte zufrieden. Jetzt konnte ich nur hoffen, dass heute sehr, sehr viele Hunde in die Klinik kommen würden.

»Kannst du das in deiner momentanen Verfassung überhaupt?«

Ich schloss die Augen, als ich Leos Stimme ein paar Minuten später unmittelbar neben meinem Ohr vernahm. Ich war gerade dabei, ein Rezept für einen von Claras Patienten am PC einzutragen und hatte vor Schreck statt eineinhalb Tabletten, fünfzehn Tabletten pro Tag eingetippt.

»Das ist mein Job. Natürlich kann ich das. Auch in meiner derzeitigen Verfassung, die ich übrigens dir zu verdanken habe«, zischte ich.

»Hm. Fünfzehn Schmerztabletten scheinen mir aber schon viel zu sein. Willst du das Tier umbringen?« Das Schlimmste war, dass sein Ton ehrlich interessiert klang.

Wütend drückte ich auf die Löschentaste und wandte mich wieder dem Rezept zu, das Clara für eine Katze mit Herpesvirus brauchte.

»Na, dann lass mal sehen.«

»Wie soll ich arbeiten, wenn du mich dich ganze Zeit nervst?«, presste ich hervor.

»So ein wenig Gerede lenkt dich schon ab? Ich bin hier ja nicht der Experte«, fing er an.

»Offensichtlich«, flüsterte ich. Ich wünschte, er würde aufhören, mit mir zu reden. Mein PC war schließlich nicht weit von den Patienten und ihren Herrchen und Frauchen entfernt und die mussten nicht glauben, dass ich irre war. Das würde bloß ein schlechtes Bild auf die Klinik werfen und Clara am Ende ein paar Kunden kosten.

»Aber«, sagte er mit Nachdruck. »Aber ich frage mich schon, ob du für diesen Job qualifiziert bist. Ist ja nicht das erste Mal, dass du ein wenig ... durcheinander bist.«

Ich fühlte, wie ein Muskel in meiner rechten Wange zu zucken begann und wischte mir mit dem Handrücken darüber. »Ich mache diesen Job seit Jahren. Man sollte meinen, das würde reichen, um Vertrauen in mich zu haben.«

»Ja, das sollte man.«

Ich hob den Kopf und sah Leo direkt in die Augen. Sein Blick war geradezu stechend. »Aber ich bin nicht *man*, also habe ich das auch nicht vor.«

Die Tür ging auf und Clara kam aus dem Behandlungszimmer zu mir. »Ist alles okay? Du brauchst schon ganz schön lange.«

»Alles okay«, knurrte ich.

»Bist du dir sicher?«

Ich nickte.

»Wenn du willst, kann ich das für dich ...«

»Oh mein Gott! Ich weiß, wie man ein verdammtes Rezept schreibt!«

Sie hob die Hände in scheinbarer Unschuld und verschwand wieder durch die Tür.

»Siehst du? Sie glaubt auch nicht, dass ...«

»Zur Hölle noch mal!«

Der Tag verging in einem Wirbel aus Wut, Genervtheit und Migräne. Ich konnte mich nicht erinnern, wann ich das letzte Mal so angespannt gewesen war. Tatsächlich schmerzten meine Schultern, da ich es mir nicht leisten konnte, mich zu entspannen. Sobald ich meine figurativen Barrieren sinken ließ, tauchte Leo für gewöhnlich aus dem Nichts – oder wo immer er auch herkam – auf und erschreckte mich beinah zu Tode. Oder brachte mich mit einem seiner dämlichen Kommentare ein paar Schritte näher an ein frühes Grab. Ich hatte im Allgemeinen nichts gegen Sarkasmus, so lange er gewitzt war. Leo hingegen war einfach nur ein anstrengender Arsch und seine Stimme erinnerte mich im Laufe des Tages an das Kreischen einer Kreissäge. Ich wollte nur noch nach Hause, mir die Decke über den Kopf ziehen und nie wieder unter Menschen gehen.

»Eric?«

Automatisch fuhr ich zusammen, versuchte aber, mich wieder zu beruhigen. Es war bloß Grace. Bloß Grace.

»Hm?«

»Ähm ...«

Als sie zögerte, drehte ich mich zu ihr um. Sie wrang ihre Hände in einer nervösen Geste und schien meinem Blick absichtlich auszuweichen. Ich konnte es ihr nicht verübeln. Leo hatte mich in eine derart schlechte Stimmung versetzt, dass ich mehr als nur einmal besorgte Blicke von Clara und fast schon furchtsame Blicke von den Kunden geerntet hatte. Wenigstens hatte niemand versucht, mit mir ins Gespräch zu kommen. Bis jetzt.

»Ich wollte nur sagen, dass ...« Sie brach ab und seufzte. Dann straffte sie sich, ballte die Hände an ihren Seiten zu Fäusten und sah mir in die Augen. »Es tut mir leid, dass ich bis jetzt so eine schlechte Mitarbeiterin war. Das wird nicht wieder vorkommen und war keine Absicht. Aber ich denke auch, dass du überreagierst.«

Ich sah sie ein paar Sekunden lang, ohne zu blinzeln, an. »Bitte?«

Sie lachte trocken auf und verzog das Gesicht. »Ich weiß, dass du nicht viel von mir hältst. Das hast du ziemlich deutlich gemacht. Ich meine ... du hast gestern kaum ein Wort zu mir gesagt und heute warst du so ...« Sie schüttelte den Kopf. »Ich weiß gar nicht, wie ich das beschreiben soll. Oder nein. Ich weiß es doch. Du warst im kompletten Arschloch-Modus und ich finde nicht, dass ich das verdient habe.«

Ich biss mir auf die Lippe, als die Beschissenheit des Tages mich einholte und in einer Art Hysterie meine Brust hochzukommen drohte. Sie wollte darüber reden, ob man etwas verdiente? Was war mit mir, hm? Fragte mich jemand, warum ich mich heute so aufführte? Interessierte es irgendjemanden? Oder war die Welt voll von Menschen wie meinem Schutzengel, der den ganzen verdammten Tag nichts Besseres zu tun gehabt hatte, als mich zu verhöhnen, auszulachen und zu nerven? Jedes Mal, wenn ich versucht hatte, auch nur den geringsten Handgriff zu tun, war Leo hinter mir aufgetaucht und hatte an meinen Nerven gezerrt. Der Typ hatte einfach keinen Filter und schien alles zu sagen, was ihm in den Sinn kam, egal, wie nichtig oder verletzend es war und jetzt ... Jetzt stand Grace hier vor mir. Grace, die letzte Person, über die ich heute nachgedacht hatte. Sie versuchte tatsächlich, die ganze Sache so hinzubiegen, als würde sich alles um sie drehen. Ich wünschte, ich könnte etwas sagen, könnte sie zurechtweisen, sie irgendwie verletzen, damit sie mich in Ruhe ...

»Bist du wirklich so selbstverliebt?« Ich presste meine Lippen zusammen. Die Worte hätten nicht herauskommen sollen. Das taten sie doch sonst auch nicht, warum jetzt? Oh Gott.

Grace öffnete ihren Mund, als wollte sie etwas sagen, aber es kam kein Ton hervor. Ihre blauen Augen wurden groß.

Ich gab ein frustriertes Geräusch von mir und lief ein paar Schritte in Richtung Tür. Ich wollte nur noch nach Hause und nie wieder auch nur einem Menschen in die Augen sehen.

Aber ihr Blick schien mich zu verfolgen. Ich spürte ihn regelrecht in meinem Nacken und letztendlich entschied ich, dass, wenn ich schon verletzend sein konnte, ich nicht auch noch feige sein durfte.

Es ist okay. Ich hab's nicht so gemeint. Ich wollte das nicht sagen, ich wollte das nicht sagen, ich wollte ...

»Es hat nichts mit dir zu tun, okay? Es ... Es liegt nicht an dir.«

Ich blickte über meine Schulter und wartete, bis sie zögerlich nickte. Dann marschierte ich nach Hause.

»Eric?«

»Bitte, geh einfach weg«, flüsterte ich. »Geh weg, geh weg, geh weg ...«

»Okay.«

6. Kapitel

Die nächsten paar Tage ließ sich Leo nicht blicken. Ich erwachte jeden Morgen mit einem Gefühl unheilvoller Erwartung. Ging davon aus, dass er jede Sekunde vor mir stehen und ich mein Müsli quer über meinen Schoß verschütten würde.

Aber es passierte nicht. Es war, als wäre er nie da gewesen und um ehrlich zu sein, beruhigte mich das nicht besonders. Zuerst war er ohne einen Grund aufgetaucht und dann auf dieselbe Art wieder verschwunden? Ja, der Typ war ein Arschloch, aber das hieß nicht ... Hm. Na ja, wahrscheinlich hieß es genau das. Ein Arschloch musste sich schließlich nicht um Manieren kümmern.

Dennoch war mir die Sache nicht geheuer. Ebenso, wie ich Grace nicht geheuer zu sein schien. Sie hatte seit meinem Ausbruch kaum ein Wort zu mir gesagt, das nicht mit der Arbeit zu tun hatte. Sogar Clara war aufgefallen, dass sie mich argwöhnisch beäugte, als könnte ich jede Sekunde auf sie losgehen.

Nichts war gut in meinem Leben und der heutige Tag würde höchstwahrscheinlich wenig daran ändern. Es war der letzte Sonntag im Monat. Das hieß, ich würde heute Mum besuchen. Es war nicht so, dass ich sie nicht lieb hatte. Im Gegenteil. Es gab nur noch uns beide, seit Dad ... Na ja. Jedenfalls hatte ich sie gern. Aber derzeit machte sie sich unnötig ... Okay, vielleicht nicht unnötig, aber zumindest nicht extrem notwendig Sorgen um mich und mir ging das dezent auf den Geist. Ob sie wusste, dass ich sie deswegen nur das eine Mal im Monat besuchte, anstatt öfters in den Bus zu steigen und zu ihr zu fahren? Ich war mir nicht sicher. Allerdings hielt sie scheinbar auch nichts von einem Gegenbesuch. Warum auch immer. Möglicherweise wollte sie, dass ich den ersten Schritt machte. Aber da konnte sie lang warten.

Meine Mum lebte in Hulme, außerhalb der Stadt. Manchester mochte zwar nicht die größte Stadt der Welt sein, aber es lag dennoch ein ganzes Stück zwischen meiner Wohnung und ihrem Haus.

Ich lief die Straße entlang und sprang in einen Bus, der beinah leer war. Die paar Leute, die auf den abgewetzten Sitzen saßen, sprachen nicht miteinander und ich schloss seufzend die Augen. Busfahren war für mich meist ein Ärgernis, da es fast immer laut und eng und stickig in den Bussen war. Man musste mich nicht besonders gut kennen, um zu wissen, dass ich große Menschenmengen nur schwer ertragen konnte.

Ich hatte das von Mum. Auch sie war eine Art Einsiedlerin. Im Gegensatz zu mir hatte sie aber eine kleine Gruppe guter Freunde und schien daher zu glauben, sie habe das Recht, mich auf meine Probleme ansprechen zu dürfen. Gott, das klang so gemein. Sie war meine Mum, natürlich ging mein Leben sie etwas an. Aber wenn ich meine Probleme ignorieren wollte, dann hatte sie das gefälligst auch zu tun. Solidarität war das Stichwort hier, aber scheinbar hatte Mum dieses Memo nicht bekommen.

Als ich eine gute halbe Stunde später vor ihrem Haus stand, wartete sie schon auf mich. Ich konnte sehen, wie sich der Vorhang bewegte. Ein paar Sekunden später riss sie die Haustür regelrecht auf und umarmte mich fest.

Ich schnaubte belustigt und drückte sie an mich. Sie war eine große Frau, fast so groß wie ich. Je älter sie wurde, desto unpassender wirkte es. Ich konnte mir nur vorstellen, wie schlimm es sein würde, wenn sie erst sechzig oder siebzig war. Frauen dieses Alters hatten klein und pummelig zu sein. Nicht groß und schlank, mit einer Kraft in den Oberarmen, die beinah die gesamte Luft aus mir presste.

»Mum«, jammerte ich nach ein paar Sekunden und zog das Wort dabei in die Länge.

»Sohn«, äffte sie mich nach, ließ mich aber los und grinste mich an.

»Seit wann hast du deine Haare so?«, fragte ich, als mir auffiel, dass sie ihre grauen kinnlangen Strähnen gegen einen Kurzhaarschnitt eingetauscht hatte.

»Einen Monat oder so«, sagte sie und winkte mich ins Haus.

»Ist hübsch.«

»Danke«, sagte sie und ihr Lächeln wurde weicher.

In Momenten wie diesen fühlte ich mich, als würde man mir eins mit einem Neonschild überziehen. Mehrmals. Aber ich verdiente es nicht besser, weil ich ein grauenhafter Sohn war. Auf dem Schild stand übrigens *Arschloch*.

Sie so lang nicht zu sehen, während inzwischen bestimmt sämtliche Nachbarn und all ihre Freunde den neuen Haarschnitt bewundert und kommentiert hatten, war scheiße. Für mich ebenso wie für sie, da war ich mir sicher.

»Magst du etwas essen?«

»Nein, danke.«

»Ich habe Brownies gemacht.«

»Ja, bitte.«

Sie lachte und ging in die Küche, unterdessen warf ich mich auf die Couch.

Sie wohnte noch nicht lang in diesem Haus und ich verband damit keine Nostalgie. Ich hatte hier nicht meine ersten Schritte gemacht, hatte nicht auf der Straße vor dem Haus Fahrradfahren gelernt oder war als Batman verkleidet durch die Flure gerannt. Mum hatte das alles hinter sich gelassen, als Dad ... Na ja. Als Dad sie wegen einer Jüngeren verlassen hatte. Die ganzen alten Erinnerungen an erste Male, die hier niemals stattgefunden hatten, wichen der Erinnerung an die Lügen, die mein Vater ihr aufgetischt hatte. Ich konnte verstehen, dass sie nicht mehr in einem Haus leben wollte, in dem sie alles an einen Mann erinnerte, der ihre Beziehung weggeworfen hatte, als bedeutete sie nichts.

Leider hieß das auch, dass mich mit diesem Haus nichts verband. Die Nostalgie, die ich hier fühlte, hatte nichts damit zu tun, dass dieser Ort Gedanken an früher heraufbeschwor. Es hing vielmehr damit zusammen, dass er es nicht tat. Ich wünschte mir die alten Zeiten zurück. Als meine Eltern noch eine unumstößliche Einheit gebildet hatten und ich stolz darauf war gewesen, es genial gefunden hatte, wie gern sie sich nach all den Jahren noch gehabt hatten. Aber scheinbar hatten Mum und ich uns beide getäuscht. Dad war nicht glücklich gewesen. Sonst hätte er nie mit ... *ihr* geschlafen und unser aller Herzen gebrochen. Mum kam wieder in den Raum und drückte mir einen Teller mit einem Brownie – Schlagsahne inklusive – in die Hand.

»Aber nicht durch die Nase«, sagte sie mit einem Grinsen und ich stöhnte.

»Das war einmal. Und ich war sechs.« In meiner Gier hatte ich an meinem sechsten Geburtstag ein wenig Sahne inhaliert und wäre fast daran erstickt. Zumindest hatte es sich so angefühlt.

»Es amüsiert mich aber immer noch. Ich hätte damals ein Foto machen sollen.« Mum seufzte und schüttelte, scheinbar von sich selbst enttäuscht, den Kopf.

»Wenn ich mich richtig erinnere, warst du relativ panisch«, sagte ich ungnädig, aber Mum winkte meinen Kommentar ab.

»Lass mir meinen Spaß. Heutzutage bist du nicht mehr so lustig.«

Ich streckte ihr die Zunge raus und spießte ein Stück meines Brownies mit der Gabel auf. Als ich es aß, musste ich ein Stöhnen unterdrücken. Niemand, absolut niemand machte derart geniale Brownies wie Nina O'Brien und dazu stand ich!

»Was machst du eigentlich in diese Brownies rein? Crack? Heroin?«

»Blaues Meth«, sagte Mum und ich verschluckte mich beinah. Sie grinste nur.

»Du siehst dir *Breaking Bad* an?«

Sie zuckte die Schultern. »Wieso nicht? Ich finde es ganz spaßig.«

Spaßig?

Sie stöhnte auf und es klang, als wäre sie ziemlich genervt von mir. »Tu nicht so, als wäre ich alt und könnte mir höchstens Wiederholungen von *Unsere kleine Farm* ansehen. Ich mag ein bisschen Mord und Totschlag, weißt du?«

Ich nickte, obwohl mir das neu war. Als ich jünger gewesen

war, hatte sie mich nicht mal Videospiele spielen lassen wollen und ich hatte sie immer wieder davon überzeugen müssen, dass ein bisschen *Tomb Raider* mich nicht gleich in einen Frauen stalkenden Serienkiller verwandeln würde. Aber ich schätzte, mit der Zeit veränderte man sich. Außerdem hatte sie meine Stalkerkarriere jetzt nicht mehr in der Hand. Ich war mein eigener Meister. Ha!

»Was gibt es Neues bei dir?«

Ich gab bei der verhassten Frage ein Grollen von mir. Warum musste sie meine Tage immer mit diesen sechs Worten zerstören? »Vielleicht sollten wir besser darüber reden, was es bei dir Neues gibt. Das ist garantiert interessanter.«

Sie schürzte die Lippen und schickte mir einen kalkulierenden Blick zu, mit dem ich nur zu vertraut war. Er besagte, dass ich ihr gleich alles erzählen würde, ob ich das wollte oder nicht. »Ich habe gestern Clara getroffen.«

»Ah ja?«

»Hm. Sie meinte, dass du in letzter Zeit noch genervter bist als sonst und hat mich gefragt, ob du deine Medikamente verloren hast.«

Ich wusste, dass mein Mund offen stand. Aber ich hatte keine Ambitionen, ihn zu schließen. Was zur Hölle? Clara hatte das nie und nimmer wirklich gesagt, sie würde nie ... Ach, wen wollte ich hier eigentlich verarschen? Natürlich würde Clara so etwas sagen. Weil sie ein schlechter Mensch und im Allgemeinen ganz unausstehlich war.

»Also?«

»Also was«, murmelte ich, immer noch nicht bereit, aufzugeben.

»Raus damit. Ich bin deine Mutter. Ich habe dich unter Schmerzen geboren. Im Endeffekt habe ich dich erschaffen, also habe ich ein Recht darauf, zu erfahren, was du mit meiner Schöpfung anstellst.«

Ich schnaubte. »Alles klar, *Victoria Frankenstein*.«

Mir auf die Unterlippe beißend, stellte ich den Teller auf dem runden Kaffeetisch ab. Am Ende fuchtelte ich vor Aufregung noch dermaßen mit den Händen herum, dass mir mein Brownie auf den Teppich fiel. Das wäre eine Travestie sondergleichen.

Abgesehen davon, wusste ich, dass sie eine Antwort von mir erwartete. Allerdings konnte ich meiner Mutter schlecht erzählen, dass mich mein Schutzengel in den Wahnsinn getrieben hatte, nur um anschließend spurlos zu verschwinden. Sie würde mich einliefern lassen und dann würde ich wirklich Medikamente nehmen müssen. Nein, ich musste mir eine glaubhafte Story überlegen und das sofort.

Mum blickte mich erwartungsvoll an. Ihre Arme waren verschränkt und sie saß mit überschlagenen Beinen in dem Ohrensessel gegenüber von mir. Ihr Bein wippte auf und ab.

»Also ...«

Wie lang konnte ich das noch hinauszögern? Wie dämlich würde sich die Story anhören, die ich mir gleich aus dem Arsch zog? Aber vor allem: Warum hatte ich nicht vorsorglich eine Geschichte vorbereitet, die ich ihr auftischen konnte, sollte sie von dem Thema Wind bekommen? Ich wusste doch, dass Clara und sie sich gern mochten und ab und zu trafen. Scheinbar war ich nicht paranoid genug gewesen.

»Da ist dieser Typ. Leo. Ich kenne ihn praktisch schon immer.«

»Warum weiß ich dann nichts von ihm?«, fragte Mum und zog die Augenbrauen zusammen. Verdammt! Da war schon der erste Fehler in dem beschissenen Netz aus Lügen, das ich gerade versuchte, zu spinnen. Ich erzählte Mum praktisch immer alles. Das lag hauptsächlich daran, dass man ihr nichts verheimlichen konnte, weil sie bei meiner Geburt das Special gebucht hatte. Zusätzlich zu dem Baby hatte sie auch noch den Spinnensinn eingesetzt bekommen, den schon *Spiderman* gerockt hatte. Ihrer bezog sich aber gänzlich auf mich, meine sozialen Unfähigkeiten und peinlichen Eskapaden.

»Ich weiß nicht. Wir haben uns im Internet kennengelernt und irgendwie kam es nie zur Sprache.«

Lahm. Aber was sollte man machen? Etwas Besseres brachte ich gerade nicht zustande. Falls Mum den Blödsinn riechen konnte, sagte sie zumindest nichts.

»Na ja und irgendwie, weißt du, irgendwie weiß er einfach alles über mich.« Meine Güte, was sollte ich ihr erzählen, ohne mir die Lippen wund zu lügen? Ich konnte ihr doch nicht sagen, dass ich Leo alles über mich erzählt hatte, weil das einfach so weit von der Wahrheit entfernt war. »Und vielleicht hat er manchmal auch versucht, mir bei gewissen Dingen zu helfen, weißt du?«

»Manchmal?«

Verflucht sollte sie sein. Immer musste sie die wichtigen Worte aus meinen Sätzen picken.

»Immer, eigentlich. Aber um fair zu bleiben, ich habe ihn nicht darum gebeten.« Ich klang wie ein wütendes Kind, selbst in meinen Ohren.

Sie beugte sich nach vorn und lehnte das Kinn auf ihre Hand, während sie ihren Ellbogen auf dem Knie abstützte.

»Das klingt nicht so, als hättest du auf ihn gehört.«

Ich seufzte. »Habe ich auch nicht. Meistens zumindest nicht.«

Sie presste die Lippen zusammen und sah mich fragend an.

»Nicht bei Natalie«, flüsterte ich. »Er hat irgendwie gewusst, dass mit ihr etwas nicht stimmte, aber ich wollte nicht auf ihn hören.« Ich rieb mir müde über die Augen und atmete tief aus. »Ich wollte, dass sie okay war. Dass sie mich mochte. Wollte das einfach haben ...«

Mum stand auf und setzte sich neben mich auf die Couch. Dann legte sie einen Arm um mich und strich mir durch die Haare, so wie sie es getan hatte, als ich noch klein gewesen war. »Ich weiß, Kleiner. Ich weiß.«

Das tat sie wirklich. Schließlich hatte sie es auf ihre Weise selbst erlebt. Sie wusste, wie es war, wenn man an etwas festhielt, das nicht funktionieren wollte. Aber anstatt das Offensichtliche einzusehen, tat man alles, damit man in das Leben der anderen Person passte. Sogar wenn man sich dabei einen Arm abschneiden musste. Oder das Herz herausreißen.

Ich räusperte mich. »Jedenfalls ... Irgendwie sieht er es als seinen verdammten Job oder so an, auf mich aufzupassen.«

»Wie dein persönlicher Schutzengel.«

Ich musste ein hysterisches Lachen unterdrücken. Mum hatte ja keine Ahnung.

»So in der Art. Bisher kannten wir uns nicht persönlich, aber vor einer Woche ist er auf einmal bei mir aufgetaucht und hat sich wie das größte Arschloch aller Zeiten benommen. Ist mir sogar auf die Arbeit gefolgt und hat diese kleinen beschissenen Kommentare abgelassen.«

Ich war immer noch nicht sicher, wozu das hatte gut sein sollen. Wollte er einfach nur sicherstellen, dass ich um seine Abneigung mir gegenüber wusste? Wollte er es mir heimzahlen, dass er seit zwanzig Jahren an mich gebunden war? Oder war es etwas gänzlich anderes? Die Fragen schwirrten in meinem Kopf und eine Art Summen entstand.

»Was für Kommentare denn?«

»Zuerst war er einfach nur nervig, aber irgendwie auf eine witzige Art und Weise. Das war noch okay. Aber dann hat er jeden Handgriff, den ich gemacht habe, hinterfragt. Am Ende hatte er mich so weit, dass ich selbst nicht mehr wusste, ob ich überhaupt eine Ahnung habe, was ich tue.«

Mum schwieg und als ich meinen Blick auf sie richtete, waren ihre Augenbrauen zusammengezogen. Es sähe ihr ähnlich, wenn sie etwas in ein paar Minuten und mit limitierter Information ausknobeln könnte, an dem ich mir seit Tagen die Zähne ausbiss. Ich rechnete ihr einfach nicht genug an. Meine Mutter war oft unglaublich scharfsinnig und fand Verbindungen zwischen Vorfällen, wo andere nur ein wirres Netz aus Nichtigkeiten sahen.

Erwartungsvoll blickte ich sie an und sie rümpfte die Nase.

»Ich habe wirklich keine Ahnung, warum er sich so verhält.«

Das war einer der Momente in meinem Leben, in dem ich mir gern mit der Hand an die Stirn geschlagen hätte. »Wieso nicht?«

»Ich bin nicht allwissend. Leider. Vielleicht solltest du ihn einfach fragen, was mit ihm los ist? Ist dir das schon in den Sinn gekommen?«

Klar war es das. Aber ich wollte ihn nicht fragen. Ich konnte sein selbstzufriedenes Gesicht schon vor mir sehen. Es fehlte mir gerade noch, mir von diesem Typen irgendetwas erklären zu lassen. Nein. Ich musste von allein darauf kommen, nachdem meine Mum scheinbar keine Hilfe sein würde.

»Ich löse das Rätsel schon noch irgendwie.«

Mum schüttelte den Kopf. »Deine Sturheit setzt immer in den unpassendsten Momenten ein.«

Ich machte bloß ein unwilliges Geräusch und sie seufzte. »Na schön. Themenwechsel. Was gibt's Neues auf der Arbeit?«

Wir verstrickten uns unerwarteterweise ziemlich tief in dieses Thema. Ich jammerte über Grace und über das Leben im Allgemeinen, während sie nickte und mich zweifellos verurteilte. Das Problem war nur, dass in meinem Hinterkopf immer noch Leos Verhalten nagte. Ich hasste es, wenn ich etwas nicht verstand und es war eine Frage der Ehre, selbst dahinterzukommen, was Leo über die Leber gelaufen war. Ich hatte schon lang nicht mehr mit jemandem zu tun gehabt, der mich auf persönlicher Ebene fertigmachte. Die meisten Menschen wussten einfach nicht genug über mich. Dazu kam noch, dass ich ohnehin nicht viele Bekanntschaften hatte. So gut wie niemanden, wenn wir ehrlich waren.

Aber solch depressive Gedanken brachten mich auch nicht weiter. Der Fakt blieb bestehen, dass ich seit der Schule nicht mehr so behandelt worden war. Ob es irgendjemanden auf der Welt gab, dessen Schulerfahrungen nicht auf die ein oder andere Weise beschissen gewesen waren? Ich hatte die Schule gehasst. War seit der Mittelschule immer der Außenseiter. Das einsame Kind in der Ecke, das nur einen einzigen Freund hatte. Dass Rory sich meiner erbarmt hatte, verstand ich bis heute nicht, denn ihn hatten immer alle gemocht. Er erinnerte mich manchmal an die Sonne von den *Teletubbies*. Damals war er neu an die Schule gekommen und, wie das nun mal so war, hatte er versucht, sich direkt mit dem Außenseiter anzufreunden. Ich hatte ihm das nicht nachgetragen, denn jeder hatte diese Strategie angewandt. Anders als die anderen war er aber an meiner

Seite geblieben. Tja. So spielte das Leben. Alles verging. Weil es das musste und die Zeiten nicht aufhörten, sich zu ändern, bloß weil man glücklich war.

Manchmal wünschte ich mir, ich wäre noch ein kleines Kind. Das tat wahrscheinlich ein jeder an einem Punkt in seinem Leben. Und klar, als ich fünf gewesen war, hatte Fabio Poletti zu mir gesagt, ich würde wie ein Ägypter gehen – nicht, dass irgendjemand in der Kindergartengruppe überhaupt gewusst hatte, was das bedeutete – und die ganze Pausengruppe dazu gebracht, mich auszulachen. Aber ich hatte es ihm heimgezahlt, indem ich sein Bügelperlenbild vor seinen Augen zerstört hatte, weil ich es voll hässlich gefunden hatte, aber das waren ja nur Kleinig...

Nein. Ganz bestimmt nicht. Kein normaler Mensch würde so einen Schwachsinn durchziehen. Andererseits war Leo kein normaler Mensch. Hölle, er war noch nicht mal ein Mensch, nicht wahr? Nach allem, was ich über ihn wusste, was mehr oder weniger nichts war, könnte es wirklich sein, dass er etwas Derartiges abzog. Fuck. Es gab durchaus einen Grund, warum ich mich mit Tieren beschäftigte und nicht mit Literatur. Ich hasste es, Dinge zu interpretieren. Und schließlich waren wir nicht mehr im Kindergarten, oder? Ich war in dem Szenario nicht Fabio Poletti, dem man eins auswischen musste, oder?

»Mum«, sagte ich und riss sie damit von ihrem Handy los, auf dem sie ihre E-Mails gecheckt hatte. »Kriegsrat.«

Sie blinzelte mich an und legte das Telefon sorgfältig auf den Beistelltisch neben sich.

»Meinst du, er wollte es mir heimzahlen? Leo, meine ich. Mir zeigen, wie es sich anfühlt, wenn an seinen Fähigkeiten gezweifelt wird?« Ich sah Mum in die Augen und hoffte beinah, zum falschen Schluss gekommen zu sein. Hoffte, dass es zu weit hergeholt war und sie den Kopf schütteln würde.

Stattdessen gab sie ein nachdenkliches Geräusch von sich und zuckte die Schultern. »Ich kenne deinen Freund nicht, aber jetzt, wo du es sagst ... Ich weiß nicht. Du weißt eher über seinen Charakter Bescheid. Kann er manchmal kindisch sein?

Denkst du, er würde so was machen?«

Das war die Preisfrage.

»Er kann manchmal nachtragend sein«, sagte ich, ohne es überhaupt genau zu wissen. »Und ja, er ist extrem kindisch.« Das sagte ich bloß, um Leo eins reinzuwürgen. Der Kerl würde mir Rede und Antwort stehen müssen, sobald ich nach Hause kam.

»Dann solltest du dich vielleicht bei ihm entschuldigen.« Mum strich sich geschäftig den Rock glatt. Plötzlich war sie wieder im Rügende-Mum-Modus und warf mir einen strengen Blick zu.

Ungläubig starrte ich sie an. »Ich bin doch nicht auf dem Spielplatz und es geht hier nicht darum, wer wem die Schaufel geklaut hat.« Oder wer hier wem das Bügelperlenbild kaputtgemacht hatte.

Sie schnaubte. »Junge, ich wünschte, es wäre so.« Sie wandte ihr Gesicht von mir ab. Eine beschissene, flammende Faust umfasste mein Herz und drückte es schmerzhaft. Diese große Frau neben mir wirkte plötzlich so klein. In sich zusammengesunken und einfach nur traurig.

»Ich wünschte, du wärst noch klein und all diese verdammten Dinge wären nicht passiert. Ich wünschte, Matthew wäre noch hier und das Schlimmste, worüber du dir Sorgen machen müsstest, wäre die Frage, wer deine Sandburg kaputtgemacht hat.« Sie schüttelte den Kopf. »Aber so ist es nicht. Und im Gegensatz zu Matthew und mir kannst du die Freundschaft mit diesem Leo noch retten. Du hast Glück. Er sorgt sich um dich. Was willst du mehr?«

Sie sah mich mit schmerzerfülltem Ausdruck und irgendetwas anderem, das mir die Luft abschnürte, an. So wie sie es darstellte, klang es einfach. Aber vielleicht war es das auch. Ich vergaß manchmal, dass ich nicht der Einzige war, der etwas verloren hatte, als Dad uns verließ. Vergaß, wie einsam sie war. Schuldgefühle ergriffen Besitz von mir. Ich rutschte zu ihr und nahm sie in die Arme. Sie gab ein ersticktes Geräusch von sich und wandte sich mir zu, um mich ordentlich zu umarmen. Vergrub ihr Gesicht an meiner Schulter und klammerte sich an den Stoff meines Hoodies.

Ich umarmte sie viel zu selten.

»Wenn du jemanden hast, der dich gern genug hat, sich Sorgen um dich zu machen, dann solltest du daran festhalten. Man trifft solche Leute nicht oft im Leben.«

Ich sagte ihr nicht, dass Leo mich vermutlich nicht leiden konnte. Dass ich wirklich, in jedem Sinn des Wortes, nur ein Job für ihn war.

»Okay, Mum.«

»Gut.« Sie zog sich aus meinen Armen zurück und wischte sich über die Wangen. Ich wusste nicht, ob sie wirklich geweint hatte oder ob sie die Geste nur vorsichtshalber ausführte. Ob sie sich selbst nicht mehr sicher war, wann sie weinte und wann nicht.

»Willst du noch einen Brownie?«

»Auf jeden Fall.«

7. Kapitel

Die Tür fiel mit einem leisen Geräusch hinter mir zu, als ich ein paar Stunden später meine Wohnung betrat. Mum und ich hatten noch ewig über dieses und jenes gesprochen und mir war wieder eingefallen, wie sehr ich unsere Gespräche genoss. Mit jemandem zu reden, der niemals urteilen würde, weil er ohnehin so gut wie alles über einen wusste. Jemand, bei dem man nicht zweimal überlegen musste, ob man ihm etwas anvertrauen konnte oder nicht. Grenzenloses, aber vor allem bedingungsloses Vertrauen war etwas, das ich außer mit meiner Mum noch nie mit jemandem geteilt hatte. Ich war ein Idiot, weil ich dieses Geschenk nicht öfter würdigte.

Um es wiedergutzumachen und vielleicht auch, um mich selbst ein wenig zu bestrafen, beschloss ich, ihrem Rat zu folgen. Ich musste mit Leo reden. Konnte diese Sache nicht einfach so in der Luft hängen lassen. An und für sich war ich ein großer Fan der Ignoriere-ein-Problem-und-es-wird-schon-weggehen-Taktik, aber gleichzeitig wusste ich, dass es mir keine Ruhe lassen würde.

»Leo?«

Ich sah mich im Zimmer um, aber er tauchte nicht auf.

»Leo?«, versuchte ich es noch einmal.

Mein Herz machte einen Satz und Furcht berührte meinen ganzen Körper, als hätte mich jemand in eine Wanne davon getunkt. Er war doch nicht weg, oder?

»Leo, bitte?«

»Was?«, hörte ich seine genervte Stimme hinter mir und schloss für eine Sekunde erleichtert die Augen. Warum mich sein Erscheinen so froh machte, würde ich ein anderes Mal analysieren. Nicht jetzt. Nope. Definitiv nicht jetzt.

Ich drehte mich zu ihm um. Seine Arme waren vor seiner Brust verschränkt und seine Lippen fest zusammengepresst. Er sah mir nicht in die Augen. »Womit darf ich seiner Hoheit zu

Diensten sein?«

Ich biss mir auf die Lippe, um nicht etwas ähnlich Stechendes zu erwidern. Streiten konnten wir später immer noch. »Können wir ins Wohnzimmer gehen und uns setzen?«

Leo zuckte bockig die Schultern. »Macht für mich keinen Unterschied.«

»Kommst du trotzdem?«, fragte ich.

»Ist nicht so, als hätte ich eine Wahl. Schutzengel, erinnerst du dich?«, sagte er und zeigte mit beiden Daumen auf seine Brust.

»Ich kenne mich mit den Regeln nicht aus.« Dieses Gespräch konnte entweder Minuten oder Stunden dauern. Falls Letzteres der Fall war, wollte ich nicht die ganze Zeit mein Gewicht von einem Fuß auf den anderen verlagern und mich fragen müssen, was ich mit meinen Händen tun sollte. Ich setzte mich auf die Couch und Flo sprang prompt auf meinen Schoß. Mein Mundwinkel zuckte leicht, als ich in ihre riesigen gelben Augen sah. Warum wussten Katzen immer, wenn es ihren Besitzern dreckig ging? Dankbar summend, vergrub ich die Finger in ihrem langen Fell. Es war, als könne ich mich an ihr festhalten. Als würde mich das Streicheln im Hier und Jetzt verankern. Es half.

Ich hob den Kopf und sah Leo uns beide mustern. Unbehaglich räusperte ich mich. Das Geräusch hallte unnatürlich laut im Raum wider.

»Hatte ich recht?«

Er sah mich immer noch nicht direkt an. Sein Blick folgte scheinbar aufmerksam den Bewegungen meiner Finger in Flos getigertem Fell. Seine ganze Haltung schrie nahezu Abwehr, aber das war auch die einzige Emotion, die ich bei ihm feststellen konnte. Das erschien mir falsch. Ich kannte Leo zwar noch nicht lang, aber wenn ich eins wusste, dann, dass alles an ihm ständig in Bewegung war. Er gestikulierte andauernd, meistens übertrieben und sein Gesichtsausdruck zeigte stets, was er fühlte. Dass er jetzt so steinern auf mich und meine Katze starrte, verschlimmerte das nervös-angespannte Rumoren in meinem

Bauch erheblich.

»Kümmert es dich denn wirklich?«

Ich blinzelte ob der unerwarteten Frage. Ich öffnete den Mund, um zu antworten, kam aber nicht weit.

»Ich meine, ich weiß, dass es dich kümmert. Es nervt dich, gibt dir ein flaues Gefühl. Aber ich weiß nicht, ob du dich so fühlst, weil du einfach deine Ruhe haben willst oder weil es dir leidtut.«

»Ich dachte, du würdest so was spüren. Ich meine, du bist mein Schutzengel, solltest du nicht wissen ...«

»Ich kann deine verdammten Gedanken nicht lesen, Eric«, unterbrach er mich heftig. Leo hatte den Blick nun gänzlich von mir abgewandt, aber auch im Profil konnte ich erkennen, dass sein Mundwinkel nach unten zeigte. »Es wäre so viel einfacher, wenn ich in deinen blöden Kopf hineinsehen könnte. Aber alles, was ich habe, sind verwirrende Emotionen, die ich nicht immer interpretieren kann.« Er machte ein frustriertes Geräusch.

»Gab es kein Handbuch, als du den Job angenommen hast?« Bei dieser Frage wandte er sich mir wieder zu. »Hat dich keiner im Büro herumgeführt und dir gezeigt, wie der Kopierer funktioniert?«

Einen Moment lang dachte ich, mein erbärmlicher Versuch, die Stimmung etwas zu lockern, wäre zu erbärmlich gewesen, aber dann schnaubte er. »Nein. Ich habe nicht mal eine Willkommenspflanze bekommen.«

Ich lächelte versuchsweise. »Klingt nach einem Scheißjob.«

»Das kannst du laut sagen.«

»Vielleicht solltest du kündigen«, murmelte ich und die Stimmung war prompt wieder am Boden, wenn ich Leos schmerzlichen Ausdruck richtig deutete. Ich war ein Superstar.

»Ich will nicht kündigen, Eric, verdammt. Glaub es oder nicht, du bist mir über die Jahre ans Herz gewachsen. Wie Schimmel. Oder Giftefeu«, sagte er und schmunzelte leicht. »Aber ich kann auf niemanden aufpassen, der es nicht zulässt.«

»Ich wusste nicht, dass du da warst, okay?«, platzte ich heraus, weil ich genug hatte. Er mochte sich mir als Kind gezeigt haben, aber selbst wenn ich mich an ihn erinnert hätte, hätte ich ihn lediglich für einen Fantasiefreund gehalten. Das war es doch, was Erwachsene taten, wenn sie versuchten, etwas Unmögliches zu erklären. Sie versuchten, es *weg zu erklären.* Mit Psychologie und Neurosen und Fantasie.

»Ich wusste es nicht, okay? Und ... wenn ich davon ausgehen muss, dass es nur mich und meine Intuition gibt, dann bin ich nun mal der Meinung, dass meine Intuition scheiße ist und unrecht hat.«

»Wir müssen an deiner Selbstachtung arbeiten«, sagte Leo seufzend. »Unter anderem.«

»Also nimmst du meine Entschuldigung an?«

»Technisch gesehen, hast du dich nicht entschuldigt. Du hast nur Witze über Kopierer gemacht«, sagte Leo, aber da war wieder dieses schelmische Glitzern in seinen Augen, das während des ganzen Gesprächs durch Abwesenheit geglänzt hatte. Er sah besser aus damit. Richtig.

»Okay. Ja, es tut mir wirklich leid, deine weisen und intuitiven Ratschläge missachtet zu haben.«

»Das kannst du schöner.«

Ich bemühte mich, ihm meinen besten finsteren Blick zu schicken. »Nein, es ist mir physisch nicht möglich. Glaub mir.«

Er lachte schnaubend und biss sich auf die Unterlippe.

»Wirst du in Zukunft öfter auf mich hören? Jetzt, wo dir klar ist, wie mächtig meine Weisheit und Intuition sind?«

Ich grinste. Okay. Vielleicht war der Typ doch nicht so ein dämlicher Mistkerl wie gedacht. »Vielleicht. Ich bin mir immer noch nicht ganz sicher, ob du mich wirklich leiden kannst. Am Ende willst du nur mein Vertrauen ergattern, um mich dann davon zu überzeugen, dass es eine gute Idee wäre, aus dem Fenster zu springen.«

Ich hatte eigentlich witzig sein wollen, aber mein Kommentar wischte das Grinsen regelrecht von Leos Gesicht.

Nachdem er sich die letzten Minuten kaum bewegt hatte, kam er jetzt mit entschlossenem Gesichtsausdruck auf mich zu und stoppte erst, als er direkt vor mir stand. Dann beugte er sich nach unten und starrte mir in die Augen. Es war sinnlos, anzumerken, dass ich ein ungutes Gefühl bei der Sache hatte.

»Du musst mir jetzt zuhören. Hörst du mir zu?«

Ich nickte.

»Mir ist klar, dass ich mich bisher ziemlich fies verhalten habe. Aber du hast mich genervt und es daher nicht besser verdient.« Als ich ihn unterbrechen wollte, schüttelte er heftig den Kopf. »Nein. Halt die Klappe. Ich muss das jetzt loswerden.« Leo atmete tief aus. »Ich. Mag. Dich. Okay? Ich habe dein ganzes Leben mit dir verbracht. Jede Dummheit und jede Träne und jedes Lachen – ich hab's gesehen. Und ich mag dich immer noch. Trotz allem. Ich mag die Person, die du bist, wenn du nicht gerade herumheulst, anstatt etwas zu tun.«

Sein Blick bewegte sich immer wieder von links nach rechts, während er mir in die Augen sah. Zuerst ins linke, dann ins rechte und wieder zurück.

Was sollte ich dazu nur sagen?

»Ich weiß, das Konzept allein ist relativ irre. Frag mal, wie ich mich gefühlt habe, als ich plötzlich neben deiner Mum im Krankenhaus stand.« Er schüttelte den Kopf. »Aber obwohl du nicht mehr so süß bist wie damals und mir tierisch auf den Sack gehst, gab es nie auch nur einen Augenblick, in dem ich dich nicht gemocht habe.«

Ich wusste nicht, wie ich damit umgehen sollte. Wie Leo schon sagte – das Konzept allein bereitete mir Kopfschmerzen. Der Gedanke, die Realität dessen, dass da jemand jeden Tag den ganzen Tag bei mir war und jeden dämlichen Scheiß sah, den ich verzapfte und dann immer noch behauptete, mich zu mögen, war einfach ... Die einzige Person, der ich diese Kapazität, mich trotz allem lieb zu haben, zutraute, war meine Mum. Dieser Kerl vor mir war aber nicht meine Mum. Ich wusste nicht, ob ich ihm das abnehmen konnte.

Seine Stimme klang fest und in seinem Blick lag eine derartige Ernsthaftigkeit, dass ich meinen abwenden musste, weil mir die Intensität einfach zu viel wurde. Dennoch ...

Wie konnte ich sicher sein?

»Okay, Spatz?«

Spatz.

Dieses kleine Wort traf mich wie ein körperlicher Stoß. Ich war froh, dass ich bereits auf der Couch saß. Spatz. So hatte er mich in meiner Erinnerung genannt. So hatte er mein fünfjähriges Ich bezeichnet. Konnte es sein, dass er immer noch diesen kleinen Jungen in mir sah? Dieses ängstliche Wesen, das sich vor seinem eigenen Schatten fürchtete, so lange es nur dunkel genug war, um ihn wie ein Monster erscheinen zu lassen? Fühlte er immer noch eine Art väterlichen Beschützerinstinkt, wenn er mich ansah? Er hatte mein Leben lang auf mich aufgepasst, wie er sagte. Eltern, *gute* Eltern machten dasselbe. Sie passten auf ihr Kind auf und liebten es im Idealfall, ganz egal, was es anstellte. Der Gedanke hatte etwas Tröstliches. Nicht, dass Leo mir plötzlich wie eine Vaterfigur erschien, aber die Vorstellung, dass er mich mochte, obwohl er alles über mich wusste, schien mir durch die elterliche Komponente wahrscheinlicher.

»Geht es allen Schutzengeln so?«

»Was?«

»Dass sie ihre Schützlinge leiden können.«

Er verzog das Gesicht und hob leicht die Schultern. »Weiß ich nicht. Wahrscheinlich nicht. Wenn du dir ansiehst, was da draußen rumläuft, kann ich mir vorstellen, dass es einige von uns gibt, denen ihre Schützlinge scheißegal sind.« Leo rümpfte die Nase. »Ich mag dich, weil ich dich mag.«

»Aber wieso?« Mein Gott, klang ich weinerlich, aber ich schnallte es einfach nicht.

Leo verdrehte die Augen. »Hör auf, nach Komplimenten zu fischen.«

»Aber ...«

»Einfach so. Ich mag dich einfach so. Eine bessere Antwort bekommst du von mir nicht, vor allem deswegen nicht, weil du meine Frage immer noch nicht beantwortet hast.« Sein Gesichtsausdruck schien mir vage gelangweilt. Ich wünschte, ich könnte ihm eins überziehen. Oder ihm die Brille stehlen. Blöder

Hipster-Nerd. »Kannst du, Eric O'Brien, mir, deinem designierten Schutzengelwesen, glauben, dass ich dich mag. Bitte?«

»Von mir aus«, sagte ich und bemühte mich um einen extra abfälligen Gesichtsausdruck.

»Na, geht doch.« Er grinste. »Ich wünschte, ich könnte dir in die Wange kneifen. Du siehst so knuffig aus, wenn du schmollst.«

»Geh bloß weg von mir.« Ich sprang eilig auf, um einen respektablen Sicherheitsabstand zwischen uns zu bringen. Dabei vergaß ich Flo, die unzeremoniell von meinem Schoß auf den Boden rollte. Natürlich landete sie auf ihren Pfoten, aber ihr verwirrter und vom Schlaf leicht zerknautschter Ausdruck, gepaart mit einem krächzenden Miau waren zu viel für mich. Ich musste einfach lachen. Ich lachte, bis mir die Bauchmuskeln wehtaten und meine Arme zitterten. Bis ich um Luft ringen musste.

Konnte sein, dass ich hysterisch war.

Langsam beruhigte ich mich wieder und blickte aus tränenden Augen zu Leo hoch, der mich abwartend musterte.

»Geht's wieder?«

Ich nickte, mein Atem immer noch schwer, aber mein Herzschlag verlangsamte sich zu seinem üblichen Rhythmus.

»Du fühlst heute aber auch wirklich alle Gefühle, die es so gibt, hm?«

Ich murrte »Deine Schuld.«

Leo schnaubte. »Ich nehme die Schuld gern auf mich. Mir ist lieber, du lachst wie irre, als dass du auf dem Küchenboden voller Hass matschiges Müsli verspeist.«

Oh Gott.

Ich ließ mich auf die Couch fallen und kauerte mich mit fest geschlossenen Augenlidern zusammen.

»Ich meine, ganz ehrlich, ich hätte nie gedacht, dass man so viel Selbsthass in eine Schüssel Müsli kanalisieren kann. Das ist doch ...«

Vielleicht sollte ich in ein Paar Kopfhörer investieren. Die Konsistenz meines Müslis war jetzt offensichtlich meine kleinste Sorge.

Erst als ich schon im Bett lag und mich von einer Seite auf die andere drehte, weil ich nicht schlafen konnte, fiel mir schlagartig etwas auf.

Ich konnte mit Leo reden. Musste nicht jedes Wort im Kopf umdrehen wie *Dagobert Duck* seine Münzen, bevor er sie ausgab.

Es gab nur eine Möglichkeit, wie das ausgehen konnte. Denn es hatte bisher nur einen einzigen Menschen gegeben, mit dem ich von Anfang an hatte reden können.

Natalie.

Ich zerrte das Kissen unter meinem Kopf hervor und drückte es mir ins Gesicht. Ich konnte nur hoffen, dass die Vergangenheit nicht zukunftsweisend war.

8. Kapitel

Am nächsten Tag beschloss ich, faul zu sein. Faulheit war mir zwar von Geburt an gegeben, aber das hieß nicht, dass ich besagte Todsünde nicht perfektionieren konnte. Tatsächlich war ich darin sogar erstaunlich gut. Aber man wollte ja nicht aus der Übung kommen. Talente mussten gefördert werden! Vor allem, wenn man so wenige hatte wie meiner einer.

Daher stieg ich auch nicht aus dem Bett, nachdem ich aufgewacht war. Zugegebenermaßen öffnete ich an diesem Samstagmorgen nicht einmal meine Augen. Ich streckte mich ein bisschen und hörte zufrieden, wie mein Rückgrat knackste.

»Hm.«

Ich stieß einen spitzen Schrei aus und riss die Augen auf, nur um nochmals zu schreien, weil Leos Gesicht direkt vor meinem war und unsere Nasenspitzen sich beinah berührten.

»Oh, cool. Du bist fertig damit«, meinte er mit einem Nicken.

Was?

»Fertig mit was?«, stöhnte ich und tat mein Bestes, die Decke wie einen Kokon um mich zu wickeln, bis nur noch mein Gesicht hervorlugte. Ich wollte schlafen. Oder zumindest liegen. Mich nicht bewegen, nicht reden, um Gottes willen.

»Na, mit Schlafen. Schlafen ist langweilig. Du musst endlich etwas aus deinem Leben machen.«

»Muss ich nicht.«

Vielleicht würde mein Gehirn denken, dass ich noch schlief, wenn ich ganz oberflächlich atmete? Oder ich würde ersticken und sterben. Schwere Entscheidung.

»Eric.«

Ich wimmerte. Wieso nur, wieso?

»Steh auf, Eric. Komm schon.«

»Argh!«

Ich sprang in einer nicht besonders fließenden Bewegung, auf die ich unter anderen Umständen stolz gewesen wäre, aus dem Bett.

»Was willst du von mir Leo?!«

Er saß immer noch auf dem Bett und blinzelte mich aus großen whiskybraunen Augen an. »Mach etwas. Du kannst nicht dein ganzes Leben lang in deinem Bett, bei deiner Mutter oder in der Tierklinik verbringen.«

»Ich hasse dich und mein Leben!«, rief ich aus.

»Macht nichts, solange du aufstehst und irgendetwas Interessantes unternimmst, das nichts mit Rumliegen zu tun hat.«

Ich gab ein weinerliches Geräusch von mir. »Ich weiß nicht, ob es dir klar ist, aber du bist nicht meine Mutter.«

»Deine Mutter ist eine klasse Lady und selbst ich brauche Vorbilder in meinem Leben«, kam auch schon der Konter. Wie war es nur möglich, auf alles eine Antwort zu haben? Es war eine Sache, nicht mundfaul zu sein. Aber Leo machte das Ganze zu einer asiatischen Kampfsportart und ließ mich wie einen bierbäuchigen *Redneck* in seinen Mittvierzigern mit fleckigem *Wifebeater* aussehen, während er mit einem Sixpack und blitzschnellen Fäusten um mich herumtänzelte.

Wenigstens funktionierte mein Gehirn noch in normalen Parametern. Auf einen solch ausgefallenen Vergleich musste man direkt nach dem Aufstehen erst mal kommen.

Ich beschloss schlicht und einfach, Leo zu ignorieren und schlurfte ins Bad, wo ich mir die Zähne putzte und anderen Notwendigkeiten nachging.

Irgendwann kam ich in der Küche an und machte mir einen Kakao. Kaffee war in dieser Situation nicht angebracht. Obwohl ich Leo gestern verziehen hatte und seinen Standpunkt irgendwie nachvollziehen konnte, hieß das nicht, dass er mich nicht tierisch nervte. Und nachdem ich auf keine Verstärkung im Kampf gegen den Trottel-Ninja hoffen durfte, brauchte ich etwas, das mich von innen heraus wärmen und glücklich machen würde. Daher der Kakao.

»Eric ...«

»Ich mache Kakao. *Mache.* Konjugation von machen. Das bedeutet, ich tue etwas, bin daher in Bewegung und vollführe eine Tat. Also kannst du aufhören, zu keifen.«

»Das ist nicht, worauf ich hinauswollte.«

»Pech. Du hättest deine Forderungen spezifizieren sollen.«

Ha! Nimm das! Blöder Bastard! Schurke! Ich hatte ihn in seinem eigenen Spiel übertrumpft und jetzt wusste er nicht, was er tun sollte.

Ich konnte Leo förmlich schmollen hören und starrte daher resolut die Milch an, die ich in einem Topf auf dem Herd platziert hatte. Am Ende machte Leo vielleicht noch Hundeaugen, die mich definitiv einknicken lassen würden. Die jahrelange Arbeit mit den Vierbeinern hatte mich in keinster Weise abgehärtet. Hundeaugen waren Hundeaugen. Das Kryptonit der ganzen Nation.

»Konjugation, spezifizieren ... Wir spielen nicht Scrabble, weißt du? Nur weil du große Wörter verwendest, heißt das nicht, du gewinnst.«

»Ich gewinne sowieso, weil du mich nicht zwingen kannst, irgendetwas zu machen, das ich nicht machen will. Oder was genau war sonst der Grund für dein blödes Verhalten bisher?«

Ich sah von der Milch hoch und lenkte meinen Blick auf ihn. Leo hatte die Lippen geschürzt und starrte mich aus verengten Augen an. Ha, darauf wusste er wohl nichts zu sagen! Ich würde das einfach als Kompensation für den unsanften Rausschmiss aus meinem Bett ansehen.

Leo atmete langsam durch den Mund aus, als wollte er sich beruhigen. Allerdings hatte ich keine Ahnung, warum ausgerechnet er wütend war. Ihm war sein kuschelig warmes Bett schließlich nicht geraubt worden.

Er hat nicht mal ein Bett, flüsterte eine gehässige Stimme in meinem Hinterkopf. Was für ein deprimierender Gedanke. Wie traurig musste Leos Leben an sich sein? Nicht mal ich würde mir den ganzen Tag folgen wollen. Ich war nicht so arrogant, nicht zugeben zu können, dass ich selten irgendetwas Aufregendes machte. An und für sich mochte ich das so. Es gab nur ein, zwei Freunde, die mir fehlten. Aber es war Leo, der mir tagtäglich dabei zusehen musste, wie ich vor der Glotze saß und meine Katze streichelte. Doch während ich dieser Aktivität gern nachging, hieß das nicht, dass Leo das genauso sah.

Ich seufzte und warf einen sehnsüchtigen Blick auf meine Schlafzimmertür. Wenn ich zu Hause blieb, konnte ich mich ins Bett werfen und vielleicht *Der Hobbit* weiterlesen. Ich wollte wissen, wie das Buch ausging, bevor ich alle Filme gesehen hatte. Aber ... es war immer noch September und der zweite der drei Filme würde erst im Dezember in die Kinos kommen. Bestimmt war noch genug Zeit um ...

Ich betrachtete Leo, der dazu übergegangen war, die Milch anzustarren wie ich zuvor. Vielleicht war das der Grund, warum sie immer noch nicht warm war. Schließlich hieß es, dass ein Topf nie zu kochen beginnt, wenn man ihn beobachtete.

»Okay, fein. Was willst du heute machen?«

Leo riss den Kopf zu mir herum.

»Echt? Du willst etwas ...«, sagte er und senkte seine Stimme zu einem Flüstern, »... unternehmen?«

Ich schnaubte und schüttelte den Kopf. »Ja, will ich.« Ich wedelte mit meinen Fingern in der Luft herum, als wären die Worte ein Produkt schwärzester Magie. Leo begann unterdessen damit, triumphierend die Fäuste in die Luft zu stoßen.

Ein Grinsen breitete sich auf meinem Gesicht aus. Idiot.

Ich merkte erst ein paar Minuten später, dass die Milch nicht kochte, weil ich die Herdplatte nicht angemacht hatte.

Arndale Centre. Wir befanden uns direkt vorm *Arndale Centre.* Von all den Orten, die sich Leo für unser kleines Abenteuer hätte aussuchen können, musste er ausgerechnet diesen wählen? Obwohl das *Arndale* nicht das größte Shoppingcenter in Manchester war, war es für meinen Geschmack groß genug. Nicht weil ich Gefahr lief, mich zu verirren, sondern weil einfach zu viele Menschen am Wochenende hier ihre Einkäufe erledigten. *Grauenhaft* war das einzige Wort, das mir passend erschien, als ich über das Heer an geschäftigen Shoppern und kreischenden

Kindern nachdachte, die sich hinter diesen Wänden zusammenrotteten.

Was sollten wir hier? Es gab nichts, was ich kaufen wollte, und all die Cafés würden so voll sein, dass selbst eine Tasse Tee und ein Muffin außer Frage standen.

Hilflos blickte ich mich um, bis ich bei Leos grinsendem Gesicht angekommen war. »Das ist nicht dein Ernst«, presste ich aus einem Mundwinkel hervor.

Leo blinzelte ein paar Mal und sah mich mit gerunzelter Stirn an, bevor seine Augenbrauen hochschnellten und er den Mund zu einem begreifenden A öffnete.

»Du glaubst, wir gehen da rein.« Er schüttelte den Kopf und kratzte sich im Nacken. »Nee, du. Mir ist klar, dass das eine blöde Idee wäre. Das *Arndale* ist am Wochenende viel zu voll. Ich wollte dich aus dem Haus bekommen, nicht umbringen.«

»Warum bist du dann stehen geblieben?« Skepsis machte sich in mir breit.

»Ich habe nur ... etwas nachgesehen. Ist egal.« Er schniefte ein wenig und rieb sich mit dem Handrücken über die Nase. Etwas nachgesehen? Trotz meiner Verwirrung beschloss ich, die Sache auf sich beruhen zu lassen, als Leo fortfuhr. »Ich dachte, wir könnten ins *Northern Quarter* gehen.«

Das *Northern Quarter* bestand aus einer Reihe von großen und kleinen Gassen voller veganer Cafés und Shops, die Vintage-Kleidung verkauften. Es war ein Paradies für Hipster und Studenten, aber ich mochte es dennoch ganz gern. Und wenn ich mir Leos Style so ansah, stellte das *Quarter* für ihn sicher so eine Art natürlichen Lebensraum dar. »Na, dann los, mein Hipster-Freund.«

Leo grinste und rümpfte dabei die Nase. Was süß aussah. Irgendwie. »Jeder von uns hat ein bisschen Hipster in sich, Eric, mein Bester.«

Sein Bester?

»Dein Bester?«, sagte ich mit so etwas wie Ekel in der Stimme, aber Leo lachte nur.

»Mein Kamerad, mein Kumpel, mein Waffenbruder. Auch

du bist ein Hipster.«

»Und inwiefern bin ich ein Hipster, Leo?« Ich betonte seinen Namen extra, damit er aufhörte, mir komische Titel zu geben und stattdessen meinen Namen benutzte.

Leo beugte sich zu mir und flüsterte in mein Ohr: »Deine Lieblingspyjamahosen sind ... vintage. Du hast sie in einem Secondhandlanden gekauft und es hat dir irgendwie ... gefallen.«

Gefangen in Leos theatralischem Verhalten, schnappte ich nach Luft und konnte das Geräusch nur durch die Hand dämpfen, die ich auf meinen Mund schlug. Gott, natürlich wusste der Schurke von meinem schamhaften Trip und dem Einkauf, der daraus resultiert hatte. Mit zusammengekniffenen Augen sah ich ihn finster an, während er sein Bestes gab, wie eine hämische Hexe zu klingen.

»Das war ein Mal!«

»Aber ein Mal ist nicht kein Mal. Es war dein Aufnahmeritual und du kannst nie mehr zurück. Hast du dein Handy dabei? Wenn wir im Café angekommen sind, willst du sicher ein Foto von deinem Kaffee auf Facebook stellen, jetzt, wo du über deinen Status Bescheid weißt.«

»Du musst es ja wissen«, grummelte ich. Meine Pyjamas waren mir heilig. Sie bestanden aus Flanell und das viele Waschen hatte den Stoff dünn und extrem weich gemacht. Nichts war je so weich gewesen wie diese Pyjamahosen.

»In der Tat. Ich bin ein Meister des Instagram.«

Lachend lief ich neben ihm her. Zum Glück waren wir in England. Niemand hatte auch nur einen flüchtigen Blick für mich übrig, obwohl ich allein lachend durch die Straßen wanderte. Ob es wohl daran lag, dass England voller Verrückter war und sich einfach niemand mehr wunderte? Oder waren die Leute hier so abgestumpft und in ihrer eigenen Welt versunken, dass die Außenwelt sie nicht mehr erreichen konnte? Vielleicht hatte es aber auch etwas mit Toleranz zu tun ...

In meinen Überlegungen gefangen, marschierte ich eine Weile hinter Leo her, bis er mich in ein kleines Café führte, wo ich mir einen *Chai* und ein Stück Regenbogenkuchen bestellte, bevor ich mich auf die Suche nach einem Platz machte. Leider waren alle Bänke besetzt und ich musste einen Tisch nehmen, an dem ein einsamer Stuhl stand. Ich ließ mich darauf nieder und zog im Sitzen meine Jacke aus. Als ich Leo neben mir stehen sah, wurde mir mein Irrtum schlagartig bewusst. Richtig. Er konnte sich schlecht auf einen nicht vorhandenen Sessel setzen und war es wahrscheinlich gewohnt, ein wenig unbequem an meiner Seite zu stehen. Trotzdem kam ich mir extrem seltsam vor. Kurz überlegte ich, ihn zu fragen, ob er sich auf den Boden setzen könnte, damit ich nicht zu ihm hochstarren musste. Ich wollte gar nicht erst herausfinden, ob es den Leuten auffallen würde. Aber dann kam mir das Bild von einem Leo in den Sinn, der neben mir auf dem Boden kniete und prompt fühlte ich mich wie ein Sklavenhalter.

Da ich dieses verstörende Bild so schnell wie möglich wieder loswerden wollte, sprang ich auf und schnappte mir einen Stuhl vom Nachbartisch, den ich meinem Gegenüber hinstellte.

Leo sah mich fragend an und ich nickte zuerst in seine und dann in die Richtung des ergatterten Möbelstücks. Seine Augenbrauen schnellten in die Höhe, dann verzog er die Lippen zu einem Ausdruck, der mir sagte, er war beeindruckt von meiner Rücksichtnahme. Ich hoffte, er würde nie erfahren, dass ich es nur getan hatte, um mir nicht wie ein Sklavenhändler vorzukommen. Nein, ich war die Galanterie in Person. Da konnte er jeden fragen.

Nachdem ich meine Bestellung bekommen und Leo sich hingesetzt hatte, trat Stille zwischen uns ein. Sie war nicht besonders angenehm. Um irgendetwas zu tun, stocherte ich in meinem Kuchen herum.

»Okay. Spielen wir ein Spiel.«

Ich blickte auf. »Ein Spiel?«

»Jepp.« Leo ließ seine Fingerknöchel knacken.

»Und was für ein Spiel?«

»Wir suchen uns hier drin einen Menschen aus. Am besten einen, der dich gesehen oder etwas zu dir gesagt hat. Du rätst, was er oder sie von dir will und ich rate auch. Dann gehe ich nachsehen.«

Vor den Kopf gestoßen, schüttelte ich den Kopf. »Weil du fühlen kannst, was andere Leute mit mir vorhaben?«

»So ist es.« Er grinste breit und Lachfältchen bildeten sich um seine braunen Augen. »Komm schon, das wird lustig. Ich mach das auch immer, aber wenn wir es zu zweit spielen, gibt's wenigstens einen Gewinner.«

»Und ich schätze mal, du gehst davon aus, dass du gewinnen wirst?«

»Na, sowieso.« Pah. Hochmütige Kröte. »Vorschläge, mit wem wir anfangen?«

Ich zuckte die Achseln. »Der Kerl, der mir meinen Kuchen gebracht hat. Mit dem habe ich geredet.«

Leo nickte und wir sahen uns nach ihm um. Schlussendlich entdeckten wir ihn hinter dem Tresen. Er putzte gerade die Kaffeemaschine. Er war riesig, das war mir vorhin schon aufgefallen. Der Typ maß mindestens zwei Meter und war noch dazu extrem dünn. Wenn er sich vornüberbeugte, hatte man das Gefühl, er könnte jede Sekunde in der Mitte durchbrechen.

Ich musterte seine breiten Lippen und rümpfte die Nase. Bis auf den Fakt, dass er mir nicht wirklich gefiel, wusste ich nichts über ihn zu sagen, also würde ich mir wohl oder übel etwas aus dem Arsch ziehen müssen. »Er ist unsterblich in mich verliebt.«

Wie kam ich auf so eine absurde Idee?

Leo lachte grunzend, was wenig attraktiv war. »Dein Hedonismus legt heute mal wieder einen Auftritt hin, ja?« Er zwinkerte mir mit beiden Augen zu. »Okay, ich sage, er findet dich süß. Aber nur so im Vorbeigehen. Auf dieselbe Art, wie man den Hund eines Nachbarn süß findet.«

»Na, dann geh mal nachsehen. Und wehe, du schummelst.«

Leo legte sich die Hand an die Brust, als hätten ihn meine Worte tief getroffen und ging hinüber zu Großlippe McSpargeltarzan. Bei ihm angekommen, streckte er einen Finger aus und ließ ihn ein paar Zentimeter in dessen Oberarm sinken. Wie das aussah? Dämlich, seltsam und irgendwie unglaubwürdig. Da stand ein Kerl neben einem anderen Kerl und steckte mal eben so seinen Finger in die Schulter des andern. Es sah genau so aus, wie man es erwarten würde, was die Sache nur schlimmer machte. Man sollte meinen, ein himmlisches Wesen hätte eine Art Sensor, der von Weitem funktionierte. Was war aus dem guten alten In-die-Seele-Schauen geworden? Da musste es doch auch einen würdevolleren Weg geben.

Leo kam wieder zu mir zurück. Ich hob eine Augenbraue und er zog eine Grimasse. »Beide falsch. Du bist ihm völlig gleichgültig.«

Autsch. Warum war ich ihm gleichgültig? Er war mir gleichgültig, aber ... Nein. Nicht okay.

»Hey, flipp nicht aus, Miesepeter. Besser, du bist ihm gleichgültig, als dass er dich mit einer Axt killen will.«

Für ihn war das so einfach. Er war schließlich nicht derjenige, der übergangen worden war.

»Jetzt die Kassiererin.«

Seufzend sah ich in ihre Richtung, nur um direkt in ihre Augen zu sehen. Anders als jeder andere Mensch es getan hätte, wandte sie ihren Blick nicht von meinem ab. Wie lang beobachtete sie mich schon? Dachte sie, ich würde Selbstgespräche führen? Scheiße, ich hatte nicht wirklich aufgepasst, oder? Ich hatte mir zwar Mühe gegeben, zu flüstern, aber es war einfach nicht normal, wenn jemand allein an einem Tisch saß und dabei Grimassen zog, als wäre er in ein Gespräch vertieft. Scheinbar ging die Anonymität der Straße nicht automatisch auf kleine Hipster-Cafés über.

»Sie hasst mich und findet mich komisch«, flüsterte ich mit steinernem Gesichtsausdruck.

»Nope. Sie steht auf dich.« Und weg war er.

Wieder sah ich dabei zu, wie Leo in einen fremden Menschen hineintatschte, diesmal aber mit einigen wedelnden Bewegungen an ihrem Kopf, die mich zum Lachen brachten. Letztendlich stieß Leo beide Fäuste in die Luft und sprang mit wehendem Hemd auf und ab. Verdammt.

»Ich triumphiere. Allerdings hat die Sache einen schalen Beigeschmack.« Er ließ sich wieder mir gegenüber nieder.

»Der da wäre?«

Er biss sich auf die Lippe und rümpfte die Nase. »Na ja ... sie hat definitiv etwas von einer Stalkerin. Sie hat sich irgendwie ... Du kennst das doch. Wenn jemand über Spinnen spricht und du kannst sie förmlich über deine Arme krabbeln fühlen?«

Automatisch schauderte es mich und ich verschränkte die Arme vor der Brust, um mir beide Oberarme gleichzeitig zu reiben.

»Genau.« Er nickte zufrieden. »Ihr würde ich keine Axt geben. Sie würde dich zwar nicht ermorden, aber jeden anderen, der dir zu nahe kommt. Gott sei Dank kann sie mich nicht sehen. Einmal ...« Er brach abrupt ab. Seine Züge wirkten angespannt. Was war plötzlich los? Hatte er etwa Erfahrung mit Stalkern?

Gerade als ich fragen wollte, riss er sich aus den Gedanken los. »Weiter geht's!«

Und weiter ging es.

Von dem seltsamen alten Mann mit Sonnenbrille in der Ecke, über die winzige Studentin, deren Finger über die Tastatur ihres Laptops flogen, testeten wir jeden einzelnen Menschen im Café aus, der auch nur flüchtig in meine Richtung sah oder mich auf dem Weg zur Toilette streifte.

Es ... machte Spaß.

Und Leo gewann natürlich, der Sack. Immer wieder lehnte ich mich zurück und beobachtete seine Gesichtsausdrücke – genervt oder traurig, wenn er unrecht hatte, hämisch und triumphierend, wenn er gewann. Am Ende unseres Ausflugs ertappte ich mich tatsächlich dabei, wie ich ihn mit einem kleinen Lächeln beobachtete. Er mochte eine riesige, *riesige* Nervensäge sein, aber ... Leo war unterhaltsam. Und irgendwie witzig. Oh mein Gott, vielleicht war er sogar liebenswert, aber so weit wollte ich nun doch nicht gehen. Allerdings war es unbestreitbar einer der besten Vormitttage, die ich seit Langem erlebt hatte und dafür war ich dankbar. Nicht, dass ich ihm das auf die Nase binden würde. Er war wie einer dieser kleinen Hunde, die vor Aufregung im Kreis rannten und niemals richtig still sitzen konnten. Glaubte ich zumindest. Als ich mich im Raum umsah, wurde mein Blick von einer Lampe eingefangen, die neben dem gruseligen Sonnenbrillentypen in der Ecke stand. Mir fiel schlagartig das Dilemma mit dem Stuhl ein und ich fragte mich, wie oft Leo sich neben mir wie eine Stehlampe gefühlt haben musste. Ob er Selbstgespräche führte? Bestimmt. Ich war zwanzig verdammte Jahre alt und schließlich hatte er bisher kaum mit mir reden können.

Ein Wunder, dass er nicht verrückt war. Oder verrückter.

Nachdem wir beide die Freude am Spiel verloren hatten, machten wir uns auf den Weg nach Hause, wo mein Hobbit auf mich wartete.

Glücklicherweise gab es dort keine Stehlampen.

9. Kapitel

Arbeit. Hm. Komische Sache. Selbst wenn ich sie noch so sehr liebte, rein gar nichts brachte mich dazu, sie lieber zu mögen als mein Bett. Mein Bett war warm. Mein Bett war kuschelig. Die Decke mein Kokon und meine Füße hatten die angenehme Nesttemperatur angenommen. Ich seufzte, als mein Wecker zum dritten Mal klingelte, denn ich konnte nicht schon wieder auf *Snooze* drücken. Weil ich meine Gewohnheiten und Laster nur zu gut kannte, stellte ich den Wecker immer eine halbe Stunde früher, damit ich noch etwas dösen konnte. Aber meine Zeit war jetzt abgelaufen und ich musste meine Große-Jungen-Hose anziehen und mich der Welt stellen. Kaum zu glauben, dass ich es als Kind kaum hatte erwarten können, endlich erwachsen zu sein.

Mit einem Stöhnen, das besser zu einem alten Mann gepasst hätte als zu mir, kickte ich die Decke weg und rollte mich aus dem Bett.

Zwanzig Minuten später stand ich in der Küche und ließ meinen Blick zwischen *Lucky Charms* und Apfel-Zimt-Müsli hin und her wandern. Wenn ich beide mischte, war ich dann seltsam? Würde das ekelhaft schmecken? Ach, wen wollte ich denn verarschen? Es würde megagenial schmecken, das wusste ich auch so. So lange ich es niemandem erzählte, war es doch egal, ob ...

»Du magst mich jetzt doch, oder?«

Ich schrie auf und fuhr herum, was dazu führte, dass ich meine *Lucky Charms* auf eine Weise, die an Hurrikan Katrina erinnerte, in einer fließenden Bewegung quer durch die Küche verstreute.

»Was ist an mir, dass du das Bedürfnis hast, mich ständig erschrecken zu müssen? Scheiße!« Mein Herz raste. »Gut, dann werde ich eben nur fünfzig. Auf Wiedersehen, Rente! Auf Wiedersehen, dritte Zähne! Lebt wohl, Hosenträger!«

»Ja, okay. Sei still. Beantworte meine Frage.«

Ich ließ ein jammerndes Geräusch hören und scheinbar fühlte sich Flo im Wohnzimmer angesprochen, weil sie ein fragendes Miau von sich gab.

»Nicht du, Flo. Du bist toll. Leo ist doof.«

»Leo will aber immer noch wissen, ob Eric ihn jetzt mag.«

»Im Moment nicht besonders.« Ich seufzte und ließ meinen Blick über die *Lucky Charms* wandern. Die Fünf-Sekunden-Regel konnte ich nicht mehr geltend machen. Die armen Cornflakes würden definitiv nicht in meinem Bauch landen.

Leo stand mit verschränkten Armen vor mir. Er trug immer noch sein Flanellhemd und das dämliche *Holden-Caulfield*-Shirt.

»Sag mal, kannst du dich eigentlich umziehen?«

Er blinzelte und sah an sich hinunter. »Hasst du *Holden* wirklich so sehr?«

»Kannst du einmal in deinem Leben eine Frage nicht mit einer Gegenfrage beantworten?«, grollte ich und überlegte, wo ich meinen Besen hin geräumt hatte.

Er zuckte die Schultern. »Soweit ich weiß, nein.«

»Okay.« Ich zog die Augenbrauen hoch. »Aber ... warum würdest du dir dieses Outfit aussuchen, wenn du nie ein anderes anziehen kannst?«

War der Besen in der Abstellkammer? Nein, ich hatte keine Abstellkammer. Warum fragte ich mich das?

Leos Ausdruck wurde auf eine gewisse Art ... wehmütig, irgendwie. Er wandte seinen Blick von mir ab und sah aus dem Fenster. Sein linker Mundwinkel hob sich ein wenig.

War der Besen im Schlafzimmer?

»Ich hätte es nicht angezogen, wenn ich das gewusst hätte.«

Bekam ich irgendwas nicht mit? Ich legte den Kopf schief. Es war nicht das erste Mal, dass Leo scheinbar aus dem Nichts in eine Art nachdenkliche Melancholie verfiel. Oder bildete ich mir das nur ein? Die meiste Zeit, die er mit mir verbrachte, verhielt er sich abwechselnd sarkastisch und unausstehlich. Oder er versuchte, mich mit seinem lächerlichen Humor aufzuheitern. Natürlich gab es auch die seltenen Momente, in denen er auf eine Art und Weise zärtlich zu mir war, wie ich es ansonsten nur bei meiner Mutter erlebte. Wobei es das nicht ganz traf. Wenn er Sanftheit an den Tag legte, war es nicht unbedingt mütterlich. Oder väterlich, was das betraf. Es war ... Ach, keine Ahnung. So oder so hatte Leo unverhoffte Seiten an sich und es juckte in meinen Fingern, ihm das eine oder andere Geheimnis zu entlocken. Vielleicht lag es daran, dass er wortwörtlich mit jedem kleinsten Detail meiner Existenz vertraut war und ich das Gefühl hatte, unsere ... Freundschaft wäre dadurch ungerecht in seine Richtung ausbalanciert. Ich presste die Lippen zusammen. Eine andere Erklärung gab es für meine Neugierde nicht.

»Weißt du, wo mein Besen ist?«

Mit meinen Worten riss ich ihn scheinbar aus seinen Gedanken, denn er zuckte zwar nicht direkt zusammen, ließ aber abrupt die verschränkten Arme an seine Seiten fallen.

»Unter der Couch.«

Oh, ja. Ich hatte vor ein paar Monaten Erdnüsse im Wohnzimmer verschüttet. Scheinbar war es keine besonders helle Idee, den Besen immer am letzten Ort des Geschehens zu verstauen. Aber ich hatte nun mal, wie schon erwähnt, keine Abstellkammer. Wo sollte ich das Teil sonst hintun?

»Eric?«

»Ja, Leo, ich mag dich«, sagte ich mit verzogenem Gesicht, bevor ich an ihm vorbeiging, um den Besen zu holen. Zum Glück schaffte ich das, ohne die *Lucky Charms* zu zertreten. Ich hatte keine Lust, meine Socken zu wechseln. Fast übersah ich das ehrliche Lächeln, das sich auf seinem Gesicht ausbreitete. Kein Grinsen, ein Lächeln. Er biss sich dabei sogar kurz auf die Unterlippe. Ich blinzelte und zögerte fast eine Sekunde, schaffte es aber ins Wohnzimmer.

Ich küsste Flo auf den Kopf und fischte dann blind mit der Hand unter der Couch nach dem Besen. Flo stupste ihre Nase an meine. Katzenküsschen! Ich grinste sie an und gab dabei mein Bestes, wegen der Niedlichkeit nicht in eine Pfütze zu zerfließen.

»Aha!«

Endlich ertastete ich etwas vage Stielförmiges und zog einen extrem verstaubten Besen unter der Couch hervor. Na, klasse! Ich brauchte einen Besen, um meinen Besen zu reinigen.

Leo kicherte hinter mir.

Mit gerümpfter Nase stapfte ich in die Küche. Wo waren meine Staubtücher? Besaß ich überhaupt Staubtücher? Weil ich keine Ahnung hatte, beschloss ich, darauf zu scheißen und staubte den Besen mit einem Geschirrtuch ab.

»Also, Eric. Du magst mich jetzt, also kann ich dich wieder nerven.«

»Wieder? Hast du jemals damit aufgehört?«, murmelte ich und versuchte krampfhaft, den Staubflusen auszuweichen, die auf den Boden segelten.

»Es ist Zeit für Operation Grace.«

Was?

Ich riss den Kopf hoch. »Erstens ist das ein bescheuerter Name. Und zweitens habe ich das Gefühl, dass mir die Sache nicht gefallen wird.«

Er zuckte die Schultern. »Keine Sorge, du musst sie nicht wirklich operieren.«

Ich schürzte die Lippen und hoffte, mein Blick war so wenig amüsiert, wie ich mich fühlte. »Haha.«

»Ich bin saukomisch und das weißt du«, sagte Leo mit einem hochmütigen Schniefen und wischte sich einen imaginären Fussel vom Ärmel. »Jedenfalls ... Ich habe versprochen, ich würde dir helfen, dein soziales Leben auf die Reihe zu bekommen.«

»Ich brauche kein soziales Leben.«

»Äh-em. Wer war noch mal der Kerl, der in seinem Vorzimmer geheult und mit Keramikengeln um sich geworfen hat?« Er sah mich herausfordernd an. »Hm?«

»Okay, ja. Das war ich. Aber ...« Ich wollte nicht mit Menschen reden. Weil ich das nicht konnte. Und weil ich in solchen Dingen generell nicht gut war. So wie in Sport. Und weil ich erwachsen war, musste ich so Zeugs auch nicht machen. Ich konnte fett und mit einem Hamburger im Mund auf meinem Sofa ersticken, während ich einen Herzinfarkt hatte. Und genauso konnte ich allein in meinem Apartment vergammeln, bis selbst Flo meine Leiche nicht mehr fressen wollte.

»Musst du immer so aufmüpfig sein?« Leo machte einen Schritt auf mich zu und ich hörte damit auf, den Besen gewaltsam zu entstauben. »Du willst das, hast du das schon vergessen?«

Ich sah ihm in die Augen. Irgendetwas in seinem Blick strahlte wieder diese eigenartige Sanftheit aus, mit der ich nicht umzugehen wusste. Ich hatte gegen sie keine Chance. War ich wirklich derart hungrig nach jeglicher Art von Freundlichkeit und Zuneigung? Fehlten mir diese kleinen Gesten und Worte, die von Gemeinschaft und Kameradschaft sprachen, so sehr, dass selbst die kleinste Disharmonie mich schwach werden ließ und mich dazu brachte, nachgeben zu wollen?

Verdammt. Dass ich mir diese Fragen stellte, sagte doch schon alles. »Grace kann mich nicht leiden«, antwortete ich, als letzten Versuch, Widerstand zu leisten. Erst nachdem ich die Worte ausgesprochen hatte, wurde mir bewusst, dass sie der Wahrheit entsprachen. Ich krümmte mich innerlich bei dem Gedanken an unseren Streit in der Klinik. Seitdem war die Stimmung zwischen uns extrem angespannt, wenn nicht sogar verkrampft. Noch mehr als sie es ohnehin schon gewesen war. Ich war mir ziemlich sicher, dass ich jegliche Chance auf eine Freundschaft zwischen ihr und mir vergeigt hatte.

»Das ist Blödsinn. Sie ist nur unsicher. Sie weiß nicht, wie sie die Situation kitten soll, glaube ich.« Leos Stimme klang sanft, wenn auch ein kleiner Seufzer sie begleitete.

»Ach, stimmt ja. Hab vergessen, dass du *Mr. Magic Touch* bist.«

Er fuhr sich mit der Hand durchs Haar. »Jepp. Und deswegen weiß ich, dass eure potentielle Freundschaft noch nicht den Bach runter ist.«

»Worüber soll ich denn mit ihr reden?« Seufzend wandte ich mich den verstreuten *Lucky Charms* zu.

»Ihr arbeitet zusammen. Rede mit ihr über die Tiere. Erzähl ihr von dem Meerschweinchen, das dich gebissen hat.«

»Ich soll mich also lächerlich machen«, murmelte ich.

»Es hilft manchmal. Frag mich nicht, warum, aber wenn man über sich selbst lachen kann, finden die Leute einen viel sympathischer.«

Ich gab ein murrendes Geräusch von mir, das er wohl als Zustimmung ansah, denn er fuhr fort. »Und wenn du nicht weiterweißt, bin ja noch ich da. Solltest du also ein Stupsen spüren oder plötzlich eine Idee haben, was du sagen könntest, dann ignorier das bitte nicht. Jetzt, wo du weißt, dass es nicht deine eigenen Eingebungen sind, könntest du mich endlich mal meinen Job machen lassen, weißt du?«

Ich ließ meine Schultern sinken. Mir war nicht aufgefallen, wie angespannt sie gewesen waren. Ach Gott. Er hatte ja recht und das nervte mich ungemein. Zwar hatte ich nicht übel Lust, für den Rest des Lebens meine Aufmerksamkeit zwischen Leo und Mum aufzuteilen, aber gleichzeitig wusste ich, dass das eine dumme Idee war. Der Rest der Welt würde die Stirn runzeln über einen Mann, der nur seine Mama und einen Fantasiefreund in seiner Nähe duldete. Clara konnte ich leider nicht dazu zählen, weil sie in erste Linie meine Chefin war. Ich mochte zwar so etwas wie ihr Arbeitssohn sein, aber na ja ...

Mich mit Grace anzufreunden, wäre etwas anderes. Wir könnten ab und zu mal etwas trinken gehen oder ins Kino ... Gott, ich war ewig nicht mehr im Kino gewesen. Was hauptsächlich daran lag, dass es mir ziemlich traurig vorkam, allein im Saal zu sitzen. Ich wollte nicht einer dieser bemitleidenswerten Typen sein. Aber sich die Filme zu Hause anzusehen, war nicht dasselbe. Und Flo mochte kein Popcorn.

»Okay.«

Leo grinste. »Okay.«

Zum ersten Mal, seitdem Leo wieder in meinem Leben aufgetaucht war, machte es mich nicht glücklich, als er sich wortwörtlich in Luft auflöste. Natürlich war mir klar, warum er es als nötig befand, während *Operation Grace* nicht sichtbar anwesend zu sein. Wenn er mir Stupser oder Anregungen geben wollte, würde es für mich leichter sein, wenn er nicht mit wackelnden Augenbrauen neben mir stand. Ich konnte so tun, als wäre es meine Intuition, die mir Ideen eingab. Andererseits war es gerade dieser Umstand, der mich bisher davon abgehalten hatte, mit den meisten Menschen zu kommunizieren – ich hatte meiner Intuition eben nicht vertraut. Hatte *ihm* nicht vertraut. Mittlerweile war mir klar, dass das ... blöd von mir gewesen war.

Aber da hatte ich auch noch nicht gewusst, dass meine Intuition ein denkendes, fühlendes Wesen und nicht bloß ich selbst war. Wenn ich mir nicht vertrauen konnte, wie jemand anderem? Ich schätzte, ich musste es einfach versuchen. Wenn sich etwas in meinem Leben ändern sollte, dann musste ich diesen Sprung wagen. Auch wenn mir der Abgrund unüberwindbar erschien. Und wäre die Sache nicht einfacher, wenn er mir Sätze zuflüsterte, die ich Grace gegenüber wiederholen konnte? Klar, ich wäre in diesem Fall kein wahrhaftiger Gesprächsteilnehmer, aber das war mir so was von egal.

Mein Herz klopfte so stark, dass ich es in der Kehle fühlen konnte und in meinem Magen fand wohl gerade ein Pfadfindertreffen statt, den Verknotungen nach zu urteilen.

Warum musste das immer so sein? Grace war nur eine Arbeitskollegin. Ich wollte nichts Unmögliches von ihr – bloß ein Gespräch. Es ging dabei um nichts. Aber wie immer schienen mein Körper und mein Verstand das nicht zu kapieren. Vielleicht waren wir uns überhaupt nicht sympathisch, sobald wir uns näher kannten? Aber schließlich war sie nicht der einzige Mensch auf der Welt. Wenn es mit ihr nicht funktionierte, gab es noch andere. Auf der anderen Hand gab es die nicht praktischerweise vor meiner Nase wie Grace. Ich würde am Ende vielleicht ... ausgehen müssen. Beinah konnte ich den Schauder, der mir über den Rücken zu laufen drohte, nicht unterdrücken.

Nein. Ich musste das mit Grace hinbekommen.

Zum Glück war sie noch nicht da. So beobachtete mich wenigstens niemand dabei, wie ich händeringend in der Umkleide stand, als würde ich mich auf den Krieg gegen die Russen vorbereiten.

»Hi Eric.«

Klasse. Meine Gedanken hatten wohl den Teufel heraufbeschworen. Ich drehte mich um und sah Grace in der Tür stehen. Sie schickte mir ein schmales Lächeln und hielt nur so lang, wie es die Höflichkeit verlangte, Augenkontakt mit mir.

Ich seufzte innerlich. »Hi ... Grace.«

Sie nickte und öffnete ihren Spind. Wie immer trug sie ihre Haare zu einem Zopf gebunden. Mit dieser Länge wäre alles andere bei der Arbeit auch unpraktisch gewesen. Dennoch fragte ich mich, wie sie wohl mit offenem Haar aussah. Nicht, dass es mich besonders interessierte. Ich brauchte bloß eine Ablenkung, damit ich aus Frustration über meine ewige Schweigsamkeit nicht anfangen musste, zu schreien. Ziemlich ironisch die Sache.

Plötzlich wurde ich von dem Drang überrollt, etwas zu sagen. Es war schwer, zu beschreiben, aber ich fühlte mich, als müsste ich etwas sagen, irgendetwas, egal was und dieser Drang war unglaublich stark. War das Leo? Normalerweise würde ich jetzt innerlich den Kopf schütteln und es einfach sein lassen, aus Angst, meinem Mund könnten nur sinnlose Dämlichkeiten entschlüpfen. Aber heute hatte ich praktisch ein Versprechen gegeben, von daher ...

»Es tut mir so scheiße leid«, platzte ich heraus.

Scheiße leid? Ich biss mir auf die Lippe und hätte alles dafür gegeben, Leo verprügeln zu können.

Grace' Kopf ruckte nach oben und sie sah mich aus geweiteten Augen an. Ach, jetzt war ohnehin alles egal. Ich konnte genauso gut weitermachen. »Wie ich mich aufführe und dass ich dich selbstverliebt genannt habe und ... all das. Es ist nur ...« Ich brach frustriert ab und rang nach Worten. Warum hatte ich nie richtig Kontrolle darüber? Sie schlüpften durch meine Finger, völlig unerreichbar.

»Nur was?« Grace' Stimme klang sanft, obwohl ihre Körperhaltung durch ihre verschränkten Arme Abwehr andeutete. Vielleicht war die Geste aber nur eine Schutzmaßnahme, wie es bei mir oft der Fall war. Wenn man die Arme verschränkte, musste man sich nicht überlegen, was man mit seinen Händen machen sollte. Und man konnte sich ein wenig dahinter verstecken.

»Ich ... Ich ...« *Weiß nicht, was ich sagen soll, weiß nie, was ich sagen soll ...* »Ich bin nicht gut mit Menschen. Im Reden. Mein Kopf wird ... leer.« Ich verzog das Gesicht. Wie sollte ich das jemandem begreiflich machen, der nicht in derselben Situation steckte? Bestimmt konnte sie es nicht verstehen, aber ich durfte jetzt nicht aufgeben. »Es klingt bescheuert. Ich will etwas sagen, nur glaube ich letztendlich immer, es wäre dumm, was ich sagen will, und ich möchte niemanden meiner Wortkotze aussetzen. Das ist vermutlich der Grund, warum Leute denken, ich würde sie nicht mögen, aber das stimmt nicht mal, das meine ich nicht so, ich ...«

»Hey, hey. Sachte.« Grace hob die Hand in einer beschwichtigenden Geste und brachte mich damit zum Schweigen. So viel zum Thema Wortkotze.

»Ich ... ähm.« Grace schüttelte den Kopf, als wollte sie die Worte darin durcheinanderwirbeln, damit sie in einer sinnvollen Reihenfolge ihren Mund verließen. »Es wäre gelogen, wenn ich sagen würde, ich hätte dich nicht für einen unhöflichen Kerl gehalten. Und ab und zu habe ich auch gedacht, du kannst mich einfach nur nicht leiden.«

»Das ist es nicht«, warf ich schnell ein, so lange ich noch Mut zum Reden hatte.

Ihre Mundwinkel zuckten. »Ja, na ja ... Ich meine nur, ich habe aus irgendeinem Grund nicht daran gedacht, dass es vielleicht an einer gewissen Art von Schüchternheit liegt.« Sie schniefte gekünstelt. »Wobei es mir sofort hätte klar sein müssen. Meine kleine Schwester Lena ist auch so.« Sie grinste. »Bei mir und meinen Eltern ist sie das vorlauteste, nervigste Ding in Person. Aber wenn du eine fremde Person vor sie hinstellst, wird sie plötzlich zu diesem stotternden Wesen. Wenn es Jungs sind, ist es besonders schlimm.« Grace legte den Kopf schief. »Ich nehme mal an, dir geht es mit Frauen genauso?«

»Es ist noch schlimmer mit ... Mädchen oder Frauen, ja.«

Sie verzog den Mund. »Mit Clara hast du aber kein Problem.«

»Ich kenne Clara schon seit Jahren. Sie ist so was wie meine Arbeitsmum. Bei ihr geht es.« Aber das hatte auch seine Zeit gedauert. Als ich bei ihr als Aushilfe angefangen hatte, war jede unserer Interaktionen von meiner Seite aus regelrecht schmerzhaft gewesen. Ich hatte in der ersten Woche kaum ein Wort außer *ja* und *nein* und – wenn ich mich besonders abenteuerlustig gefühlt hatte – *okay* gesagt. Sie hatte bald genug davon gehabt und mich daraufhin in jeder Mittagspause zugequatscht. Mir Fragen gestellt, die ich mit ganzen Sätzen hatte beantworten müssen. Im Nachhinein wusste ich, was für ein Glück ich mit ihr gehabt hatte.

Grace' Ausdruck war unterdessen nachdenklich und auf eine gewisse Weise kalkulierend geworden, als würde sie sich in ihrem Kopf ausrechnen, ob ich den Aufwand wert war. Hoffentlich war ich das. Manchmal war ich mir selbst nicht so sicher. Jeder Mensch hatte Tage, an denen er sich nicht leiden konnte, an denen sein Selbstwertgefühl im Keller war. An manch anderen Tagen mochte ich mich durchaus für witzig und liebenswert halten. Heute war definitiv nicht so einer. Ich fühlte mich ... liebesbedürftig. Ich brauchte unbedingt eine positive Erfahrung, irgendetwas, das mich dazu bringen würde, mich nicht wie ein sozialer Versager zu fühlen.

Komm schon, Grace!

»Okay, ja. Ich verstehe es. Wobei, nein. Ich verstehe es nicht, nicht wirklich. Mir ist es nie so ergangen. Aber wie schon gesagt, habe ich bei Lena gesehen, wie schwer es sein kann, sich zu überwinden und wenn ich ehrlich bin, habe ich hier in Manchester noch keine Freunde.«

Ich zog die Augenbrauen zusammen. Was sollte denn das

bedeuten? Sie schien meinen Ausdruck richtig zu lesen, denn sie grinste schief. »Ich bin aus Birmingham hergezogen. Habe dort keinen Job gefunden. Ich wohne erst seit kurzem hier und neben der Arbeit und der Ewigkeit. in der ich wegen der Grippe flachgelegen habe, hatte ich keine Zeit oder Lust, auszugehen und Leute kennenzulernen.« Sie strich sich hektisch über die Nase und zum ersten Mal fiel mir auf, wie oft sie das machte. Während unseres Gesprächs hatte sie das sicher schon fünfmal getan. Es schien mir ein ... nervöser Tick zu sein. Gepaart mit ihrem Geständnis, dass sie hier keine Freunde hatte ...

Bedeutete das, sie sehnte sich genauso nach Gesellschaft wie ich? Hatte ich eine verwandte, einsame Seele getroffen? Ich biss mir auf die Lippe, obwohl ich sie seit heute Morgen schon ordentlich zerkaut hatte und Blut schmecken konnte, während ich nach Worten rang.

Das war mir nicht klar. Das wusste ich nicht. Das ...

Oh mein Gott, jetzt mach einfach!

»Habe ich nicht gewusst. Also das. Das habe ich nicht gewusst.«

»Du hast nicht gefragt.« Sie seufzte. »Schließen wir einen Pakt?«

Ich legte den Kopf schief. »Was für einen?«

»Du versuchst, mit mir zu reden. Ich verspreche dir, ich werde dir nicht den Kopf abbeißen, egal, was du sagst. Na ja, so lange es nicht gemein ist oder so. Dafür gebe ich dich nicht auf. Und wir essen Mittag zusammen.«

Ich stieß den Atem aus, von dem ich nicht wusste, dass ich ihn angehalten hatte. Okay. Das klang gut. Klang großartig. Toll.

»Super. Danke.« Ich tat mein Bestes, ihr ein Lächeln zu schenken, aber mir war klar, dass es winzig und schüchtern aussehen musste. Aber ich war so erleichtert und immer noch süchtig nach ein wenig beschissenem Kontakt mit menschlichen Wesen. Dass sie zugestimmt hatte, stellte ein kleines Wunder für mich dar. Und sie hatte sogar versprochen, mich nicht nach ein paar gescheiterten Versuchen oder peinlichen Wortwechseln aufzugeben.

Nachdem ich ein paar Sekunden zu lang herumgestanden hatte, riss ich mich aus meinen Gedanken los, nickte Grace zu und trollte mich zur Rezeption. Die Knoten in meinem Magen hatten sich beinah aufgelöst. Was übrig blieb, war eine leichte Aufregung, aber sie war von der angenehmen Sorte. Es fühlte sich wie Vorfreude an.

»Danke, Leo.«

10. Kapitel

Später an diesem Abend warf ich mich auf die Couch. Nach unserem Gespräch hatten Grace und ich unser Bestes getan, um die Vergangenheit Vergangenheit sein zu lassen und wie zwei normale menschliche Wesen miteinander zu interagieren. Natürlich war ich ein peinlicher Idiot, gab hauptsächlich einsilbige Antworten und selbst dabei gelang es mir noch, zu stottern. Man musste kein Genie sein, um zu wissen, dass ich Grace keine einzige Frage gestellt hatte, die nichts mit der Arbeit zu tun gehabt hatte. Aber Grace war nachsichtig mit mir gewesen und hatte sich nicht beschwert. Hatte nur ab und an aufmunternd gelächelt und mich einen unfähigen Blödmann sein lassen. Alles in allem war es natürlich besser gelaufen als erwartet. Sie hatte mich nicht ausgelacht, sondern meine Entschuldigung angenommen und mir geglaubt, als ich ihr von meiner Situation erzählt hatte. Das bedeutete natürlich nicht, dass ich mich nicht peinlich fand und Flashbacks von unseren Gesprächen bekam, die mich selbst jetzt noch dazu brachten, mich auf der Couch zu winden. *Es tut mir so scheiße leid.* Mein Gott, Eric. Du Idiot!

»Können wir den Fernseher anmachen?«

Ich murrte bloß zustimmend und griff nach der Fernbedienung. Den Einschaltknopf drückte ich, ohne hinzusehen, weil ich mit dem Gesicht nach unten auf der Couch lag. Die Realität sollte sich für eine Weile von mir fernhalten. Es gab nichts um mich herum, bis auf die Schwärze hinter meinen geschlossenen Augenlidern und die Art, wie das Couchkissen meine Nase zerdrückte.

»Oh Gott, kannst du bitte umschalten?«

Ich stöhnte. Konnte Leo sich denn mit nichts zufriedengeben? »Wieso?«, fragte ich, wobei es sich mehr wie *bifo* anhörte, da das Wort ebenso wie meine Nase von der Couch zermatscht wurde.

»Musst du fragen? Sie spielen *Blurred Lines.* Ich hasse dieses bescheuerte Lied. Ich werde *Robin Thicke* sicher nicht für sein Vergewaltigungslied belohnen, indem ich es mir auf MTV anhöre, also weg damit.«

Ich stutzte und rollte mich mehr oder weniger widerwillig zur Seite. MTV zeigte tatsächlich gerade das Musikvideo zu *Blurred Lines*. Es war mir wegen meinen verhassten Gedanken gar nicht aufgefallen. Ich hob die Fernbedienung über meinen Kopf und schaltete einen Kanal weiter. Dort lief gerade *Mythbusters*.

»Besser?«

»Viel.«

Ich zog ob der einsilbigen Antwort die Augenbrauen zusammen. Störte das Lied ihn wirklich dermaßen? Als jemand, der extrem viel Zeit im Internet verbrachte, wusste ich natürlich über die Kontroversen rund um *Robin Thickes* Lied Bescheid. Und während ich zustimmte, dass das Lied reichlich unheimlich war – wer, bis auf einen potentiellen Vergewaltiger, würde schließlich etwas wie *I know you want it* singen und dabei nackte Mädchen um sich herumstolzieren lassen –, kam mir Leos Reaktion doch ein wenig drastisch vor. »Stört dich das Lied denn wirklich so sehr?« Leo schnaubte und warf mir einen Seitenblick zu, der so voller Abschätzung war, dass ich mich für meine Frage beinah schämte.

»Dieses Lied fasst einiges zusammen, das mit unserer Welt nicht stimmt. Jeder Mann, der eine Schwester, Mutter oder Freundin hat ... Nein, auch wenn er nur mit einem weiblichen Wesen befreundet ist, sollte dieses Lied abgrundtief hassen, weil es praktisch aussagt, dass es nicht Nein bedeutet, wenn ein Mädchen Nein sagt. Wie krank ist das eigentlich? Stell dir mal vor, deiner Mum würde das passieren. Oder Clara und Grace.« Er schüttelte den Kopf, sein Gesicht eine Maske der Abscheu. Ich biss mir auf die Unterlippe. So genau hatte ich mir das noch gar nicht überlegt. Ich hatte das Lied als dämlich abgestempelt und damit Schluss. »Das klingt so, als hättest du dir darüber viele Gedanken gemacht.« In Wirklichkeit fand ich, es klang, als hätte ihm eine Frau gehörig ihre Meinung gegeigt und er sich die Lektion zu Herzen genommen. Aber das war unmöglich.

Schließlich war er ein Schutzengel und stand mit niemandem außer mir in Kontakt. In jedem Fall sagte Leo nichts dazu. Eine Sekunde lang sah es so aus, als wollte er mir eine Antwort geben; er öffnete den Mund, aber es kam kein Wort über seine Lippen. Letztendlich schloss er ihn wieder und begnügte sich damit, die *Mythbusters* zu beobachten. Ich beschloss, das Thema sein zu lassen. Leo war ein seltsamer Kerl und er hatte sehr viel Zeit zum Nachdenken. Er konnte auch ohne einen bestimmten Grund zu seiner Meinung über einen gewissen Sänger gekommen sein. So oder so war ich müde und nachdem ich aus Leo ohnehin nicht schlau wurde, konnte ich die Grübeleien genauso gut sein lassen.

»Ich geh ins Bett. Soll ich den Fernseher für dich anlassen?«

Er seufzte und schüttelte den Kopf. »Wenn du ins Schlafzimmer gehst, ist er zu weit weg.«

Ich stutzte. »Das ist schon zu weit? Wie nah musst du denn bitte an mir dran bleiben?« Der Unglaube in meiner Stimme amüsierte ihn sichtlich, denn er grinste mich schief an und löste endlich seine Arme aus ihrer Verschränkung.

»Ein paar Schritte maximal. Nicht weit. Es ist schon in Ordnung. Ich spüre ja, wie müde du bist. Außerdem hast du dir ein bisschen Schlaf verdient. Du hast das heute mit Grace durchgezogen und ich musste dir nur ein bisschen in den Arsch treten, um dich so weit zu bekommen.« Er kam auf mich zu und blieb neben der Couch stehen, wo er sich nach vorne beugte, sodass unsere Gesichter sich fast berührten. Aus irgendeinem Grund stockte mir der Atem, als ich seine Augen so nah vor meinen sah. Sie waren braun, nicht grau wie meine.

Wie Bernstein, beinah.

»Bin stolz auf dich«, sagte er und lächelte. Seine Augen bewegten sich hektisch, als spränge sein Blick über jeden Teil meines Gesichts. Als versuchte er, meinen Ausdruck zu katalogisieren.

Als Antwort auf sein Geständnis – oder war es ein Lob? – gab ich nur ein kehliges Geräusch von mir, das die leichte Anspannung um seine Augenwinkel sanfter werden ließ.

Er richtete sich wieder auf und nickte in Richtung der Schlafzimmertür. »Ab in die Heia mit dir. Das mit Grace geht schließlich morgen weiter.«

Ich stöhnte genervt auf. Daran hatte ich noch gar nicht gedacht. Warum musste man an Freundschaften arbeiten? Wie nervig war das? Konnte man nicht jemanden treffen und zack: best friends forever. Es würde mein Leben um Welten vereinfachen.

»Hi Mum. Kann ich dich später zurückrufen?«

»Ich grüße dich ebenfalls, mein Sohn.«

Ach Gott. Ich verdrehte die Augen und klemmte das Handy zwischen Kopf und Schulter, während ich gleichzeitig versuchte, meinen Gürtel zuzumachen. »Mir geht's gut und dir geht's auch gut, weil du ja offensichtlich noch meine Nummer wählen kannst.«

»Du bist unter der Taste eins eingespeichert«, sagte sie. »Und vielleicht hatte ich ja einen schrecklichen Unfall und möchte dich um Hilfe bitten.«

»Da würde ich dir aber nahelegen, den Notarzt anzurufen. So ein Arzt bin ich nämlich nicht.« Technisch gesehen war ich nicht mal Tierarzt, sondern nur Helfer.

»Was hast du denn vor, dass du nicht ein paar Minuten mit deiner Mutter reden kannst?«

Ich stieß langsam den Atem aus und bereitete mich auf den unvermeidlichen Schwall aus Fragen und Enthusiasmus vor, der nun unweigerlich folgen würde.

»Ich gehe mit Grace etwas trinken.«

Stille.

»Wirklich?«

»In der Tat.«

»Ist es ein Date?«

»Es ist kein Date.«

»Was ist es dann?«

»Es ist nur so ein Dings zwischen Arbeitskollegen, die sich gedacht haben, sie könnten nach der Arbeit etwas trinken gehen.«

»Es ist ein Dings.«

»Ja, ein Dings.«

»Eric ...«

»Das ist der Fachausdruck, was soll ich machen?« Ein Geräusch hinter mir veranlasste mich dazu, mich umzudrehen. Grace stand in einiger Entfernung und winkte. Ich winkte unbeholfen zurück und deutete auf mein Handy. Sie nickte und zeigte auf die Tür. Sie würde wohl draußen auf mich warten, denn sie marschierte direkt hindurch und schloss sie hinter sich.

»Mum, ich muss los. Grace wartet schon.«

»Na gut. Ich schätze, das ist okay.«

»Danke.«

»Hab dich lieb, Kleiner.«

»Ich dich auch.«

Erleichtert legte ich auf. Das hätte schlimmer laufen können. Vielleicht war ihr klar geworden, dass es nichts bringen würde, mich mit endlosen Fragen zu löchern. Meine Nerven lagen auch so schon blank.

Gott, ich hoffte, es war nicht zu früh für dieses Treffen. Es waren gerade einmal ein paar Tage seit meiner Entschuldigung vergangen. Ich hatte es zwar geschafft, einige Worte mit ihr zu wechseln, ohne sie tödlich zu beleidigen, aber ein bisschen Geplänkel auf der Arbeit war etwas ganz anderes, als sich zusammen in eine Bar zu setzen. Auf der Arbeit konnte man ganz einfach über die Arbeit reden. In einer Bar ... Worüber sprach man in einer Bar miteinander? Barkeeping? Drinks? Ich hatte keine Ahnung. Oh Gott ...

Leo hatte gemeint, dass er ein gutes Gefühl dabei hatte und ich wollte mein Versprechen ihm gegenüber nicht brechen. Ich würde ihn seinen Job machen lassen. Das bedeutete aber keineswegs, dass ich nicht gleich vor Nervosität ausflippen würde.

Ich schüttelte den Kopf, in dem sinnlosen Versuch, meine Gedanken in eine andere Richtung zu lenken und schloss meinen Spind.

Grace wartete vor der Eingangstür. Sie trug ihr Haar heute offen, was ihr gut stand. Als ich neben sie trat, drehte sie sich zu mir und lächelte schief. »Los geht's?«

»Jepp.«

Wir machten uns auf den Weg zu einem der Studentenpubs der Stadt. Ich war zwar nicht auf der Uni, aber im richtigen Alter dafür. Grace schien in nostalgischer Stimmung zu sein und wollte wohl die alten Zeiten wieder aufleben lassen. Ich war noch nie in diesem Pub gewesen, aber schon öfters daran vorbeigelaufen. Der Außenbereich bestand aus einem einzigen riesigen Graffiti auf dem *The Thirsty Scholar* stand und befand sich unter einer Brücke. So ein Etablissement fiel auf. Der Eigentümer verstand etwas von Publicity.

Drinnen angekommen, bestellten wir unsere Getränke und machten es uns an einem Tisch gemütlich. Aber kaum waren die Jacken ausgezogen und die Finger um die Gläser gelegt, setzte sie ein – die peinliche Stille. So ein Scheiß!

Die ganze Sache war mir jetzt schon zu anstrengend. Dabei hätte ich gerade so schön zu Hause im Bett oder vor dem Fernseher liegen und mit Leo über Reality-TV ablästern können. Oder mir peinliche Kindheitsgeschichten über mich anhören. Es war bemerkenswert, wie viel man über die Jahre vergaß.

Aber nein. Ich war hier und starrte das Muttermal über Grace' Lippe an.

»Also ...«, fing ich an.

Grace presste die Lippen zusammen und hob die Augenbrauen.

Oh Gott. Mein Mund war offen, aber es kam nichts raus. Ich blies geräuschvoll Luft aus meinen Backen und legte die Stirn auf den Tisch.

Grace kicherte.

»Nicht witzig.«

»Du und Lena wärt entweder beste Freunde oder würdet den ungemütlichsten Abend aller Zeiten miteinander verbringen. Hm. Ich könnte eine Feldstudie starten.«

»Du bist Tierärztin.«

Ich drehte den Kopf zur Seite und schielte sie aus einem Auge an, blieb aber, wo ich war. Wer wusste schon, wie lang es dauern würde, bis ich mich wieder lächerlich machte.

Grace zuckte die Schultern. »Es schadet nie, seinen handwerklichen Horizont zu erweitern.«

»Mhm.«

Ich hätte mir mit meinem Glas über die Birne hauen können. Einsilbige Antworten waren für die Situation nicht hilfreich. Obwohl *mhm* ja technisch gesehen zwei Silben hatte. Aber es zählte nicht, weil es nicht mal ein Wort war und warum dachte ich überhaupt über so einen Unsinn nach?

Ich räusperte mich und kratzte mit dem Daumennagel über das Etikett meines Biers. Ich mochte Bier nicht mal besonders. Aber Grace hatte eins bestellt und wenn die Frau ein Bier bestellte, konnte der Mann nicht etwas Milderes nehmen, oder? Zumindest bildete ich es mir ein. Mittlerweile wünschte ich mir allerdings, ich hätte einen Cider oder etwas gänzlich Alkoholfreies vor mir stehen. Es würde meiner Nervosität bestimmt nicht helfen, wenn ich auch noch betrunken war. Oder vielleicht doch? Ich zog die Augenbrauen zusammen. War das die Lösung? Es hieß doch immer, dass man seine Hemmungen verlor, wenn man angeheitert war. Leider hatte ich mich noch nie mit Fremden betrunken, daher wusste ich auch nicht, ob ich dadurch die Klappe aufbekommen würde.

»Vielleicht könnten wir nächstes Mal etwas mit deinen Freunden machen.«

Ich hob ruckartig den Kopf und sah Grace an. Wie kam sie plötzlich auf dieses Thema?

Sie lächelte bloß. »Lena hilft das manchmal, weil sie dann Leute um sich hat, mit denen sie reden kann, wodurch sie selbstsicherer wird.

Die Idee war nicht so schlecht, wenn es da nicht ein Problem gegeben hätte. »Ich habe keine Freunde.«

Es klang noch wesentlich deprimierender, wenn man es laut aussprach. Wow.

Grace schien es ähnlich zu sehen, denn sie biss sich sofort auf die Unterlippe und zog den Kopf ein. Mein Gott, sie brauchte sich deswegen doch nicht schlecht fühlen! Verdammt. Es war schließlich nicht ihre Schuld, dass ich ein unfähiger Bastard war.

»Ich wollte kein unangenehmes Thema anschneiden, ich dachte bloß ... Es tut mir leid, ich ...«

»Na ja, einen Freund hab ich schon«, unterbrach ich ihr hilfloses Gestammel. Das konnte sich ja keiner anhören. Obwohl ich es nett von ihr fand, sympathisch sogar, dass sie sich das so zu Herzen nahm.

Ihre blauen Augen weiteten sich ein wenig, ein schmales Lächeln erschien auf ihrem Gesicht. »Oh? Warum hast du dann ...«

»Es ist eine Internetsache, also ... Ich habe ihn nie persönlich getroffen. Wir chatten nur und reden auf ... Skype.« Vielleicht bildete ich es mir nur ein, aber möglicherweise klang das noch trauriger, als überhaupt keine Freunde zu haben. »Es ist kein *World-of-Warcraft*-Ding oder so.« Das sagte ich nur, weil die meisten Menschen *WoW* peinlich fanden und mit unbeholfenen Nerds assoziierten, die noch bei ihrer Mama im Keller wohnten. Während ich ein unbeholfener Nerd war, der in einer Wohnung lebte, die seine Mutter an ihn vermietet hatte. Ich war demnach ein bisschen weniger erbärmlich.

»Dann lebt er also nicht in Großbritannien, oder?«

»Ähm, ja. Er ist aus Kanada.«

Stille.

Grace streckte die Hand aus und legte sie auf jene von meinen, die nicht an dem Etikett der Flasche herumkratzte.

»Eric, du musst niemanden erfinden, nur damit ich ... Ähm ...«

Kanada. Oh mein Gott. Hätte mir kein besseres Land einfallen können? Nein, ich hatte das Klischee benutzen müssen, das schon so viele einsame Jungs vor mir gebraucht hatten. Wahrscheinlich hatte ich die Phrase *Ich hab eine feste Freundin in Kanada* schon so oft in Sitcoms aus den Mündern vieler Muttersöhnchen gehört, dass mir dieses Land als erste Möglichkeit in den Kopf geschossen war.

»Gott, nein! Ich weiß, wie das klingt. Du hättest meine Mutter hören sollen, als ich ihr zum ersten Mal von ihm erzählt habe. Ihre Augenbrauen lagen irgendwo in ihrem Haaransatz.« Ich lachte nervös. Lügen lag mir nicht. »Aber es gibt ihn wirklich. Sein Name ist Leo und er ist eine ziemliche Nervensäge, aber na ja ... Ich glaube kaum, dass er ein paar Tausend Dollar ausgeben würde, nur um mir die Hand zu halten, damit ich ein Gespräch mit jemandem führen kann.«

»Und ich glaube, das war eben das Längste, was du je zu mir gesagt hast, das nicht voller Stotterer war und sogar Punkt und Komma hatte.«

Kaum zu Ende gesprochen, konnte ich regelrecht fühlen, wie ein Straßenpolizist Blockaden in mir aufbaute. Musste sie immer darauf zurückkommen? Ich tat wirklich mein Bestes, um mein Problem zu vergessen, aber sie schien es bei jeder sich bietenden Gelegenheit erwähnen zu müssen.

»Du redest offenbar gern über ihn. Erzähl mir mehr.«

Ich zog die Augenbrauen zusammen und sah sie voller Skepsis an. Das konnte sie unmöglich ernst meinen.

Sie verdrehte die Augen, lächelte aber dabei. Vielleicht war sie wirklich nicht genervt von mir. Vielleicht zeugte das von ehrlichem Interesse. »Wir üben jetzt Small Talk. Lass dir von Dr. Brody helfen.«

Wenn ich ein Hund wäre, würde ich Dr. Brody wahrscheinlich vor Dankbarkeit das Gesicht ablecken, aber ... zum Glück war ich kein Hund und konnte diese verstörenden Bilder aus meinem Kopf verbannen. »Okay. Kann aber sein, dass ich ... ein Langzeitpatient bin.«

»Das ist in Ordnung. Chronische Schüchternheit ist nichts, was sich in einer Nacht im Pub heilen lässt. Ich verstehe das schon.« Sie zwinkerte mir mit beiden Augen zu und ich fühlte, wie sich mein rechter Mundwinkel nach oben zog.

»Sein Name ist Leo.« Aber was gab es sonst noch über ihn zu sagen? Ich kannte den Kerl gerade mal ein paar Wochen und unsere Themen beschränkten sich fast ausschließlich auf mich. Ehrlich gesagt, war es sogar ziemlich unfair, wie viel Zeit wir damit verbrachten, über mich zu reden, aber ... Bisher hatte ich einfach nicht daran gedacht, mehr über ihn herauszufinden. Vielleicht war ich wirklich ein Arschloch.

Leo ist ... Leo ist ...

»Leo ist immer für mich da. Er nervt mich manchmal tierisch. Aber er ist auch extrem witzig. Und wenn er etwas zu sagen hat, sagt er es einfach. Egal, ob es unsensibel von ihm ist oder mich wütend macht. Ich glaube, bevor er mich anlügen würde, würde er gar nichts sagen. Er ist ... Er war ... Ich weiß nicht, irgendwie ist er ein bisschen wie ein Anker. Wenn alles scheiße ist, weiß ich trotzdem, dass er nur einen Anruf weit von mir entfernt ist.«

Ich studierte die Einkerbungen auf dem Tisch vor mir. Während meiner gesamten Rede hatte ich Grace nicht in die Augen gesehen. Es war leichter, wenn man die Reaktion seines Gesprächspartners nicht sah, fand ich manchmal. Besonders, wenn es sich um Persönliches handelte. Mir war nicht klar gewesen, wie persönlich Leo für mich war. Ich hatte Grace eigentlich nur beruhigen und ihr nicht mein Herz ausschütten wollen.

»Es klingt, als wäre er ein guter Freund.«

Ich sah zu ihr hoch. Sie hatte den Kopf auf ihre Hand gestützt. Auf ihrem Gesicht lag ein Ausdruck, den ich nicht ganz zu deuten wusste.

»Ja«, sagte ich und wunderte mich einen Augenblick lang über das erstaunte, aber dennoch wohlige Gefühl in meiner Brust. »Ist er.«

Wer hätte das gedacht?

Später an diesem Abend lag ich im Bett und starrte die dunkle Zimmerdecke über mir an. Ich war müde, aber die Gedanken, die in meinem Kopf herumschwirrten und das unruhige Gefühl in meinem Bauch hielten mich wach.

Grace und ich hatten insgesamt zwei Stunden in dem Pub verbracht. Es hätte schlimmer laufen können. Zwar ließ sich die immer wiederkehrende, angespannte Stille bis zum Schluss nicht abschütteln, aber für den Anfang fand ich es okay. Das Gute war, dass wir im Zweifelsfall immer wieder auf das Thema Arbeit hatten zurückkommen können. Zum Ende hin hatte ich mich sogar getraut, ein paar Anekdoten aus der Zeit zu erzählen, als Grace noch nicht für Clara gearbeitet hatte. Ein paar Mal hatte ich das Gefühl gehabt, Leo hätte eingegriffen. Ich tat mich immer noch ein bisschen schwer damit, meine sogenannten Instinkte zuzulassen. Aber mit der Zeit wurde es leichter.

»Leo?«

»Jepp?«

»Danke.«

»Kein Ding.«

Ich lächelte und seufzte tief. Zum ersten Mal seit langer Zeit seltsam zufrieden mit der Welt.

»Eric?«

»Jepp?«

»Nur damit es keinen Zweifel daran gibt – ich würde ohne zu zögern, ein paar Tausend Dollar ausgeben, um zu dir zu fliegen.«

11. Kapitel

Gottverdammt, ich musste mir unbedingt einen runterholen. Ich konnte mich nicht mal mehr daran erinnern, wann ich es das letzte Mal getan hatte. Es war definitiv mal gewesen, bevor Leo aufgetaucht war, aber da endete auch schon jegliche Sicherheit meinerseits. Ich vermisste es. Mein Penis vermisste es auch. Wenn ich doch nur in meine Hose fassen und es tun könnte. Mich zurücklehnen, ihn in die Hand nehmen und drücken, massieren, streicheln. Mit der anderen vielleicht meine Eier umfassen. Aber nein. Ich konnte nicht.

Warum?

Leo.

Ich sah mich im Raum um. Er war gerade nicht sichtbar, aber natürlich war er da. Schließlich konnte er sich nicht weit von mir entfernen. Ich wollte auf keinen Fall, dass er mir dabei zusah. Wobei er das wahrscheinlich längst getan hatte.

Ich drückte mir mein geöffnetes Buch ans Gesicht und krümmte mich zusammen.

Nicht darüber nachdenken, nicht darüber nachdenken.

Hölle, ich hätte meine letzte Session mit meinem Schwanz viel mehr genießen müssen. Der Fakt, dass ich mich nicht mal daran erinnern konnte, sprach Bände über die Mühe, die ich mir gegeben haben musste. Es war kein erinnerungswürdiges Ereignis gewesen, so viel stand fest. Ich war ein schlechter Mensch. Wenn ein Mann nicht mal seinen eigenen Penis zu schätzen wusste, hatte er nichts mehr zu verlieren. Vielleicht sollte ich Auftragskiller werden oder in den Krieg ziehen und es einfach hinter mich bringen.

»Versuchst du, einen Rebirthingkurs nachzustellen?«

Es sagte eine Menge darüber aus, dass ich bei Leos plötzlicher Frage nicht zusammenzuckte. Ich hatte mich an ihn gewöhnt.

Ich löste mich aus meiner fetalen Stellung, ließ das Buch aber auf meinen Augen liegen. »Spürst du nicht, was los ist?« Ich wollte es wirklich nicht laut sagen.

»Dir ist etwas peinlich. Wahrscheinlich der Fakt, dass deine südlicheren Regionen dringend etwas Action brauchen.«

Ich hob das Buch hoch und warf es ans Bettende. Ich konnte dieses Gespräch nicht mit ihm führen. »Ja, aber wir wissen beide, dass das nicht passieren wird.«

Leo schürzte die Lippen. »Wieso?«

Ich erstarrte und riss die Augen auf.

Er zuckte die Schultern. »Was? Ich lebe durch dich. Ich könnte auch mal wieder ein bisschen Sex mit deiner Hand vertragen. Oder ... na ja, du weißt schon.«

Ich blinzelte. Blinzelte erneut. Denn ich war ganz und gar nicht überzeugt, dass ich richtig sah. Leo – sarkastischer, nie um einen Kommentar verlegener Leo – wurde doch tatsächlich ...

»Rot? Wirst du gerade rot?«

Leo verschränkte die Arme und legte den Kopf schief. »Nein. Und wir reden über dich und nicht über mich.«

»Hm, nein. Das glaube ich nicht.«

Das war Gold wert. Ich hatte angenommen, dass Leo nichts mehr peinlich sein konnte. Vermutlich hatte er mehr oder weniger alles in seinem Leben bereits gesehen, was man sehen konnte, oder? Zumindest gab er mir immer das Gefühl, er sei allwissend und über alles erhaben. Aber nicht jetzt. Ha, ich würde diesen Moment für immer nah an meinem Herzen halten. »Ich finde, wir sollten über dich reden. Dich und den Fakt, dass du Sex mit meiner Hand haben willst.«

»Ich will nur das Gefühl haben, zu kommen. Ich habe mich ungeschickt ausgedrückt«, grummelte er, sah mir dabei aber nicht in die Augen.

»Was magst du denn besonders an meiner Hand? Sind meine Finger lang genug? Ist es mein Griff? Oder magst du es, wenn ich an der Spitze ...«

»Oh mein Gott! Ich gehe und dann reden wir nie wieder darüber ...«

Und weg war er. Ungläubig lehnte ich mich in die Kissen

zurück und starrte in den leeren Raum.

Ich hatte ihn besiegt.

Das war beinah so befriedigend wie Sex.

Ach, wen wollte ich eigentlich verarschen? Natürlich war es das nicht. Aber es kam nah dran.

Grinsend holte ich mir mein Buch zurück und schlug es auf.

Ich saß vor meinem Computer und klickte mich durch einige Youtube-Videos, als ich die Werbung für eine Datingwebsite entdeckte. Sie war mehr oder weniger unauffällig als Popup-Fenster erschienen und hatte im Hintergrund auf meine Aufmerksamkeit gewartet. Anstatt das Fenster genervt zuzumachen und endlich nachzusehen, wo im Browser ich die Werbeanzeigen blockieren konnte, starrte ich das Bild eine Minute lang an.

Vielleicht ... Wenn ich zuerst im Internet mit einer Person schreiben würde, war ich möglicherweise nicht ganz so ...

Aber nein. Ich schüttelte den Kopf und ließ das lächelnde Pärchen, das im Gras ein Picknick abhielt, mit einem Klick meiner Maus verschwinden. Nie im Leben war ich dazu schon bereit, oder? Die Freundschaft mit Grace fing gerade an, zu funktionieren, da musste ich mich nicht gleich in das Haifischbecken eines Datingpools werfen. Schon die Tatsache, dass ich es überhaupt in Betracht zog ...

Manchmal wurde mir die Stille in meiner Wohnung einfach zu viel und ich konnte nicht anders, als darüber nachzudenken, wie es wäre, wenn es jemanden gäbe, der die Pausen mit Worten oder Gesten füllen würde.

Und plötzlich traf es mich wie ein Schlag. Wie dumm war ich eigentlich? Wenn ich wollte, musste ich nicht allein sein.

»Leo? Lust auf ein Kartenspiel oder so?«

»Wie genau denkst du, sollen wir das bewerkstelligen?«, hörte ich seine Stimme neben mir und blickte auf. Leo stand mit den Händen in den Hosentaschen neben mir. Seine Schultern hatte er leicht hochgezogen. Ich ballte die Hand, die ich auf der Tastatur liegen hatte, zu einer Faust, als sich in meiner Brust ein drückendes und beinah schmerzendes Sehnen danach ausbreitete, eine von Leos Händen herauszuziehen und mit meiner zu verflechten.

Leo gab ein fragendes Geräusch von sich. Sofort riss ich meinen Blick von seiner versteckten Hand los und sah ihm ins Gesicht. Seine Lippen waren leicht geöffnet und seine Augenbrauen ein wenig zusammengezogen.

Ich lächelte kurz und schüttelte den Kopf. »Ähm ... Wir bekommen das schon hin ... irgendwie. Ich halte einfach die Karten in deine Richtung, wenn du dran bist und hebe für dich ab und so.«

Er lächelte schief. Dabei erschienen in seinen Augenwinkeln kleine Lachfältchen, die ich hinter seiner Brille kaum erkennen konnte. Wie er wohl ohne sie aussah?

»Okay. Wir können es ja probieren. Aber wehe, du schummelst. Ich kann Schummler nicht leiden.«

»Versprochen.«

Ich schloss mein MacBook und warf es neben mir auf die Couch. »Auf was hast du Lust?«

»Na ja, nachdem wir wegen meiner Unfähigkeit, Dinge anzufassen, eingeschränkt sind, würde ich sagen, etwas Einfaches wie ... Uno.«

Ich schnaubte, stand aber dennoch auf und kramte in einer Küchenschublade nach den Karten.

»Hey, es war deine Idee. Du bist selbst schuld, wenn du es nicht durchdacht hast.« Ich hob den Blick und sah ihn herausfordernd eine Braue hochziehen.

»Hab Vertrauen in mich, Mann. Wir machen das schon.«

Und genau das taten wir. Die Sache war ein wenig umständlich, aber nach ein, zwei Proberunden, in denen ich abwechselnd meine und seine Karten in der Hand hielt – seine natürlich so, dass ich den Karteninhalt nicht sehen konnte –, hatten wir den Dreh raus.

»Die Zweite von links«, befahl Leo.

Ich fasste danach, aber er unterbrach mich sofort mit einem

wütenden Ausruf. »Das andere Links, Eric. Mein Links.«

Okay, also wir hatten den Dreh *beinah* raus. Trotzdem befand ich den Abend alles in allem für ziemlich ... angenehm.

Flo lag wie ein warmer, flauschiger Sack auf meinen Beinen und obwohl sie langsam anfingen, einzuschlafen, brachte ich es nicht übers Herz, Flo runterzuwerfen. Im Hintergrund sang *Macklemore* auf MTV gerade irgendetwas Tiefsinniges über die Konsumgesellschaft. Leo saß mir gegenüber ebenfalls auf dem Boden und grinste mich vom anderen Ende des Wohnzimmertisches aus an. Ich zog die richtige Karte und legte sie auf den Stapel in der Mitte. Es war eine plus Vier.

»Oh Gott! Wie viele davon gibt's in diesem Spiel überhaupt? Und, was noch viel wichtiger ist, warum bekommst du sie alle?«

Leo lehnte sich zurück und ließ seine Fingerknöchel knacken. Oder zumindest vollführte er die Geste. Seine Knöchel knackten nicht wirklich. Ich war nicht sicher, ob sie das überhaupt konnten, da Leo nicht ... körperlich war.

»Du wirst untergehen, O'Brien.«

Ich ließ ein übertriebenes Knurrgeräusch vernehmen. »Das werden wir noch sehen ... Ähm ...«

»Donovan.«

Ich schloss den Mund. Okay. Er hatte einen Nachnamen. Das war an sich normal, wenn er nicht ... Warum brauchte ein Schutzengel einen Nachnamen? Ich meinte ... Wozu? Damit die anderen wussten, zu welchem Engelklan er gehörte? Ich zog die Augenbrauen zusammen und war gerade dabei, die Frage zu formulieren, als mein Handy klingelte.

»Scheiße. Mum.«

Ich legte die Karten hin, hob Flo vorsichtig hoch und positionierte sie auf der Couch. Ich sollte mein Handy wirklich einstecken, anstatt es irgendwo herumliegen zu lassen.

»Hi Mutter.«

»Hi Sohn. Was machst du?«

»Kartenspielen mit Leo«, sagte ich. Im selben Augenblick riss ich die Augen auf und öffnete meinen Mund zu einem stummen Schrei. Oh Gott, oh Gott ... Leo machte hinter mir ein unterdrücktes Geräusch und ich wirbelte zu ihm herum. Er schien im ersten Moment nicht weniger schockiert zu sein als ich. Aber dann fing er sich und – Mistkerl, der er war – fiel seitwärts auf den Boden, wo er sich vor Lachen den Bauch hielt. Ich konnte seine Schultern bis in die Küche zittern sehen und musste mich augenblicklich fragen, was noch alles nicht mit mir stimmte, weil ich bei seinem Anblick kurzfristig fühlen konnte, wie sich ein Lächeln auf mein Gesicht stahl. Ich biss mir auf die Lippe und fuchtelte mit der Hand, die nicht das Telefon hielt, wild in seine Richtung, damit er aufhörte.

»Leo? Ist das der Junge, von dem du letztes Mal erzählt hast?«

»Ähm ... ja ... Das soll heißen, ich meine, ähm ...«

»So schwer kann die Frage nicht sein«, sagte Mum und klang dabei reichlich verwirrt. Dabei schwang noch etwas in ihrer Stimme mit, das ich nicht deuten konnte.

»Nein, nein. Er ist wirklich hier, er ... kitzelt mich bloß. Hör auf, du Idiot!«

Leo lachte lauter und ich war nicht zum ersten Mal froh darüber, dass ihn niemand außer mir sehen und hören konnte. Ich krallte eine Hand in mein Haar und hoffte inständig, dass Mum mir diesen Blödsinn abkaufte.

»Klingt, als hättet ihr Spaß ...« Mir gefiel die Art, wie sie den Satz ausklingen ließ, ganz und gar nicht.

»Ja. Doch.«

Die Augen schließend, stützte ich meine Ellbogen auf die Küchenanrichte. Leo beruhigte sich langsam und man konnte nur noch das eine oder andere Glucksen von ihm hören.

»Darf ich den jungen Mann mal treffen?«

»Nein!«, rief ich eilig aus.

»Warum nicht?« Ich sah sie praktisch vor mir, wie sie mit gerunzelter Stirn in ihrem Haus stand und auf meine Antwort wartete.

»Komm schon, Mum. Es ist ja nicht so, als würde ich noch zu Hause wohnen. Ich meine, wenn er hier ist und du zufällig vorbeikommst – okay. Aber ich werde euch einander sicherlich nicht formell vorstellen.« Das klang sogar vernünftig. Schade, dass ich das vorhin nicht geschafft hatte.

»Na gut. Ich schätze, das kann ich verstehen.«

»Danke«, sagte ich erleichtert.

»Ich freue mich für dich, weißt du? Grace und jetzt dieser Leo. Ich mag es, zu wissen, dass du nicht allein bist.«

Ich konnte nicht anders, als ein wenig zu lächeln. Sie war eine gute Mum. Die Beste, wirklich. »Danke, Mum.«

»Gern.« Sie seufzte. »Dann will ich euch nicht weiter stören. Viel Spaß noch.«

»Okay. Wiedersehen.«

Ich legte auf und schlurfte zurück ins Wohnzimmer.

»Weißt du, was ironisch ist?«

»Was?«, fragte Leo, der gerade dabei war, sich wieder aufzurappeln.

»Mein Problem ist normalerweise, dass ich zu sehr darüber nachdenke, was ich sage.«

Leo stützte die Unterarme auf seine Knie und schickte mir ein Lächeln. »Das ist mein guter Einfluss.«

Ein aufgeregtes Flattern wanderte durch meinen Bauch und ich schluckte trocken. Hatte er mich schon immer so angelächelt?

»Ja«, schnaubte ich schließlich, damit er meinen inneren Tumult nicht bemerkte. »In deinen Träumen vielleicht.«

Aber was war mit meinen?

Seufzend drehte ich mich ein paar Tage später auf der Couch um. Es war Sonntag und ich hatte bereits den halben Tag verschlafen. Hatte mich vom Bett in die Küche und dann auf die Couch geschleppt, wo ich gefrühstückt hatte und anschließend prompt wieder eingeschlafen war. Ich rieb mir die Augen. Warum war man nach einem Nickerchen immer müder als davor? Vielleicht dauerten meine einfach zu lang. So oder so fühlte sich mein Kopf schwer an und meine Nackenwirbel knacksten, als ich mich aufsetzte. Mit halb geöffneten Augenlidern sah ich mich im Zimmer um und fand Leo vorm Fenster stehend vor. Er hatte die Arme verschränkt und starrte auf die Straße hinunter.

Ich stand auf und schlurfte zu ihm, um dann direkt hinter ihm stehen zu bleiben. Auf der Straße fuhren ein paar Autos vorbei, aber ich sah nichts Betrachtungswürdiges, das Leos Aufmerksamkeit derart in den Bann hätte schlagen können. »Hey, alles klar?«, murmelte ich.

Leo drehte den Kopf zur Seite und schickte mir ein angespanntes Lächeln. »Ja. Passt schon.«

Ich zog die Brauen zusammen. Er klang nicht okay und ich blinzelte schnell ein paar Mal hintereinander, um den Nebel in meinem Kopf aufzuklären. »Hey, du bist sichtbar. Gibt's dafür einen bestimmten Grund?«, fragte ich.

Als sich Leo versteifte, hätte ich mir am liebsten eins mit dem Knüppel übergezogen. »Ich ... Wenn du nicht willst, dass ich ...«

»Hey, nein. Sorry, wegen der dummen Frage, ich bin noch nicht ganz da. Du kannst sichtbar sein, wann du willst, Mann.«

Seine Haltung entspannte sich ein wenig und ich seufzte. Ich wünschte, ich könnte ihm eine Hand auf die Schulter legen, ihn irgendwie aus seiner Melancholie reißen. Aber ich wusste, meine Hand würde einfach durch ihn hindurchgleiten.

»Ich habe manchmal ...«, fing er an, schüttelte dann aber den Kopf. »Wenn ich sichtbar bin und du aufwachst und mich sofort siehst, dann habe ich weniger das Gefühl, ich wäre ein ...«

»Geist?«, sagte ich leise. Es gab eine Zeit für laute Worte und dieser Moment gehörte nicht dazu.

Leo nickte. »Ich bin seit zwanzig Jahren bei dir. In all diesen Jahren hat mich niemand gesehen außer dir und meistens nicht mal du. Aber jetzt, wo ich mit dir reden kann und du auch tatsächlich antwortest, wird mir erst klar, wie allein ich war.«

Seine Worte ließen die Luft aus meiner Lunge rauschen. War ich wirklich derart selbstsüchtig, dass ich nicht mal darüber nachgedacht hatte, wie es ihm ging? Sah ich ihn wirklich als eine Selbstverständlichkeit an, so wie kleine Kinder es mit ihren Eltern taten? Leo mochte unsterblich oder etwas in der Art sein, aber er war keinesfalls unverwundbar. Nicht dort, wo es zählte. Und dann dankte er mir auch noch dafür, dass ich mit ihm redete. Dass ich ihm antwortete. Wie oft musste er mit mir geredet haben und ich hatte ihn nicht hören können? Hatte er mir Fragen gestellt, von denen er wusste, sie würden unbeantwortet bleiben? Und es dennoch getan, weil die Alternative ohrenbetäubende Stille gewesen wäre?

Meine Einsamkeit war teils selbst verschuldet. Seine war es nicht.

Ich schluckte trocken und bemerkte, wie sehr meine Kehle schmerzte. Hatte ich zuvor noch eine Hand auf seine Schulter legen wollen, so wollte ich jetzt kaum etwas dringender, als von hinten die Arme um ihn zu schlingen, um ihm so zu zeigen, dass ich hier war und ich ihm immer antworten würde, wenn ich es konnte.

Stattdessen beschränkte ich mich auf Worte. »Ich weiß, man kann das nicht vergleichen, aber ... du tust für mich doch dasselbe.« Ich machte einen Schritt zur Seite, sodass ich neben ihm stand und sein Profil betrachten konnte. Langsam wandte er mir seinen Kopf zu. »Du bist immer da. Mit dir kann ich reden ... konnte ich immer reden.« Er leckte sich schnell über die Lippen und lenkte damit meine Aufmerksamkeit auf sie. Als ich wieder zu ihm aufsah, lag etwas in seinem Blick ... Es war die Art, wie der Ausdruck in seinen Augen sanfter zu werden schien, die mir für eine Sekunde den Atem stocken ließ. Niemand sah mich je so an.

»Du bringst mich auch dazu, mich echt zu fühlen. Real.«

Und als ich die Worte aussprach, wurde mir klar, wie sehr sie der Wahrheit entsprachen. Leo war etwas Unerwartetes und so sehr er mich anfangs genervt hatte und manchmal immer noch nervte, konnte ich doch auf ihn zählen. Er machte mich besser. Half mir mit Grace, jetzt, wo ich es zulassen konnte. Leo schien zu wissen, dass ich es so meinte, wie ich es sagte.

Gott, natürlich tat er das. Er wusste, was ich fühlte. Aber diesmal zeigte er es nicht mit einem Kommentar oder einem Necken, sondern lächelte einfach. Biss sich auf die Unterlippe und lächelte so breit, dass mir die Wangen davon schmerzten. In seinen Augen schien ein Licht zu tanzen, das ich bisher noch nicht gesehen hatte. Ich konnte nicht anders, als es zu erwidern und vielleicht taten mir die Wangen ja deshalb weh. Weil sie es nicht gewohnt waren, so glücklich zu sein. Ich öffnete gerade den Mund, als plötzlich mein Handy klingelte.

Und dem Klingelton zufolge war es nicht meine Mum.

Ich zog die Augenbrauen zusammen und sah Leo fragend an, aber er zuckte die Schultern.

Grummelnd lief ich zum Couchtisch. Hinter mir hörte ich Leo etwas von wegen *peinlich* und *kitschig* murmeln und verdammte die Person – wer immer sie auch war – dafür, dass sie gerade jetzt anrief. Leo und ich hatten an der Grenze von irgendetwas gestanden und nun fühlte es sich so an, als wären wir wieder meilenweit voneinander entfernt.

Ich blickte auf den Bildschirm, der mir eine unbekannte Nummer anzeigte. Den Bruchteil einer Sekunde überlegte ich, ob ich rangehen sollte. Ich telefonierte nicht gern mit Fremden. Meistens handelte es sich dabei um Leute, die einem etwas Nutzloses verkaufen wollten.

»Jetzt heb schon ab«, maulte Leo hinter mir und ich verdrehte die Augen, tat aber wie geheißen.

»Ja?«

Einen Moment war es still.

»Hallo Eric. Ich bin's. Dad.«

12. Kapitel

Leo stand sofort neben mir. Seine Hände schwebten über meinen Oberarmen, als hätte er Angst, mich zu berühren. Oder als wollte er mich berühren und wusste, dass es nicht ging. »Was?«, fragte er mich mit drängendem Ton. »Was ist los?«

Ich schluckte. Im ersten Moment hatte ich mich gefühlt, als würde ich jede Sekunde zusammenklappen. Aber jetzt ... Jetzt konnte ich spüren, wie die Wut aus meiner Brust in mir hochstieg und sich auf meine Gliedmaßen ausbreitete.

Innerhalb von Sekunden zitterte meine linke Hand, die ich irgendwann zur Faust geballt hatte. »Matthew. Warum rufst du mich an?« Ich war mir der Tatsache bewusst, dass meine Stimme klang, als wäre sie eine Saite, die man zu fest gespannt hatte. Jede Sekunde dazu bereit, zu reißen.

»Gott, Eric. Ich wollte einfach mit dir reden, ist das so schwer zu verstehen?«

»Ja, allerdings«, sagte ich etwas lauter. Hatte er einen Knall? »Warum sollte ich mit dir reden wollen? Nach der Scheiße, die du abgezogen hast?«

Ich hörte ihn frustriert seufzen. »Es gehören immer zwei dazu, weißt du?«

»Ja. Du und *sie*!« Ich riss mich aus meiner Position los und begann, auf und ab zu laufen. Ich konnte nicht mehr stillhalten. Wenn ich ihm schon keine verpassen konnte, musste ich meine wütende Energie auf andere Weise loswerden. »Versuch bloß nicht, diese ganze Sache Mum anzuhängen. Es war nicht ihre Schuld. Es war deine und die von ... *ihr*. Die Konsequenzen hättest du dir vorher überlegen sollen!«

»Ist es denn so unverständlich, dass ich ...«

»Gehen wir mal davon aus, dass alles, was du willst, unverständlich ist. Wenn wir deine vergangenen Taten betrachten, scheint das der gemeinsame Nenner zu sein«, unterbrach ich ihn. »Warum rufst du an? Denn ich bin auf Mums Seite. Sie ist die verletzte Partei hier. Du bist nichts weiter als ... Matthew.« Ich bekam das Wort beinah nicht heraus. Aber noch weniger konnte ich ihn *meinen Vater* nennen. Oder das verniedlichte *Dad*. Dieser Mann war nicht mehr mein Dad. Der Mann, der mir Fahrradfahren beigebracht und Modellflugzeuge mit mir gebaut hatte, war irgendwann verschwunden und durch dieses seine Frau betrügende Mistschwein ersetzt worden.

»Eric, deine Mum hat mich ermutigt, dich anzurufen. Sogar sie will, dass wir uns wieder versöhnen.«

Was? Perplex blinzelte ich. Ich wusste nicht, was ich darauf sagen sollte. Mum? Im Ernst? Warum würde sie ... Sie wusste doch ...

Ich schloss mit einem harten Klacken meiner Zähne den Mund, den ich unbewusst geöffnet hatte. »Vielleicht«, sagte ich, langsam ein- und ausatmend, um nicht zu hyperventilieren, »denkt Mum, das wäre eine gute Idee. Aber – und was in diesem Fall wichtiger ist – *ich* denke es nicht. Ich habe weder den geringsten, winzigsten, klitzekleinsten Wunsch dich jemals wiederzusehen, noch das Verlangen deine Stimme jemals wiederzuhören, okay? Ist das angekommen? Wehe, du rufst hier noch mal an.«

Damit legte ich auf und warf das Handy auf die Couch.

»Eric?«

Ich schüttelte heftig den Kopf. Ich wollte jetzt nichts hören. Keine beruhigenden Worte, keine Versuche, Matthews Anruf zu rationalisieren. Ich konnte nicht. Mum hatte ihm gesagt, er solle mich anrufen. *Mum.* Von allen Leuten auf dieser Welt hatte sie mich mit einem der beiden Menschen in Verbindung gebracht, die ich nie wiedersehen wollte.

Ich schnappte mir mein Handy und drückte die Eins. Es klingelte ein paar Mal, dann wurde abgehoben. »Eric, hi!«

»Bist du zu Hause?«

»Was?«

»Bist. Du. Zu. Hause«, presste ich zwischen den Zähnen hervor.

»Ja, bin ich, wieso ...«

»Weil wir reden müssen.« Ich schloss die Augen und atmete einige Male tief durch.

»Schatz, was ist denn?«

»Wieso sagst du diesem Arschloch, er könne mich anrufen?«

Stille. Ich hörte nicht mal ihre Atemzüge.

»Mum? Bist du noch da? Weil ich dich wirklich darum bitten muss, mir das zu erklären.«

»Ich dachte, es ist Zeit.«

»Zeit wofür?«, fragte ich ungläubig.

»Dich mit ihm zu versöhnen. Er ist dein Vater, Eric, egal, was er gemacht hat, er ist immer noch dein Vater.«

»Nein. Da liegst du falsch, Mum. Er ist nicht mehr mein Dad. Ich will nichts mehr mit ihm zu tun haben und du weißt sehr gut, warum. Vielleicht kannst du ohne einen zweiten Gedanken über all das, was geschehen ist, hinwegkommen, aber ich ...«

»Glaubst du wirklich, es wäre einfach für mich? Ohne einen zweiten Gedanken darüber hinwegzukommen? Weißt du, was ich im letzten Jahr gemacht habe? Darüber nachgedacht. Mir immer wieder vorgestellt, wie ich mich gefühlt habe, als er es mir erzählt hat – dass er eine Affäre hat und mich für eine Jüngere verlässt. Denkst du, das war leicht?« Ich hörte, wie ihr Atem unregelmäßig wurde und dachte einen panischen Moment lang, dass sie weinte. Aber sie schien sich zu fangen. »Du bist mein Kind. Und ich will nicht, dass du auf deinen Dad verzichten musst. Deswegen bin ich bereit ... höflich zu ihm zu sein.«

Ich strich mir mit der Hand übers Gesicht. Der Kampfeswille war mit ihren Worten aus mir gewichen. »Ich weiß zu schätzen, was du da machst. Aber bitte, hör auf damit. Ich hatte meine gesamte Kindheit hindurch einen Dad. Ich bin erwachsen und alt genug, um zu wissen, wer hier im Unrecht ist und dass Eltern keine Superhelden sind. Außer du vielleicht.«

Sie schnaubte.

»Ich will nichts mit ihm zu tun haben, Mum. Bitte, zwing mich nicht, mit ihm zu reden.«

»Ich habe es nur gut gemeint.« Sie klang erschöpft und ich wusste nicht, ob ich es mir einbildete, aber ... sie klang auch erleichtert. Vielleicht wollte sie genauso wenig, dass ich mit ihm redete, mich am Ende sogar mit ihm versöhnte wie ich. Als würde ich das jemals tun. Als würde ich sie jemals auf diese Weise verraten. Ich könnte ihr niemals so wehtun. Ihr war in letzter Zeit genug wehgetan worden.

»Ich bin immer auf deiner Seite, Mum. Vergiss das nicht.«

Am Montag saßen Clara und ich gerade im Pausenraum, als Grace ins Zimmer stürmte und sich mit einem drachengleichen Schnaufen auf den Stuhl fallen ließ.

»Okay?«, fragte Clara, sah aber nicht wirklich interessiert aus. Sie war nervös, weil Paul und sie heute ihren Jahrestag feierten und er sie abholen wollte. Sie würde dafür früher gehen und hatte sich im Bad in Schale geschmissen. Ihr grünes Kleid reichte ihr bis zu den Knien und sie trug einen schwarzen Cardigan darüber, weil es draußen langsam kalt wurde. Schließlich näherte sich der November. Beide Kleidungsstücke waren laut ihrer Aussage neu. Ich fand die Situation nicht süß oder so. Nope.

Es war extrem süß.

Die beiden waren seit zwanzig Jahren zusammen, dennoch führte Clara sich zu besonderen Anlässen immer noch wie ein kleines Schulmädchen auf. Ich liebte das. Es war die Antithese zur Beziehung meiner Eltern.

»Ein Hund hat sie gebissen.«

Clara riss sich aus ihrem Tagtraum los, sprang auf und musterte Grace. Wahrscheinlich suchte sie nach einer Wunde.

Grace winkte ab und starrte neidvoll den Cookie an, den ich heute Morgen bei *Sainsbury's* gekauft hatte. Ich schob ihn mit dem Zeigefinger in ihre Richtung. »Sicher?«

»Nimm nur. Ich hatte schon drei«, sagte ich grinsend und kaute an meinem Sandwich herum. Grace biss mit einem Ausdruck der Dankbarkeit in die Süßigkeit und wandte sich an

Clara.

»Du bist manchmal echt lieb«, meinte Leo neben mir. Er war schon den ganzen Tag an meiner Seite und verhielt sich zur Abwechslung relativ unauffällig. Was heißen sollte, er machte keine absurden Kommentare oder brachte mich dazu, mich lächerlich oder verhaltensauffällig zu benehmen. Ich hatte nichts gegen seine Gesellschaft. Hölle, ich war froh über sie.

Ich schickte ihm ein klitzekleines Lächeln, ehe ich mich Clara und Grace zuwandte.

»Der Hundebesitzer hätte draußen warten sollen, während ich mich um sein Tier kümmerte, doch dann stand er plötzlich hinter mir und ich habe aufgeschrien, weil er wie ein Massenmörder über meine Schulter gestarrt hat. Daraufhin hat der Hund sich erschreckt und mich gebissen. Ende.« Sie hob die Hand und zeigte eine kleine rote Stelle zwischen Daumen und Zeigefinger. »Nicht schlimm.«

»Trotzdem«, meinte Clara und runzelte die Stirn.

Grace schüttelte bloß den Kopf. »Es ist ehrlich nichts weiter passiert. Aber der Typ hat Nerven. *Hallo, fertig oder nicht, ich komm jetzt rein!*«, machte sie den Mann nach.

»Das sagt er zu seiner Frau auch immer«, schnaubte Leo hinter mir.

»Das sagt er zu seiner Frau auch immer«, plapperte ich ihm nach und Grace und Clara lachten.

Leo schnappte empört nach Luft. Ich sah ihn aus dem Augenwinkel an. »Wie kannst du es wagen! Das war meiner!«

Ich blickte ihn mit einem Ausdruck an, der besagen sollte: *Und was willst du dagegen tun?*

Er fuchtelte mit dem Zeigefinger in meine Richtung. In seinem Aufruhr war seine Brille verrutscht, die nun schief auf seiner Nase saß. »Du stehst jetzt für immer auf meiner schwarzen Liste! Du wirst es noch büßen. Hör auf meine Worte!«

Ich biss mir auf die Lippe und duckte mich, um mein Grinsen zu verbergen. Es war lächerlich, wie happy ich gerade war. Bis auf Mum waren alle Leute in diesem Raum, die mir in irgendeiner Form etwas bedeuteten. Na ja, bis auf Rory vielleicht. An den ich nicht denken wollte. Noch besser wäre es nur, wenn Grace und Clara Leo sehen könnten. Wir könnten vielleicht nach der Arbeit zu viert ausgehen. Leo könnte Grace wegen dem Massenmörder unter den Hundebesitzern ärgern und Clara würde mit diesem Blick zwischen ihm und mir hin und her sehen ... Als wäre sie glücklich für mich. Und stolz.

»Clara?«

Wir drehten uns in die Richtung, aus der die Stimme gekommen war. Es klang nach Paul.

»Wir sind hier hinten, Pauly.« Clara stand auf und strich sich eilig das Kleid glatt. Sie war gerade dabei, mit den Fingern durch ihr Haar zu fahren, als sich Paul durch die Tür zwängte. Der stämmige Mann trug einen grauen Anzug mit Krawatte und hatte einen Strauß Blumen in der Hand. Und sie sahen einander mit solch ... überglücklichen Gesichtsausdrücken an, dass ich beinah spüren konnte, wie mir die Röte ins Gesicht stieg. Im Hintergrund hörte ich ein verzücktes Seufzen, das wahrscheinlich von Grace kam, die immer noch an meinem Cookie kaute.

»Die zwei sind zu verliebt für ihr Alter. Das sollte verboten werden«, sagte Leo mit angeekeltem Ton. Aber ich hätte schwören können, dass Herzchen in seinen Augen standen.

»Hi Eric. Grace«, begrüßte Paul uns, nachdem er Clara geküsst hatte.

Ich nickte bloß mit einem kleinen Grinsen und Grace winkte ihm mit ihrer freien Hand zu. Paul war ein guter Kerl. Ich konnte mir Clara mit keinem anderen Mann vorstellen, wenn ich auch nie ganz warm mit ihm geworden war. Er war von Natur aus ruhiger als Clara, was bedeutete, dass er sich nicht mit der Kraft einer Naturgewalt meine Aufmerksamkeit und Worte hatte erkämpfen können, wie Clara, Grace und Leo es getan hatten. Aber ich mochte ihn. Wir respektierten einander im Stillen.

»Na gut. Wir gehen dann. Seid brav.« Sie winkten uns zum Abschied und verließen leise kichernd den Raum.

Ich blickte ihnen noch eine Weile hinterher, bis ich Grace

erneut seufzen hörte. Mit gehobener Braue sah ich sie an, aber sie verzog nur den Mund. »Was ist? Zu kitschig? Hast du ... Karies bekommen?«

»Wenn, dann wegen dem Cookie und nicht wegen Clara und Paul.« Sie brach ein winziges Stück von besagter Süßigkeit ab und steckte es sich in den Mund. Vielleicht sollte ich ihr morgen noch ein paar mitbringen. »Ich bin nur ein wenig eifersüchtig auf die beiden. Ich will, was sie haben. Meine Beziehungen halten nie lang.« Grace strich sich eine Haarsträhne, die sich aus ihrem Zopf gelöst hatte, hinters Ohr.

»Nicht nur deine«, sagte ich schließlich und dachte an die Trennung meiner Eltern.

»Weißt du, warum das so ist?«, fragte Grace und sah mich aus traurig blauen Augen an.

Ich zuckte die Schultern und kratzte mich hinter dem Ohr. »Vielleicht wird den Leuten zu schnell langweilig. Oder sie sind nicht bereit, für ihre Beziehung zu kämpfen. Keine Ahnung.« Ich war wohl kaum der Beziehungsguru, wie meine Vergangenheit bezeugen konnte.

Als hätte sie meine Gedanken gelesen, fuhr sie fort. »Was ist mit dir? Wie sieht es bei dir in der Liebe aus?«

Ich blinzelte sie verdutzt an. Ähm.

»Oh, oh«, hörte ich Leo neben mir murmeln und sah aus dem Augenwinkel, wie er zu Grace ging und eine Hand auf ihre Schulter legte. Was auch immer er vorfand, brachte ihn dazu, sich auf die Lippe zu beißen und die Schultern hochzuziehen. Kurz traf sein Blick auf meinen. Ich wusste nicht genau, was ich in seinen Augen sah, aber es schickte eine eiskalte Welle durch meinen Körper.

Leo wich einen Schritt von Grace zurück und ... verschwand aus meiner Sicht.

»Eric?«

»Ähm ...« Ich wandte mich ihr wieder zu. Ihr verwirrter Ausdruck zeigte klar und deutlich, dass ihr meine Abwesenheit aufgefallen war. »Nur eine Beziehung. Die Sache lief vor einem Jahr und hielt ein Jahr. Es ging nicht gut aus«, sagte ich abgelenkt und fragte mich, was Leos Blick zu bedeuten hatte. Grace' Absichten konnten nicht derart grauenhaft sein, um sein plötzliches Verschwinden zu rechtfertigen.

Ich musterte sie eingehend. Sie wirkte schüchtern und nervös. Nervöser als sonst. Sie betrachtete die Tischplatte eingehend und hatte damit begonnen, den Rest des Cookies zu zerkrümeln. Schließlich holte sie tief Luft und sah mich unter ihren Wimpern hervor an. »Hättest du vielleicht Lust, es mal wieder zu probieren?«

»Was zu probieren?«, fragte ich dämlich. Ich wollte Leo wieder hier haben.

»Eine Beziehung. Oder für den Anfang ... einfach mal ausgehen. Mit mir.«

Was?

»Könntest du das wiederholen?«, bat ich, um ganz sicherzugehen, richtig gehört zu haben.

Sie verzog das Gesicht. »Ich weiß, das kommt aus dem Nichts, aber ich dachte, wir könnten uns eine Chance geben?« Ihre Mundwinkel zuckten, als wüsste sie nicht, ob sie ein Lächeln wagen konnte. »Wir hatten einen schwierigen Start, aber wir verstehen uns doch gut? Vielleicht kann sich daraus ja mehr entwickeln.«

»Ähm ...«

Gott, sie sah so verdammt hoffnungsvoll aus. Wie war das passiert? Und wann?

Das Schlimme daran war, dass ich unter normalen Umständen vielleicht sogar Ja gesagt hätte. Aber ich war zu beschäftigt mit Leos Reaktion und seinem Verschwinden. War nicht er es gewesen, der mich mit Grace hatte *befreunden* wollen? Was lustig war. Grace war ein liebes, witziges und hübsches Mädchen, aber ich sah sie nicht als potentielle feste Freundin. Da war kein Gefühl, kein Gedanke an Sex oder Intimität. Okay, das war gelogen. Anfangs hatte ich mir vorgestellt, wie Grace nackt aussehen könnte. Anfangs ... bevor ... Vor ... Leo.

Oh.

»Grace, ähm ... Ich glaube nicht, dass ...«

»Oh Gott. Vergiss es einfach.« Sie legte den Kopf auf die Tischplatte. »Ich weiß nicht, warum ich überhaupt gefragt habe. Ich war mir ziemlich sicher, dass du für jemand anderen Gefühle hast.«

Ich traute mich fast nicht, zu fragen. »Ach?«

Sie seufzte und richtete sich wieder auf. Dabei wich sie meinem Blick aus, während sie die Krümel vom Tisch putzte. »Ja. Es ist ziemlich offensichtlich, was du für deinen Freund Leo empfindest. Ich habe nur gedacht, dass ich die Zeichen vielleicht falsch deute.«

Oh.

Endlich sah sie auf. In dem Moment, als sie den Ausdruck auf meinem Gesicht sah, sog sie scharf die Luft durch ihre Nase. »Fuck. Du hast es nicht gewusst?«

Ich öffnete den Mund, aber es kam kein Geräusch raus.

Heilige Scheiße.

13. Kapitel

Ich konnte nicht aufhören, darüber nachzudenken.

Aber ... nein, so stimmte das nicht. Ich tat mein Bestes, nicht darüber nachzudenken; füllte meinen Tag mit so vielen Aktivitäten, wie ich nur konnte, versuchte und versagte dabei, die Sudokus und Kreuzworträtsel in der Zeitung zu lösen. Aber der Gedanke sprang immer wieder mit dem wundernden Hm-Laut in meinen Kopf.

Leo. Leo und ich. Ich und Leo.

Hm.

»Was hältst du davon, wenn wir heute ins Kino gehen?«, fragte Leo mich und lehnte sich an den Tisch neben mir, während ich die Kundenkartei aufmöbelte.

»Du meinst, wenn *ich* augenscheinlich allein ins Kino gehe wie ein einsamer, trauriger Einsiedler, der keine Freunde hat?«, fragte ich und schielte zu ihm hoch.

»Und dabei ab und zu mit deinem Fantasiefreund sprichst, ja.« Er zuckte die Schultern. »Wer weiß, du könntest dir einen Ruf als der ortsansässige Irre machen. Jede Stadt braucht zumindest zwanzig davon.«

»Zwanzig? Dann wäre ich aber nichts Besonderes«, meinte ich mit aufgesetzt schmollendem Ton.

»Du bist immer etwas Besonderes.« Ich sah ihn an, bereit, mich zu verteidigen, erkannte aber in seinem Gesicht nichts Neckendes. Er zog mich nicht auf. Eine heiße Welle Verlegenheit ließ mich die Schultern zu den Ohren hochziehen.

Was sagte man auf so was? Vor allem, wie konnte er es wagen, ohne Vorwarnung solche Sachen abzulassen? Das traf einen doch mitten ins ohnehin schon verwirrte Herz. War das legal?

»Also, Kino?«

Etwas verspätet nickte ich. »Klar. Ich sehe mal nach, was so läuft.«

Vielleicht war ein Kinobesuch genau das, was ich brauchte. Ich war ewig nicht mehr dort gewesen, hauptsächlich deshalb, weil ich nicht allein hatte gehen wollen. Und schließlich konnte ich mir die meisten Filme online ansehen. Tat ohnehin jeder.

Grace kam ins leere Vorzimmer und fummelte an ihrem Handy herum. Schrieb eine SMS, wie es aussah. Allerdings wirkte sie wenig erfreut darüber, wenn man von ihrem verkniffenen Gesichtsausdruck ausging

»Alles okay?«, fragte ich leise.

Sie sah kurz hoch und schüttelte den Kopf. »Nichts, wobei du mir helfen kannst. Außer du kennst dich mit Arschlöchern aus?«

Ich konnte direkt spüren, wie meine Augenbrauen hochschossen. »Was?«, fragte ich unsicher.

Sie zog die Brauen zusammen. »Mit Ärschen. Blöden Kerlen?«

»Oh.« Blödes, blödes, *blödes* Gehirn. Das zeigte mir wieder mal, dass ich definitiv im Moment nicht richtig im Kopf war.

Sie lachte. »Dachtest du, ich würde dich nach deinen Fähigkeiten im Bett fragen?«

Ich murmelte bloß irgendetwas Unverständliches und starrte hastig auf den Computerbildschirm, als könnte ich dort die Geheimnisse des Universums und meiner Blödheit finden. Leo stand mit fest zusammengepressten Lippen neben mir, wie ich aus dem Augenwinkel sehen konnte.

»Kein Wort«, flüsterte ich.

Er hob bloß sich ergebend die Hände und ging nicht weiter darauf ein.

Wir machten uns direkt nach der Arbeit ins Kino auf. Die Vorstellung des Films, den ich ausgewählt hatte, lief nur eine Stunde nach Arbeitsschluss, also passte das.

»Was für einen Film sehen wir uns jetzt eigentlich an?«, fragte Leo. Ich antwortete nicht, da ich als Nächstes in der Schlange dran war.

»Zwei Karten für *Drecksau* bitte«, sagte ich der Kartenverkäuferin durchs Schutzglas hindurch.

James McAvoy spielte die Hauptrolle in dem Film und er hatte mich noch nie enttäuscht. Ich mochte alle seine Filme, also war ich mir ziemlich sicher, eine gute Wahl getroffen zu haben.

»Worum geht's in den Film?«, fragte Leo, während wir uns in der Popcornschlange anstellten, nachdem wir mit der Rolltreppe ein Stockwerk nach oben gefahren waren.

»Kein Plan«, murmelte ich. »Aber – James McAvoy.«

Leo schnaubte. »James McAvoy ist keine triftige Begründung.«

»Doch«, flüsterte ich stur zurück.

Es war ein Wochentag und noch nicht allzu spät, was bedeutete, dass das Kino nicht besonders voll war.

»Danke übrigens dafür, dass du mir einen Sitz gekauft hast. Das hättest du nicht tun müssen«, meinte Leo, als er sich neben mir hinsetzte.

»Und was hättest du dann gemacht? Dich in eine andere Person gesetzt? Oder hättest du dich vor irgendjemandem hingestellt?« Warum machte er eine Sache daraus?

»Ich bekomme doch keine müden Beine. Es wäre schon okay gewesen.« Er sah mich mit suchendem Ausdruck an.

Ich schüttelte bloß den Kopf. Mir gefiel der Gedanke ganz und gar nicht. Warum sollte ich ihn dazu zwingen, neben mir herumzustehen oder sonst etwas zu tun, das mir wenig gemütlich vorkam, wenn ich die Möglichkeit hatte, ihm eine Alternative zu bieten?

»Du kannst mir nicht sagen, dass es dir gefällt, im Kino herumzustehen. Diese Leinwände sind nicht für stehendes Publikum konzipiert. Und du kannst mir auch nicht sagen, dass es angenehm ist, stundenlang in einer anderen Person zu sitzen«, flüsterte ich rasch.

Leo zuckte die Schultern. »Nein, ist es nicht. Es ist nur ... Du hättest es einfach nicht tun *müssen*, okay? Aber ich kann nicht abstreiten, dass mir das so besser gefällt.« Er lächelte mich mit leicht geöffnetem Mund an und mein Blick fiel automatisch auf seine Lippen.

Ich leckte über meine.

Wie er das sagte. Ich hätte es nicht tun *müssen*, als würde es eine Menge über mich aussagen, dass ich es dennoch getan hatte. Was sagte es denn, außer dass ich ihn mochte? Daran dachte, was ihm gefallen könnte und was nicht? Was er brauchte?

Ich wandte den Blick mit gerunzelter Stirn wieder ab und richtete ihn auf die Leinwand, die zum Leben erwacht war und die ersten Werbungen und Filmtrailer zeigte.

Als sich das Licht zum Hauptfilm gänzlich dimmte, warf ich Leo einen verstohlenen Blick zu und erkannte sofort eines – ich hatte mich verkalkuliert. Denn Leos Gesicht im Schein des Films zu sehen, wie er aufmerksam und mit den Augen dennoch weit weg die Leinwand ansah, sich bereits in den ersten Sekunden in der Geschichte verlor, fiel mir nur ein Wort ein: atemberaubend. Verdammt noch mal *atemberaubend*. Mein Herz machte einen Sprung. Meine Lippen brannten vom Salz des Popcorns und mir kam der unsinnige Gedanke, dass ein Kuss von Leo das Brennen lindern würde. Und ein ganz anderes Brennen in mir auslösen könnte.

Ach Mann.

Eilig sah ich wieder zur Leinwand und beobachtete eine Gruppe Teenager dabei, wie sie irgendjemanden verprügelten. Ich tat mein Bestes, mich auf den Film zu konzentrieren und während James McAvoy schließlich seinen Aufritt hatte und sich als sexistisches Arschloch mit stark schottischem Akzent herausstellte, wurde mir schnell klar, wie ironisch die Sache war.

Ich hatte es geschafft, den unromantischsten, kränksten und im Allgemeinen durchgeknalltesten Film auszusuchen, den das Kino im Moment wahrscheinlich zeigte. Und ich sah ihn mir mit der Person an, die seit Langem die erste war, die irgendeine Art von romantischen Gefühlen in mir auslöste. Und während sich die Geschichte langsam zuspitzte und Dinge ans Licht kamen, mit denen ich nie im Leben gerechnet hatte, war ich mir Leos Anwesenheit neben mir nur zu bewusst. Ich schaffte es einfach nicht, mich in die Story zu vertiefen, obwohl er mir auf schräge Weise gefiel. Immer wieder verpasste ich ganze Minuten des Films, weil ich lieber Leos Reaktionen anstatt die Performance der Schauspieler beobachtete.

Leo reagierte stets mit dem ganzen Körper. Wenn er lachte, tat er das nicht nur mit dem Gesicht, sondern mit Oberkörper, Armen und Beinen. Wenn er verwirrt wirkte, zog er nicht nur die Brauen zusammen, sondern auch die Schultern hoch. Es hätte nicht so spannend sein sollen, ihm zuzusehen. Aber wie es schien, war die Leo-Show weit interessanter als jeder Film mit der Legende James McAvoy.

Wer hätte das gedacht?

»Hör auf, mich anzustarren und sieh dir den Film an. Schau, was er jetzt macht!« Leo gestikulierte zur Leinwand und ich wandte den Blick gerade rechtzeitig, um den Höhepunkt des Films zu sehen. Die Auflösung. Und *Fuck*, das hatte ich nicht kommen sehen.

Als wir aus dem Kino kamen, hatte ich das Gefühl, eine Art Schleudertrauma zu haben. Zwischen dem Film und seinem unerwarteten Ende – ich würde ihn mir noch mal ansehen müssen, um McAvoy genügend Tribut zu zollen – und der Leo-Show war mein Gehirn gefüllt mit neuen Eindrücken und wusste nicht, worauf es sich zuerst konzentrieren sollte. Ich sprang von einem Gedanken zum nächsten und musste schließlich beim Gehen kurz die Augen schließen, um alles klarzubekommen.

»Diesmal hat der Kerl deine Anbetung wirklich verdient. Scheiße. Und dieser schottische Akzent war ziemlich sexy. Er sollte den immer machen, findest du nicht?«, schnatterte Leo neben mir, während wir uns auf den Weg nach Hause machten.

»Erstens liefert Jamie Mac *immer* das, was er verspricht«, antwortete ich. »Zweitens glaube ich nicht, dass die Welt so viel Sexappeal überleben würde. Sie würde auf alle Fälle implodieren.«

Leo ballte die Hände vor sich zu Fäusten, die er dann ruckartig wieder öffnete, während er Explosionsgeräusche von sich gab.

»Genau so«, meinte ich zustimmend.

Was sagte es über mich aus, dass es im Moment nicht mehr mein Lieblingsschauspieler, sondern vielmehr der Mann neben mir war, der mich beinah Sterne einer Explosion sehen ließ, wenn ich die Augen auch nur für ein paar Sekunden schloss?

Ich seufzte. Das war natürlich eine rhetorische Frage. Ich wusste ganz genau, was es bedeutete.

»Hast du eigentlich manchmal darüber nachgedacht, wie es wäre, eine Beziehung zu haben?«, fragte ich und blinzelte leicht vor den Kopf gestoßen, weil ich den Gedanken nicht hatte äußern wollen.

»Wieso fragst du?«

»Keine Ahnung. Einfach so. Oder vielleicht wegen der seltsamen Beziehung, die der Hauptcharakter im Film mit seiner Frau hatte«, flüsterte ich eilig, nach einer Ausrede für meinen Aussetzer suchend.

Leo schnaubte belustigt. »Falls du mich fragst, ob ich Wahnvorstellungen wie der Kerl hatte – nein. Man könnte mich zwar als verrückt bezeichnen, aber ich bin nicht irre.« Er zuckte die Schultern. »Aber klar. Ist nicht so, als hätte mir in den letzten zwanzig Jahren niemand gefallen.« Er senkte den Kopf und ich hatte das unheilige Gefühl, ihn mit der Frage traurig gemacht zu haben.

»Es tut mir leid«, flüsterte ich. Was für ein unsensibles Arschloch war ich eigentlich? Selbst wenn sich Leo in jemanden verliebt hatte, zu solchen Gefühlen fähig war, hatte er wohl kaum mit der Person zusammen sein können. Wer auch immer es war, wusste nicht mal, dass er existierte.

Leo zuckte mit den Schultern. »Kein Ding. Mir ist schon klar, dass dir die feineren Nuancen meines Lebens manchmal nicht in den Sinn kommen.« Er lächelte schief, aber seine Vergebung brachte mich nicht dazu, mich besser zu fühlen.

»Ich bin sicher, wer auch immer es war, wäre gern mit dir

ausgegangen«, murmelte ich elend. Machte ich es gerade noch schlimmer?

Er steckte die Hände in die Taschen und schnaubte. »Vielleicht. Aber ich glaube nicht.«

Leo stand hinter mir. Ich hätte es geahnt, auch wenn ich es nicht gewusst hätte. Er hatte diese Präsenz. Ich konnte seinen Atem hören, ruhig, gleichmäßig. Der Rhythmus hätte etwas Beruhigendes haben müssen, aber in diesem Moment reichte der Klang seines Atmens, um mein Herz schneller schlagen zu lassen.

Ich drehte mich zu ihm um und sah leicht nach unten in seine braunen Augen. Um seine Augenwinkel erkannte ich kleine Fältchen, aber er lächelte nicht mit den Lippen. Das Lächeln lag allein in seinem Blick und ich musste zittrig ausatmen. Warum fand ich das so attraktiv? In diesem Moment schien mir alles an ihm attraktiv zu sein. Die Grübchen, die ich zwar gerade nicht sehen konnte, die aber da waren. Der leichte Bartschatten. Das kleine Muttermal an seinem Hals.

Wärme breitete sich in mir aus und meine Wangen brannten leicht. Seine Augen bewegten sich schnell auf meinem Gesicht hin und her, als würde er sich die Veränderung genau ansehen.

Konnte ich denn nichts vor ihm verbergen?

»Du bist gerade so rot im Gesicht«, meinte er neckend und trat einen weiteren Schritt an mich heran. Ich konnte seine Körperwärme durch mein dünnes Schlafshirt hindurch fühlen und hob die Hände, um sie an seine Hüften zu legen.

»Deine Schuld«, murmelte ich bloß.

»Dann muss ich mich wohl entschuldigen.« Er hob beide Augenbrauen und ließ den Blick eine Sekunde auf meinen Lippen verweilen, bevor er sich hochstreckte und mich küsste.

Ein Klingeln machte sich langsam im Hintergrund bemerkbar, während ich versuchte, mich in dem Kuss zu verlieren. Aber ich spürte ihn nicht. Spürte keine Lippen, keine Zunge, nichts. Hörte nur dieses Klingeln, Klingeln, *Klingeln* und oh mein Gott, woher *kam* das?

Langsam öffnete ich die Augen und starrte mein Handy an, das laut und schrill läutete.

Mein Wecker.

Es war sieben Uhr.

Ich schaltete ihn aus und rieb mir die Augen.

Und mit einem Mal erstarrte ich.

Der Kuss.

Stöhnend legte ich mir die Hände über die Augen und drehte mich auf die Seite. Sogar bis in meine verdammten Träume war mir dieses ... *Verknalltsein* gefolgt. Leo war einfach immer und überall da und während mich das überfordern sollte, schrie etwas in mir, dass dieses *immer* auf unmögliche Weise noch unzureichend war.

Konnte ich denn wirklich nichts auf die leichte Tour machen? Hätte ich diese ungewollten Gefühle nicht für Grace oder sonst irgendjemanden entwickeln können? Jemanden, mit dem ich eine Chance hätte oder den ich ignorieren könnte, bis mein Kopf mit diesem Blödsinn aufhörte? Aber nein. Es hatte Leo sein müssen. Der einzige Mensch in meinem Leben, dem ich nicht entkommen konnte oder es überhaupt wollte. Den ich um keinen Preis verschrecken durfte, weil ich ihn mittlerweile so beschissen gern hatte, dass mein Unterbewusstsein nichts Besseres zu tun hatte, als mich mit ihm herummachen zu lassen.

Gott, das war so ungerecht. Ich würde es ihm nicht sagen können, oder? Bei dem Gedanken verknotete sich mein Magen vor Angst und gleichzeitig hatte ich dieses Gefühl von Vorfreude, als würde etwas in mir tatsächlich denken, dass alles gut gehen könnte, wenn ich Leo davon erzählte.

Ich schüttelte den Kopf und schob diese Gedanken weg. Versuchte es zumindest. Scheiße, ich würde mich wieder den ganzen Tag über nicht konzentrieren können.

Fuck, selbst wenn ich es ihm sagte und er mich durch irgendein Wunder nicht abweisen würde, würde das bloß eine Flut an neuen Problemen mit sich bringen.

Wie ging man schließlich mit jemandem aus, der genauso gut ein Fantasiegebilde sein könnte?

Und schließlich gab es da auch noch diese Person, mit der ich über Leo gesprochen hatte. Die er gern genug gemocht hatte, um sich vorzustellen, mit ihr in einer Beziehung zu sein. Fühlte er sich immer noch so? Vermisste er diese Person? Was, wenn es Rory oder vielleicht sogar Natalie gewesen war?

Ich verzog das Gesicht, als sich alles in mir zu verkrampfen schien. Scheinbar schaffte ich es einfach nicht, mich in normale Menschen zu vergucken. Natalie, die mir ein Messer in den Rücken gestoßen hatte und Leo, der trotz seiner Präsenz buchstäblich nicht greifbar war. Wer hatte denn dieses Loser-Paket bestellt und dann in meinem Kopf installiert? Ich ganz sicher nicht.

Konnte man das wieder *deinstallieren*?

Ich legte mir die eiskalten Fingerspitzen auf die trockenen, brennenden Augen und atmete einmal tief ein und wieder aus. Dann stieg ich aus dem Bett, um mich der Welt zu stellen. Der beschissenen, ungerechten Welt, in der definitiv irgendetwas falsch lief, wenn sie dachte, sie könnte sich einen derartigen Spaß mit mir erlauben.

Nicht dass jemanden meine Meinung zu interessieren schien, aber ich fand meine Situation alles andere als lustig.

Und während ich wusste, es würde unmöglich sein, all das Kribbeln und das Flattern in meinem Bauch, das leise Sehnen und das stärker werdende Verlangen in meiner Brust zu unterdrücken, so würde ich doch mein Bestes tun, heute so wenig wie möglich darüber nachzudenken. Es war ein Kampf der Giganten – mein gigantisch dummes Herz gegen meine gigantisch unterentwickelte Vernunft.

Aber eins war mir selbst in dem Moment klar geworden, in dem ich den Entschluss gefasst hatte – ich hatte den Kampf jetzt schon verloren.

Arbeit war in den darauffolgenden Tagen scheiße. Ein Hund biss mich, ich fuhr Clara wegen einer Kleinigkeit an und ließ eine Schachtel voller Medikamente fallen, die sich in Glasfläschchen befunden hatten und prompt in die Brüche gingen. Allesamt Opfer meines inneren Kampfes. Aber ein Ende dieses sinnlosen Krieges war, soweit ich das beurteilen konnte, bei Weitem nicht in Sicht.

»Eric.«

»Leo?«, fragte ich und hob den Blick dabei nicht von meiner Bratpfanne. Es war Eier-und-Speck-Tag. Was für jeden, der mich kannte, nichts anderes bedeutete, als dass mich etwas nicht in Ruhe ließ und ich mich mit Fett davon ablenken wollte. Ich musste mir allerdings auf die Lippe beißen, als mir klar wurde, wie ähnlich diese Position der Position in meinem *Traum* war.

»Stell dir einen Sack vor.«

»Was für einen Sack?« Wenn Leo blöde Spielchen spielen wollte, hatte ich kein Problem damit. Nicht heute. Ich würde so was von mitmachen, wenn das nur bedeutete, mich nicht meinen Gefühlen stellen zu müssen. Nein, *nope*. Was für Gefühle?

»Sagen wir Jute. Ein Jutesack. Ein Mehlsack«, meinte er schließlich mit zufriedenem Ton.

»Okay und was ist mit diesem Mehlsack?«

»In diesem Mehlsack ist ein Waschbär. Ein sehr unruhiger Waschbär. Tatsächlich könnte man sagen, dem Waschbär liegt etwas unglaublich Wichtiges auf dem Herzen. Hat ein heftig mulmiges Gefühl im Bauch, weißt du«, sagte er mit einem bedächtigen Nicken.

Ich konnte nicht anders, als zu lachen. »Wie ist der Waschbär denn in den Sack gekommen?«

»Darum geht es nicht, Eric. Hörst du nicht zu?«

»Ähm.« Ich drehte den Kopf in Leos Richtung und blinzelte ihn an. »Ich hatte ja keine Ahnung, wie wichtig dir dieser

Waschbär ist«, meinte ich vorsichtig und ziemlich verwirrt.

»Der *Waschbär*«, fing Leo an und gab dem Wort dabei eine extra Betonung. »Fühlt sich nicht gut.«

»Und wieso nicht?« Ich war ausgestiegen. Und zwar komplett.

Leo schnippte mit den Fingern. »Das ist genau die richtige Frage. Sag du es mir.«

Ich stand bloß mit zusammengezogenen Brauen da. Ein paar Sekunden der Stille verstrichen.

»Eric!«, rief er frustriert aus und ich warf die mit einer Spachtel bewaffnete Hand in die Luft.

»Es tut mir leid, aber ich habe keine Ahnung, wovon du sprichst!«

»*Du* bist der Waschbär!«, rief er aus, als wäre es offensichtlich.

»Warum bin ich der Waschbär?«

»Na ja, nicht der Waschbär. Der Waschbär steht für deine Gefühle.«

»Was redest du?« Mittlerweile hatten wir beide die Stimmen erhoben, standen in der Küche und schrien uns an wie zwei Alzheimerpatienten, die nicht wussten, was zur Hölle los war.

Leo ließ die Schultern sinken. »Okay, ich gebe zu, mir ist die Metapher ein wenig entglitten.«

»Ach, meinst du?«, murmelte ich.

»Was ich sagen wollte, war Folgendes: Eric, dein Bauch, nein, deine gesamte Brustregion fühlt sich seit Tagen so an, als wäre darin ein verängstigter Waschbär eingesperrt. Was zur Hölle geht da ab?«

Ich ließ die Spachtel sinken. *Oh.* Waschbär war wohl doch kein ganz so blöder Vergleich.

»Warum fragst du mich das nicht einfach so?«, fragte ich meinerseits und wandte den Blick wieder meiner Pfanne zu.

»Weil du ausweichen würdest. Und *hallo*, ich hatte recht. Du machst es genau jetzt.« Er kam näher und stellte sich mit verschränkten Armen neben mich. Ich hatte beinah das Gefühl, ich könnte ihn riechen, obwohl das vollkommen unmöglich war. Dennoch entspannten sich meine Schultern durch seine Nähe für eine unaufmerksame Minute instinktiv, bevor ich sie wieder hochzog.

»Ich hab Panik, okay?«

»Wovor?«, fragte er und seine Stimme hatte einen solch besorgten Unterton, dass ich fast nicht anders konnte. Ich wollte es ihm beichten.

»Ich bin zu der Erkenntnis gekommen, dass ... ich jemanden mag.«

Er rümpfte kurz die Nase. »Mag?«

»Na ja, mehr als nur mag. So wie du deine eine Person magst«, meinte ich und klang dabei viel bitterer, als ich es wollte.

»Welche eine Person?«

»Die, über die wir nach dem Kino gesprochen haben.« Musste ich so missmutig klingen? Fehlte nur noch, dass ich anfing, unsichtbare Steine mit der Fußspitze wegzukicken.

Er seufzte und lehnte sich an die Anrichte. »Ich glaube nicht, dass man das vergleichen kann. Ich kann nie etwas mit diesem Menschen haben, egal, wie sehr ich es will. Bei dir ist die Sache sicher nicht so aussichtslos.«

»Das denkst du.« Ich biss mir auf die Lippe. »Also hast du immer noch Gefühle für diese Person?« Ich musste fragen. War masochistisch genug, es wissen zu wollen.

»Ich werde nie damit aufhören, glaube ich«, murmelte er, schüttelte aber den Kopf, als wollte er die Gedanken in seinem Kopf vertreiben. »Aber das ist nicht wichtig. Wichtig sind du und Grace.«

Ich hob ruckartig den Kopf. »*Grace?* Was hat Grace damit zu tun?«

Er runzelte die Stirn. »Ähm. Alles? Sie ist doch diejenige, die du magst, oder nicht?«

»Nein«, antwortete ich resolut. »Wie kommst du denn auf so was?«

»Weil ich nicht weiß, wer es sonst sein könnte? Außer du stehst auf Clara. Das wäre ein Desaster sondergleichen. Aber ich hab nur dann Gefühle von dir gespürt, die man als verknallte Aufgeregtheit bezeichnen könnte, wenn Grace da war oder du Grace kurz zuvor gesehen hast. Und in anderen Momenten, wo es passiert ist, hast du wohl über sie nachgedacht.« Er machte ein nachdenkliches Geräusch. »Allerdings verstehe ich dann nicht, warum du das Date mit ihr abgelehnt hast. Man sollte meinen, du würdest die Chance nutzen, aber du bist nicht immer ganz bei der Sache, aber vielleicht können wir das noch hinbiegen und ...«

»Ich mag *dich*«, unterbrach ich ihn, damit er endlich aufhören konnte.

»Du magst mich«, widerholte Leo.

»Ja.«

»Auf eine nicht platonische Art? Weil ich nicht verstehen würde, wenn es eine schlechte Sache wäre, wenn du mich einfach nur so mögen würdest.«

»Nicht platonisch. Definitiv nicht.«

Ich sah auf und blickte in Leos große braune Augen, die durch seine offensichtliche Überraschung nur noch größer wirkten. *Fuck*, war es überhaupt erlaubt, dass ein Kerl so verdammt ausdrucksstarke Augen hatte?

»Aber ich dachte, diese Gefühle wären für Grace«, sagte er zögerlich.

»Das hast du schon gesagt.« Ich schob die Pfanne von der Herdplatte und machte sie aus. »Es wäre einfacher, wenn es Grace wäre.«

Er zog die Schultern hoch und biss sich auf die Lippe. Wirkte mit einem Mal so unsicher, wie man es nur sein konnte. So hatte ich ihn noch nie gesehen. War Leo nicht der Inbegriff des Selbstbewusstseins? Oder fragte er sich, wie er mich sanft darüber informieren konnte, dass ich sein Schützling, aber eben nicht mehr für ihn war? Oh verdammt.

»Ich hab keine Ahnung, was ich mit diesen Gefühlen machen soll«, meinte ich. Jetzt, wo das Thema angesprochen war, konnte ich genauso gut alles rauslassen, oder?

»Nicht, weil ich ein Kerl bin, oder? Ich meine, der kleine

Italiener hat uns doch beiden bewiesen, dass das kein Problem für dich ist.«

Ich verzog den Mund, wollte jetzt nicht daran denken. »Nein, aber das mit Natalie ist noch nicht so lange her und ich hätte nicht gedacht, dass ich mich nach so kurzer Zeit wieder so fühlen könnte. Dass ich jemand wieder so ... *wollen* würde. Einfach so.«

»Einfach so?«

Ich schnaubte. »Grace hat mich zum ersten Mal dazu gebracht, darüber nachzudenken. Als sie mich eingeladen hat. Und dann, weil mein Unterbewusstsein ein Mistkerl ist, musste ich auch noch von dir träumen. Was für ein Klischee ist das denn?« Ich schnaubte abwertend.

Leo zuckte aber nur die Schultern. »Im Traum verarbeitet dein Bewusstsein Dinge, die dich beschäftigen. Es ist zu Recht ein Klischee, weil es wirklich passiert. Es ist ganz normal.«

Wie konnte er das einfach so hinnehmen? So ruhig bleiben? Wären seine Wangen nicht gerötet und würde er nicht dauernd die Lippen zusammenpressen, als würde er ein Lächeln unterdrücken, könnte man denken ...

Moment mal. Ein Lächeln?

»Mein Unterbewusstsein scheint der Gedanke, dich zu küssen, demnach ziemlich zu beschäftigen«, meinte ich ein wenig atemlos.

Und das war der Moment, in dem Leo den Kampf zu verlieren schien und ein Lächeln sein gesamtes Gesicht einnahm. Ich spürte, wie mir die Hitze von der Brust hoch bis in die Wangen kroch. Verdammt, wenn er lächelte, sah er so unglaublich aus. Wie konnte so etwas Einfaches wie ein Lächeln, ein Gesicht von *nur gut aussehend* in *verdammt atemberaubend* verwandeln? War das legal?

»Leo?«, fragte ich, weil ich nicht mehr als das sagen konnte. Leo wirkte nicht so, als wollte er mich abweisen und auch nicht, als würde ihn der Gedanke anekeln. Tatsächlich schien es beinah so, als wäre er *glücklich*.

Damit hatte ich ganz und gar nicht gerechnet.

»Tut mir leid. Scheiße, nein, es tut mir nicht leid. Ich freue mich nur so, das glaubst du nicht.«

Ich legte die Spachtel hin und drehte ihm meinen Körper zu. »Wirklich?«

Er lachte und zum hundertsten Mal in den letzten Tagen überkam mich der unglaubliche Drang, ihn zu küssen. Trotz der langsam wachsenden Freunde in meiner Brust versetzte mir der Gedanke einen Stich. Ich verdrängte ihn augenblicklich. Das war jetzt nicht wichtig. Konnte es sein, dass Leo meine Gefühle, zögerlich und frisch wie sie waren, tatsächlich erwiderte? Dass ich die Person war, an die er dachte, wenn er sich eine Beziehung vorstellte?

»Ja, wirklich. Das ist ... Du weißt doch, wie es ist, wenn man sich etwas wünscht und es tatsächlich passiert. Und ich war so eifersüchtig auf Grace.« Leo schüttelte den Kopf und schnaubte ein wenig. »Natürlich hätte ich mich für euch beide gefreut. Hauptsache, du bist glücklich, ja? Aber ...«

Ich musste ihn einfach unterbrechen, weil ich im Moment nicht auch nur die geringste Lust hatte, über Grace zu sprechen. »Sagst du, dass du für mich auch etwas fühlst?«

Kribbeln, Vorfreude, feuchte Hände, Wärme, alles zusammen?

Wieder dieser Ausdruck. Diese plötzliche Schüchternheit. Ich hätte nie gedacht, er hätte das in sich. Hätte vermutet, ein verliebter Leo würde aus großen Gesten, lauten Worten und zügellosen Gefühlsbekundungen bestehen. Aber das hier ... Das hier war unerwartet.

Und unerwartet schön.

»Ja, genau das sage ich.«

Ein leises Lachen entkam mir, das zur Hälfte wie ein Keuchen klang. Es bestand zu gleichen Teilen aus Unglauben, Erleichterung und einer solch dämlichen Freude, die zu groß war, als dass ich wüsste, wie ich sie anders ausdrücken sollte.

Da standen wir also beide mit roten Wangen und grinsten uns in der Küche an. Wäre das hier der Anfang von etwas Alltäglichem, von einer typischen Beziehung gewesen, hätte ich die

Arme um ihn gelegt und ihn geküsst. Kein Zweifel. Aber so standen wir bloß da und badeten in dem Gefühl der Worte, die wir gerade in den Raum gestellt hatten.

Dennoch lauerten noch Schatten in den dunklen Ecken meines Kopfes. Schließlich hatte das Gefühlswirrwarr der letzten Zeit nicht nur mit meiner Angst vor Zurückweisung und vor dem Verliebtsein selbst zu tun. Es gab noch andere Dinge.

Wie sollte das Ganze überhaupt funktionieren? Konnte es das? Leo kannte mich so gut. Vielleicht *zu* gut? Fragen wie diese und andere stapelten sich in meinem Kopf und wenn ich zu lang darüber nachdachte, drohten sie, mich zu ersticken.

Es war nicht perfekt, aber ich würde lügen, wenn ich sagte, ich würde es bereuen.

Es gab da diese Bilder. Eine ganze Fotoserie davon, wirklich. Murad Osmann, ein Fotograf, war mit seiner Freundin quer durch die ganze Welt gereist und hatte Fotos davon angefertigt, wie sie ihn an der Hand und vorneweg durch all diese Länder führte. Man sah nie ihr Gesicht, aber an der Art, wie er ihre Hand hielt, an den Einstellungen der Kamera erkannte man einfach, dass er ihr vertraute. Sie würde ihn nicht fehlleiten. Er war bei ihr sicher, während sie ihm mit bestimmten Schritten den Weg zeigte.

Ich hielt zwar nicht Leos Hand, aber mir steckte dasselbe Gefühl in der Brust, das mir diese Fotos jedes Mal vermittelten. Ich hatte keinen Plan, wo wir hinwollten, außer dass es irgendwo in Hulme war. Und das wusste ich auch nur, weil Mum hier in der Gegend wohnte. Aber dieses Unwissen machte mir nichts aus. Leo lief voran, was er selten tat, und ich ließ den Blick kaum von ihm. Er kannte den Weg, so viel war sicher, denn er sah sich kein einziges Mal suchend um. Sein Rücken war gerade, die Schultern locker. Und ich fühlte mich seit Langem so unglaublich entspannt.

Ich folgte gern, wenn ich jemanden genug mochte. Genug

vertraute. Wo auch immer er mich hinführte, war nicht mal wichtig. Wichtig war diese Emotion gerade. Aufregung und gleichzeitig Ruhe. Es war ein Paradoxon, das ich nur zu gern immer wieder spüren wollte.

»Heute ist doch der Zwanzigste, oder?«, fragte er mich plötzlich.

»Soweit ich weiß, ja. Ist das Datum denn wichtig?«

Er wandte den Kopf leicht zu mir um und ich sah sein schiefes Lächeln, während er sprach. »Das Datum ist von unbedingter Wichtigkeit.«

Wir wanderten durch die dunklen Straßen und ein kurzer Blick auf meine Uhr sagte mir, dass es kurz nach neun war. Es war eine ruhige Nachbarschaft. In den meisten Häusern brannte Licht, aber auf der Straße begegneten wir so gut wie niemandem. Ich stellte mir vor, ich könnte neben meinen auch Leos Schritte hören, die knisternd auf das Herbstlaub trafen.

»Wir sind gleich da«, meinte Leo.

»Kein Stress«, murmelte ich und meinte es so. Tatsächlich hätte es mich echt nicht gestört, wenn wir den restlichen Abend ohne irgendein Ziel einfach nur herumgewandert wären. Der Weg war das Ziel, schätzte ich. Aber ich konnte auch nicht leugnen, ein wenig neugierig zu sein. War ja schließlich nicht jeden Tag so, dass man ahnungslos an einen unbekannten Ort geführt wurde. Außer in Horrorfilmen. Aber das nannte man dann Kidnapping.

Wir blieben an einer Hausecke stehen und Leo lugte langsam darum herum.

Ich zog die Brauen zusammen und tat es ihm nach. Ich sah einen Parkplatz vor einem Doppelhaus. Vier dunkle Gestalten hatten sich mit einer Taschenlampe um etwas versammelt, das wie eine seltsame Mischung aus Tisch und Nachtkästchen aussah. Ich erkannte keine der Gestalten, auch wenn ich mir ziemlich sicher war, dass es sich bei einer um eine Frau handeln musste.

»Was haben die vor?«, flüsterte ich, weil ich mich fühlte, als würde ich etwas Verbotenes machen.

»Siehst du gleich. Scheiße, das war ziemlich knapp.« Leos Stimme klang ein wenig atemlos und in seinem Gesicht konnte ich eine Art nostalgische Vorfreude erkennen. Irgendwie aufgeregt, aber auch traurig.

Bevor ich mir darüber klar werden konnte, was ich davon halten sollte, wichen drei der vier Gestalten langsam vom Tisch zurück, während die letzte – ein recht stämmiger, breiter Kerl – ein Feuerzeug zückte und es aufflammen ließ. Er bückte sich ein wenig. Wollte er etwas anzünden? Und was meinte Leo mit knapp?

Und dann hörte ich ein Zischen und es fing an.

Ein Feuerwerk.

Eine nach der anderen entzündeten sich kleine Raketen auf dem Ständer, in dem sie wohl eingefasst waren, während auch der letzte Kerl sich zu den anderen gesellte.

Ich hatte noch nie solche Raketen gesehen. Sie schossen nicht hoch in die Luft und explodierten dann am Nachthimmel. Vielmehr schossen sie in langen Streifen, gemischt aus Blau, Gold und Rot, aus ihrer Halterung, wirkten wie die lebendigsten aller Flammen und doch gar nicht wie Feuer. Sie zischten, knallten und explodierten und es hörte einfach nicht auf. Ich wollte nicht, dass es aufhörte. Funken tanzten zu Hunderten um den Ständer herum und gaben dem Feuerwerk den Anschein, als käme es aus einem besonders feurigen Geysir.

Hatte vorhin in meiner Brust eine vertrauensvolle Ruhe gelebt, dann war diese jetzt ausgezogen, um wieder Platz für mein hämmerndes Herz zu machen. Meine Augen brannten, weil ich vor Angst, etwas zu verpassen, nicht blinzeln wollte.

Und Scheiße, wenn ich das breite Lächeln auf meinem Gesicht nicht beinah sehen konnte. Ich wandte Leo ungläubig den Blick zu. Wollte so viele Fragen stellen. Aber er sah mich einfach nur mit diesem megasanften Blick an und nickte wieder zu dem Feuerwerk hin. Und so standen wir nebeneinander und beobachteten das Spektakel. In Gedanken stellte ich mir vor, ich würde seine Hand halten.

Es war viel zu schnell vorüber. Ohne das Zischen und die

Lichter wirkte die Nacht unnatürlich leise und dunkel. Aber dann brachen die vier Gestalten, die für all das verantwortlich waren, in Jubel aus und im Schein einer Lampe, die an der Tür einer der Doppelhaushälften anging, sah ich, wie alle vier ihre Finger küssten und sie dann zum Himmel richteten.

»Auf Bobby!«, riefen sie, bevor sie sich umarmten.

Ich wandte mich wieder an Leo, der mich bereits beobachtete.

»Woher hast du gewusst, dass sie hier sein würden?«, fragte ich leise. Und wer war Bobby?

»Frag mich ein anderes Mal«, meinte er schlicht.

Ich nickte. Ich musste es nicht jetzt wissen, weil ich zu dankbar war, es gesehen haben zu dürfen. Offensichtlich hatte es sich dabei um eine Art Ritual gehandelt. Man hatte da einfach immer ein bestimmtes Gefühl, wenn es um Rituale ging. So was hatte immer etwas Heiliges, Feierliches an sich. Wer auch immer Bobby war, konnte mit der Gewissheit durchs Leben gehen, dass es Leute gab, die an ihn dachten. Und sich dabei nicht fürchteten, Regeln zu übertreten.

»Das Feuerwerk war doch mit Sicherheit selbst gemacht.«

Leo nickte.

Das war hierzulande mehr als nur illegal.

»Ziemlich cool, oder?«, fragte er.

»Mehr als nur cool. Das war ... extrem schön.« Ich legte den Kopf ein wenig schief. »Danke.«

Feuerwerke waren schon immer etwas Besonderes für mich gewesen und Leo wusste das. Jedes Jahr zu Silvester und natürlich auch in der *Bonfire Night* im November zog mich das Feuerwerk aus jedem mentalen Loch hervor, in dem ich mich nur verkriechen konnte. Ob es um kleine Dinge oder um große ging, war egal. Feuerwerke vermittelten mir ein Gefühl von Euphorie. Ein Gefühl, alles schaffen zu können. Das Knistern der brennenden Lunte, das Pfeifen des Aufstiegs und schließlich der Knall der Explosion. Anders als bei einer typischen Rakete war dieses Feuerwerk nicht mit einem Knall vorüber gewesen. Nein, dieses war konstant gewesen. Hatte aus vielen kleinen Explosionen bestanden. Und während die Euphorie, die ich von typischen Raketen bekam, mich auch jedes Mal ebenso schnell wieder verließ, wie ihre Lebenszeit kurz war, hatte ich den ganzen Weg nach Hause über das Gefühl, ich könnte alles schaffen.

Ich ließ mich wieder von Leo führen, auch wenn ich den Weg kannte. Bloß um der Euphorie noch den letzten Tropfen Zufriedenheit hinzuzufügen. Um eine perfekte Nacht daraus zu machen.

Zu Hause angekommen, hatte mich diese leise Euphorie, die ich spürte, immer noch nicht losgelassen und Leo schien es ähnlich zu gehen, denn er sagte lange Zeit kein Wort. Wir kuschelten uns auf die Couch und ich warf eine Decke über mich, die mir die Illusion bescherte, von *seiner* Wärme eingehüllt zu werden, wenn ich nur die Augen schloss.

»Ich hab oft darüber nachgedacht, wie es wohl wäre«, murmelte er neben mir.

»Wie was wohl wäre?«, fragte ich leise, um die Stille, die wie ein Schleier um uns herumlag, nicht zu stören.

»So was. Ein Date mit dir.« Er lächelte schief und drehte den Kopf zu mir. In seinem Blick lag etwas Sanftes, das an meinem Herzen zog. Es war wohl wirklich ich gewesen. Seine Person.

»Also war es wirklich ein Date«, neckte ich und er verdrehte die Augen.

»Ein illegales Feuerwerk in der tiefsten Wildnis einer nordenglischen Vorstadt? Was könnte romantischer sein?«

Ich lachte, konnte ihm aber nicht widersprechen. Schließlich hatte es mir gefallen und er musste das verdammt genau wissen.

»Du hast vorher schon darüber nachgedacht? Über ein Date mit mir? Bevor ich dir gesagt habe, dass ich dich mag?« Ich wollte mehr davon erfahren.

Er schnaubte leise, als hätte ich etwas Dummes gesagt. »Klar hab ich das. Schon ein paar Jahre bevor wir uns überhaupt wirklich kennengelernt haben.«

Ich starrte mit geöffnetem Mund in sein ausdrucksstarkes Gesicht. »Warum?«

Leo zog nun auch den rechten Mundwinkel ein wenig hoch. »Weil du nicht der Einzige in diesem Raum bist, der verliebt ist.«

14. Kapitel

»Weil du nicht der Einzige in diesem Raum bist, der verliebt ist.«

Wir hatten bis jetzt nicht von Verliebtheit oder gar Liebe gesprochen. Zwischen uns definiert war bis jetzt nur ein vager Nebel an nicht platonischen Gefühlen gewesen, auch wenn ich natürlich gewusst hatte, wie es um meine eignen Gefühle für Leo stand. Und dieser Satz, der mich glücklich machen sollte wie kein anderer, der wohl jedem anderen Menschen ein Gefühl von Glückseligkeit bereitet hätte, brachte mich bloß dazu, zu erstarren. Weil ich diesen Satz kannte. Diese Konstellation von Worten niemals vergessen würde, denn sie hatten früher einmal die schönsten Silben dargestellt, die ich je gehört hatte und die mich später dazu gebracht hatten, mich so beschissen und dämlich zu fühlen wie nie zuvor.

»Du bist nicht der Einzige hier, der verliebt ist«, hörte ich eine Stimme in meinem Kopf sagen, aber es war nicht Leos. Es war nicht mal die eines Mannes, obwohl sie recht tief war – für eine Frau.

Ich sah sie wieder vor mir. Mit ihren blonden Locken, ihren großen blauen Augen und dem Schmollmund. Natalie, wie sie sagte, dass nicht nur ich in jemanden verliebt wäre. Nur war Natalie, während ich in sie verliebt gewesen war, nicht in mich verliebt gewesen.

Eine Ausweichtaktik auf ein Geständnis, die ich damals nicht als solche erkannt hatte. Ich hatte gedacht, sie würde mich meinen. Nicht ... *ihn*.

Ich räusperte mich, weil meine Kehle zu eng war für die Worte, die ich herauspressen musste. »Interessante Wortwahl.«

»Was?«

Ich richtete meinen Blick wieder auf Leo. War er wirklich so vergesslich? »Gerade du solltest wissen, dass du ... Dass ich diese Worte nicht ...«

Leo zog die Augenbrauen zusammen und kleine Fältchen

bildeten sich auf seiner Stirn. Ich konnte die winzigen Rädchen, die sich in seinem Kopf drehten, beinah hören. Ich würde nicht nachhelfen. Wenn er nicht von allein draufkam, war er selbst schuld.

Ich rieb meinen Oberarm. War es plötzlich kälter im Raum?

»Oh Gott.«

Ah. Ihm war es also wieder eingefallen. Ich presste die Lippen zusammen. Wollte etwas Gehässiges sagen, ihm zu verstehen geben, dass er mich an etwas hatte denken lassen, das ich verdrängt hatte, so gut es gegangen war.

Aber ich konnte nicht.

Der Ausdruck in seinem Gesicht hielt mich davon ab. Ich hatte damit gerechnet, dass er von mir und meiner Empfindlichkeit genervt sein würde. Mir sagen würde, ich solle die Vergangenheit Vergangenheit sein lassen und mich zusammenreißen. Aber von Gefühlen dieser Art sah ich in seinem Gesicht nicht die geringste Spur. Was ich stattdessen sah, war ...

Gott, es tat mir weh. Mein Herz zog sich bei seinem Anblick zusammen und es tat mir fast leid, dass ich ihn darauf angesprochen hatte.

»Mensch, Eric. Das wollte ich nicht. Ich wollte dich nicht daran erinnern. Fuck.« Er schüttelte den Kopf. »Du hast keine Ahnung, wie lang ich diese Gefühle schon mit mir herumtrage. Und ich hätte nie gedacht, dass ich sie dir beichten würde, weißt du? Warum auch.« Er zuckte mit den Achseln und lehnte seinen Körper von mir weg. Unwillkürlich hatte ich das Gefühl, er wollte mich vor ihm in Sicherheit bringen. »In welchem Universum würdest du das Gleiche für mich empfinden? So was passiert einfach nicht. Das hier ist keine beschissene romantische Komödie. Du bist nicht Mark Ruffalo und ich bin nicht Reese Witherspoon. Ich liege nicht irgendwo im Koma und warte darauf, dass mich jemand mit einem Kuss aufweckt. Scheiße.« Er fuhr sich mit der Hand über den Mund. »Mit mir ist nicht mal eine echte Beziehung möglich. Ich ... Gott, ich würde dich so gern küssen, du hast ja keine Ahnung. Und nicht mal das kann ich machen.«

Ich streckte meine angewinkelten Knie aus, weil ich nicht die Kraft hatte, sie aufrecht zu halten. Ich fühlte mich müde, emotional ausgelaugt.

»Deswegen hätte ich nie ein Wort gesagt. Ich dachte nicht, es würde irgendwohin führen ...«

»Du weißt, warum Natalie das damals so ausgedrückt hat. Damit ich nicht herausfinde, dass ich ihr nichts bedeute.«

Leo beugte sich vor, legte die Hände zwischen meine gespreizten Beine auf den Boden und stützte sich darauf. »Du bist mir wichtig«, sagte er, als hätte er meinen Gedanken gelauscht. »Du, Eric. Nicht Grace oder sonst jemand. Wenn ich könnte ...« Plötzlich spannte er sich an und hob den Kopf, als würde etwas durch ihn hindurchschießen. »Nein, ich weiß es doch. Hier.« Er hob seinen Arm und legte die Hand an meine Wange.

Ich erwartete nicht viel von dem Kontakt. Er konnte mich nicht wirklich berühren. Es war also keine Haut, die ich an meiner Wange spürte. Keine Schwielen oder Schweiß, der auf meine Bartstoppeln traf. Stattdessen fühlte ich ...

Wärme. Kribbeln. Ein Ziehen von Sehnsucht. Den Drang, mich in einer anderen Person zu vergraben, bis ich eins mit ihr war.

Verlangen. Freude. Angst.

Ich musste nicht fragen, was ich da fühlte. Ich kannte dieses Gefühl und empfand etwas Ähnliches für Leo. Aber es waren nicht meine Gefühle, die ich da spürte. Meine waren im Vergleich ein wachsendes, kleines Ding, das voller Hoffnung den Kopf in die Zukunft reckte.

Ach Scheiße.

»Bist das du?«, fragte ich und hasste es, wie meine Stimme an der letzten Silbe brach.

Leo lächelte zögerlich. »Du fühlst es? Ich habe das nicht mehr versucht, seit du klein warst.«

Verschwommen erinnerte ich mich an die Nacht des Gewitters. Als er mein fünfjähriges Ich wegen irgendwelcher Monster hatte beruhigen müssen. Wie er sich zu mir ins Bett gelegt und seinen Arm in meinem platziert hatte. Ich erinnerte mich an ein warmes, kuschliges Gefühl. Liebe, klar. Aber anders. Anders, als sie jetzt war. Nicht schlechter, nur eben anders. Gott, und es fühlte sich so verdammt gut an. Ich war wie betrunken, mein ganzer Körper kribbelte, vibrierte.

Ich fühlte, wie sich meine Lippen zu einem Grinsen verzogen. Leo erwiderte es augenblicklich und es war unmöglich, die Erleichterung in seinem Gesicht zu übersehen.

»Ja?«, fragte er.

»Ja.«

Er strich mit der Hand von meiner Wange über meine Lippen und mein Atem stockte ein wenig. »Wenn ich könnte, würde ich dich jetzt küssen«, sagte Leo mit einem Blick, den ich ihm nicht zugetraut hätte. Sehnsüchtig und irgendwie brennend. Wenn Entschlossenheit genug wäre, dann hätte Leo bereits einen Weg gefunden, wie er seinen Wunsch wahr machen konnte.

»Und wie würdest du mich küssen?«, fragte ich in einem Anfall plötzlichen Mutes.

Etwas blitzte in seinem Gesicht auf. Überraschung vielleicht. Dann grinste er, als hätte ich ihm ein Geschenk gemacht. »Ich kann mich nicht entscheiden. Einerseits will ich dich sanft küssen. So wie in den Filmen. Deinen Atem an meiner Wange spüren und einfach mit meinen Lippen über deine streichen. Die Augenlider fest geschlossen und ja ...« Er zuckte die Schultern.

»Und andererseits?« Meine Wangen brannten. Ich wusste, was kommen würde, aber ich wollte es hören. Mir war jegliche Form von Dirty Talk bisher peinlich gewesen, auch wenn er noch so harmlos gewesen war, aber mit Leo war das etwas anderes. Mit Leo war es ... heiß.

»Andererseits will ich dich an die Wand drücken. Oder du mich. Ich bin da nicht wählerisch. Meine Hände unter dein Shirt schieben und herausfinden, wie sich deine Haut anfühlt. Dann würde ich dich küssen, bis du atemlos bist, bis du nicht mehr weißt, wo du mich zuerst berühren willst. Ich würde an deiner Unterlippe knabbern. Wie würde sich ein Kuss mit deinen Bartstoppeln anfühlen? Egal, wie, ich denke, es würde mir gefallen.« Er grinste und seine Augenlider wirkten schwer. »Jeder würde wissen, dass ich einen heißen Kerl mit Dreitagebart geküsst habe.«

Mir war klar, wie schnell mein Herz pochte. Wie trocken meine Kehle war. Verdammt, wie konnte ein Typ, der normalerweise dazu neigte, irgendwelchen Unsinn zu plappern, so verdammt scharfe Sachen sagen?

Er leckte sich langsam über die Unterlippe und sein Blick wanderte über meinen Oberkörper, bis er wieder zu meinen Augen zurückkehrte. »Würde dir das auch gefallen?«

Ich schluckte und sah an mir hinab. Die Beule in meiner Pyjamahose war unübersehbar. »Ich glaube, wir können davon ausgehen, dass es mir gefällt.«

Er folgte meinem Blick. Und obwohl er bereits gefühlt haben musste, welchen Effekt seine Worte auf meine niederen Regionen gehabt hatten, erschien ein entzücktes Grinsen auf seinem Gesicht. Er sah so verdammt stolz aus und ich musste lachen.

Leo, der Gott des Dirty Talks, war immer noch Leo, der kindische Idiot. Und ich war froh darüber. Das hier war nur eine neue Facette an ihm und wenn man bedachte, welchen Regeln und Einschränkungen unsere Beziehung – oh Gott – unterlag, konnte das nur von Vorteil sein.

»Wir kriegen schon raus, wie wir das machen«, sagte ich. Es sollte nicht wie eine Frage klingen, aber das tat es. Ich sah durch meine Wimpern zu ihm auf, brauchte eine Form von Bestätigung von ihm.

Er zögerte nicht mal eine Sekunde, bevor er entschieden nickte. »Wie heißt es in Superheldenfilmen immer so schön? Für die guten Dinge im Leben muss man kämpfen.«

Ich konnte nicht anders, als zu lachen. »Und aus welchem Film soll das sein?«

Er rümpfte die Nase. »Klingt irgendwie nach *Superman* oder *Captain America*, oder? Ein bisschen herablassend und gequält.«

»Könnte aber genauso gut Bruce Banner oder Tony Stark sein.«

»Hm. Scheint so, als wären alle Superhelden ein bisschen herablassend und gequält.«

»Bis auf Bruce Wayne.«

Leo hob eine Augenbraue. »Ähm, ich will dir ja nicht die Tour vermasseln, aber der Typ ist wahrscheinlich der Gequälteste von allen.«

»Möglich. Kannst du dir vorstellen, was er in so einer Situation sagen würde?«, fragte ich und wir sahen uns an.

»Ich bin der Held, den Gotham verdient«, fing ich an und Leo fuhr mit tiefer, heiserer Stimme fort. »Aber nicht der, den es braucht!«

Wir brachen in Gelächter aus. Und in dem Moment dachte ich: Ja, wir würden okay sein.

Irgendwie.

15. Kapitel

Am nächsten Tag war alles wie ... Na ja, nicht wie im Traum, aber das Leben fühlte sich surreal an. Nach außen hin hatte sich nichts verändert. Niemand konnte Leo sehen und ich konnte wohl kaum meinen Beziehungsstatus auf Facebook zu *In einer Beziehung* ändern. Aber irgendwie ... war es mir schier unmöglich, mit dem Grinsen aufzuhören. Es ging einfach nicht. Egal, wie oft ich meine Mundwinkel dazu brachte, sich zu senken. Es dauerte kaum ein paar Sekunden und *zack* waren sie wieder oben und brachten mich wahrscheinlich dazu, wie ein durchgeknallter Irrer auf LSD auszusehen. Aber Scheiße, ich war glücklich.

Konnte eine Abmachung – viel mehr war das zwischen mir und Leo doch eigentlich nicht – mir wirklich derartige Gefühle bereiten? Bloß weil wir uns gesagt hatten, dass wir uns gern hatten? Ich schätzte, so ging es Leuten, die sich im Internet kennenlernten und verliebten, nur um sich eine halbe Welt vom anderen entfernt wiederzufinden. Aber es fühlte sich so gut an und ich wollte es nicht weiter hinterfragen. Leider war das leichter gesagt als getan. Kaum hatte ich beschlossen, mich nicht weiter von meinen Zweifeln plagen zu lassen und sie mit so viel Wucht abzuschütteln, wie ein wütender Oktopus es tun würde, stieg ein Pärchen in den Bus ein. Es waren zwei Mädchen, vielleicht Anfang zwanzig. Zuerst standen sie nur nah beieinander im Bus, sodass sich ihre Schultern berührten. Die eine war klein und hatte kurzes blondes Haar. Die andere hatte Ähnlichkeit mit einer Amazone. Sie grinsten einander an und die Kleinere der beiden legte eine Hand an die Wange der Großen. Diese drehte den Kopf und küsste die Handfläche ihrer Freundin, die prompt errötete.

Ich wandte den Kopf ab, als Sehnsucht in mir aufstieg. Nicht nach den beiden Mädchen natürlich, aber danach, was sie hatten. Ich konnte nicht wissen, wie lang die beiden schon zusammen waren, aber sie hatten diese Aura von Frischverliebten. Wenn noch alles neu und aufregend wirkte. Wenn eine Berührung so verdammt viel aussagen konnte und jedes dieser stummen Worte eine solche Bedeutung hatte, dass alles andere unwichtig wurde.

Leo und ich hatten das nicht. Würden das nie haben. Weder diese zögerlichen Anfänge noch die geübte Berührung eines Partners, der jeden Zentimeter deines Körpers kannte. Es versetzte mir einen Stich ins Herz und ich spürte, wie mein Gesicht bei dem Gefühl blass wurde.

»Eric? Was ist los?«, fragte Leo, der sich im halb leeren Bus neben mir sichtbar gemacht hatte.

Ich schüttelte bloß den Kopf. Darüber zu reden, war sinnlos. Es war, wie es war. Leo damit zu belasten, war im Moment keine Option für mich. Ich konnte nur hoffen, dass ich es schaffen würde, über dieses bedrückende Gefühl, diese Angst davor, ich könnte etwas brauchen, das Leo mir nicht geben konnte, hinwegzukommen.

Alles andere wäre nicht fair.

»Leo?«, fragte ich mit geschlossenen Augen, während ich mir vorstellte, wie es wohl wäre, wenn er in meinen Armen liegen würde und ich mit den Fingern gemächliche Kreise auf seinen Rücken malen könnte.

»Hm?«

»Wünscht du dir manchmal, du hättest Flügel?«

Er lachte überrascht auf. »Wieso? Was soll ich mit Flügeln?«

»Sollten Engel nicht Flügel haben?« Irgendwie fehlte mir das. Ich hatte letzte Nacht geträumt, er hätte welche. Aber sie hatten nicht ausgesehen wie die eines typischen Engels. Keine Federn.

»Wenn du welche hättest, wie würden sie aussehen?« Das Thema ließ mich nicht los.

Er machte ein nachdenkliches Geräusch neben mir. »Ich

weiß nicht. Der typische Engellook hat schon etwas. Federn und all das. Aber Drachenflügel wären auch genial.«

Ich schnaubte. »Ich sehe mir offensichtlich zu oft *Game of Thrones* an. Hat einen schlechten Einfluss auf dich.«

»Ach ja? Was für Flügel sollte ich deiner Meinung nach denn haben? Und wehe, du sagst Schmetterling.« Seine Stimme klang näher als zuvor und ich öffnete die Augen, nur um sein Gesicht direkt über meinem zu finden.

»Libellenflügel.«

Er blinzelte. »Libellenflügel?«

Ich nickte und kniff die Augen zusammen, damit ich so tun konnte, als wären sie bloß im Hintergrund meiner verschwommenen Sicht verblasst. Beinah konnte ich sie sehen. Vier feingliedrige Flügel, die mich zwar nicht mit ihrer Stärke einhüllen konnten, aber Leo die Kraft gaben, es für sie zu tun.

Es war schließlich nicht immer das Offensichtliche, das am besten für uns war.

16. Kapitel

»Ich muss Essen kaufen.«

Leo hob eine Braue und sah mich desinteressiert vom Klodeckel aus an. »Okay. Warum hast du das Gefühl, dass du mich darüber informieren musst?«

Ich putzte mir weiter die Zähne und sprach erst wieder, als ich fertig war. »Darf ich nicht nett zu dir sein?«

»Ich muss sowieso mit dir mitgehen«, sagte er und runzelte die Stirn.

»Eben. Ist nur recht und billig, wenn ich dich darüber informiere, wohin es geht, wenn ich dich schon kidnappe«, meinte ich und ging ins Schlafzimmer, um mich anzuziehen.

Aus dem Augenwinkel sah ich, wie Leo die Augen verdrehte, aber dennoch schief lächelte. Ich konnte nicht viel für Leo tun, aber von den Dingen, die in meiner Macht lagen, würde ich verdammt noch mal Gebrauch machen.

Sobald ich fertig war und meine Brieftasche eingesteckt hatte, machte ich mich auf den Weg nach draußen.

»Du kaufst aber nicht wieder diese grauenhaften Oreo-Poptarts, oder?«, fragte Leo hinter mir, als ich nach dem Türgriff fasste.

»Ich sehe nicht ein, warum du dich aufregst. Bist ja nicht du, der sie essen ...«

Bei dem Anblick vor mir verschlug es mir einen Augenblick lang die Sprache. »... muss.«

»Hi Eric.«

Dad.

Stand vor mir.

In einem zerknitterten Trenchcoat und mit zerzaustem grauem Haar.

»Du willst mich doch wohl verarschen«, sagte ich in einem Ton, der weniger wütend, als vielmehr ungläubig klang.

»Fuck«, murmelte Leo leise hinter mir und ich stimmte ihm

von ganzem Herzen zu.

»Was hätte ich denn sonst tun sollen? Du hebst ja nicht mehr ab.« Er besaß tatsächlich die Frechheit, anklagend zu klingen.

»Ist dir nie in den Sinn gekommen, den Wink mit dem Zaunpfahl anzunehmen?«, fragte ich und verschränkte die Arme.

»Eric ...«

»Nein!«, unterbrach ich ihn, als mich meine Wut doch noch einholte und sich wie ein roter Nebel über mein Verblüffen legte. »Weißt du was? Nein. Ich muss mir das nicht anhören. Das ist meine Wohnung, mein Zuhause. Und du bist hier nicht willkommen.« Damit wollte ich ihm die Tür vor der Nase zuknallen, aber er stellte im letzten Augenblick sein linkes Bein zwischen Tür und Angel.

»Matthew!«, stieß ich drohend aus und verspürte die schmutzigste Genugtuung meines Lebens, als er sein Gesicht verzog und die Lider fest zusammenpresste. Es war die Art von Genugtuung, die man fühlte, wenn man jemandem wehtat, der einem früher viel bedeutet hatte. Der mir immer noch unglaublich viel bedeuten würde, wenn all sein Wert nicht unter dem Trümmerhaufen seiner Ehe mit Mum vergraben wäre.

»Eric, bitte. Lass mich mit dir reden. Du musst mir nicht verzeihen«, sagte er leise, aber bestimmt.

»Dazu kannst du mich auch nicht zwingen.«

»Nein, kann ich nicht.« Er schüttelte den Kopf. »Vergeben und vergessen hast du noch nie jemandem etwas. Lass mich mit dir reden. Wenn du mich dann rauswerfen willst, werde ich mich nicht wehren.«

»Ich würde ja sagen, du sollst es mir versprechen. Aber wir wissen beide, wie viel dein Wort bedeutet.« Ich schnaubte. »Bis dass der Tod uns scheidet, nicht wahr?«

Dann riss ich die Tür auf und ließ ihn in meine Wohnung. Kurz war ich versucht, ihn seine Rede im Gang aufsagen zu lassen, entschied mich dann aber dagegen. Ich führte ihn ins Wohnzimmer und setzte mich auf die Couch.

»Hey Kätzchen«, sagte er und streichelte Flo über den Kopf, anstatt sich zu setzen.

»Lass die Katze in Ruhe«, knurrte ich. Dads Kopf ruckte nach oben und nachdem er mich einen Moment gemustert hatte, presste er die Lippen zu einem dünnen Strich zusammen und nickte, bevor er sich auf einen Stuhl setzte.

Ich drückte meine verschränkten Arme fester an meine Brust, als hätte ich unterbewusst davor Angst, er könnte mir ein Messer ins Herz stoßen. Die Vergangenheit hatte es doch an sich, sich zu wiederholen, oder?

»Was ist jetzt?«, schnappte ich, gerade als er den Mund öffnete. Er leckte sich über die Lippen.

»Es tut mir leid.«

»Leid tut es dir«, wiederholte ich tonlos.

»Ja. Ist das denn so schwer zu glauben?«, fragte er mich und wich meinem Blick aus.

»Oh, ich glaube es dir schon. Ich denke nur, du hättest dir das früher überlegen sollen.«

»So funktioniert das Leben leider nicht.«

Konnte er sich seinen herablassenden Ton nicht sparen?

»Ich habe einen Fehler gemacht. Wenn ich es anders machen könnte, würde ich es.«

Ich schnaubte. Er würde sich mehr Mühe geben müssen, wenn er wollte, dass ich ein normales Gespräch mit ihm führte. »Fällt dir nicht auf, wie abgedroschen du klingst? Das sind Worte, die unpersönlicher nicht sein könnten«, meinte ich gehässig.

»Ich war unglücklich«, brach es aus ihm hervor und er fuhr sich durchs silberne Haar. »Ich war so verdammt unglücklich und wusste nicht, was ich machen sollte.«

»Also hast du beschlossen, uns *alle* unglücklich zu machen?« Nichts, was er sagte, bedeutete etwas. Nichts, was er sagte, machte einen Unterschied. Er hätte genauso gut mit sich selbst reden können. Ich spürte regelrecht, wie seine Worte von der Mauer abprallten, die ich zwischen uns aufgezogen hatte.

»Lass ihn reden«, sagte Leo leise neben mir und ich konnte nicht anders, als den Kopf mit einem Ruck zu ihm zu drehen.

War er noch ganz klar? Wusste er doch am besten, was Dad meiner Familie angetan hatte. Zerhackt hatte er sie. Zerstückelt.

Dezimiert, bis von drei nur noch zwei übrig gewesen waren. Nur ich und Mum.

Aber ich konnte Leo nicht widersprechen. Nicht, wenn jemand anderes im Raum war. Also zog ich die Schultern hoch.

»Willst du nicht wissen, warum ich unglücklich war?«, fragte er mich und ich war kurz davor, mit einem deutlichen *Nein* zu antworten. Egal, wie unglücklich er gewesen war, seine Lösung für das Problem war beschissen gewesen. Aber ich ließ es sein. Zuckte bloß mit den Achseln. Ich würde Leo diesen Gefallen tun. Dieses eine Mal.

»Meine Ehe mit deiner Mum war am Zerbrechen. Auch wenn ich sie nicht betrogen hätte, denke ich nicht, dass wir es noch länger geschafft hätten.«

»Wie das«, presste ich hervor. Ich hielt es kaum aus, die Worte gehört zu haben. *Betrogen. Verraten.*

Er seufzte. »Wir hatten Probleme. Wir beide waren schon immer schlecht darin, uns zu sagen, was uns bedrückt. Was uns am anderen stört. Wir waren Meister darin, jedes Problem totzuschweigen. Manche unserer Probleme sind auf diese Art mit der Zeit verpufft. Gegenüber anderen haben wir resigniert. Und manche haben es geschafft, eine derartige Wut in uns aufzubauen, die manchmal schon an Hass grenzte.«

»Du hast das also getan, weil du Mum hasst?«, krächzte ich mit trockner Kehle, weil ich es kaum fassen konnte.

»Nein«, sagte er mit gequälter Stimme. »Du missverstehst mich absichtlich. Ich hasse deine Mutter nicht. Ich habe ihr gewisse Dinge übel genommen. Ich will dir das nicht genauer erläutern. Frag sie, wenn du meinst, du musst es wissen. Aber viele dieser Sachen liegen weit in der Vergangenheit. Es fing oft mit Kleinigkeiten an, die sich nach einiger Zeit in scheinbar unüberwindbare Hürden verwandelt haben.«

»Also hast du nach einem Weg gesucht, sie zu überwinden?«

»Ich habe einen Weg hinaus gesucht. Wenn du nicht sagen kannst, dass du wegwillst, aber es musst ...« Er brach ab und seine Kehle arbeitete sichtbar, als er schluckte.

»Wie ein Fuchs, der sich das Bein abbeißt, weil er in einer

Falle steckt«, murmelte Leo neben mir und der Vergleich brachte die Haare auf meinen Armen dazu, zu Berge zu stehen.

»Vielleicht hätte ich es dir früher erzählen sollen. Aber du wollest partout nicht mit mir reden und ich wollte dir deinen Freiraum lassen.«

»Damals mit mir zu reden, hätte nichts gebracht«, murmelte ich. Und es stimmte. Ich war immer noch so verflucht wütend auf ihn und das, obwohl die Zeit bereits die Höhe der Flammen in mir gedämpft hatte. Ich konnte mir nicht vorstellen, dass es Dad geholfen hätte, wenn er versucht hätte, es mir zu erklären. Ich war verletzt. Und auf Mums Seite. Das war ich immer schon gewesen. Bei jedem Streit, in jeder Angelegenheit. Wie eine Statue. Stetig, aber unbeweglich. Ich hatte nie vermutet, dass Dad mich vielleicht auch gebraucht hätte.

Dennoch ...

»Ich denk drüber nach«, sagte ich und selbst ich konnte die Unehrlichkeit in meiner Stimme hören. Ich stand resolut auf. »Wenn du mich jetzt entschuldigst. Ich muss einkaufen gehen.«

Etwas in meiner Stimme oder meinem Ausdruck musste ihn dazu gebracht haben, es gut sein zu lassen. Denn der eiserne Blick der Entschlossenheit, der trotz allem bis jetzt in seinen Augen gestanden hatte, verließ ihn. Seine Schultern sanken. Er nickte.

An der Tür zögerten wir einen Moment. Ich wollte nicht zusammen in betretenem Schweigen mit ihm nach unten gehen.

»Geh du vor, Matthew«, sagte ich und benutzte mit Absicht seinen Vornamen, anstatt ihn Dad zu nennen. Ihm war noch nichts vergeben. Das sollte er besser wissen.

»Eric?«

»Ich habe wirklich keine Lust, jetzt darüber zu reden. Dad hat mir Zeit zum Nachdenken gegeben. Du könntest es ihm nachtun, wenn du mir eine Freude machen willst«, sagte ich trocken.

Aus meinem Einkaufsplan war nichts geworden. Seit Dad gegangen war, hatte ich nichts anderes getan, als auf und ab zu laufen. Ein Gefühl der Unruhe lag in meinem Bauch. Es war die Art, die sich nicht vertreiben lassen würde. Nicht mit Gedanken und nicht mit Worten. Vielleicht mit Zeit und Taten, aber keine dieser beiden Optionen schien mir derzeit auch nur irgendwie reizvoll.

»Du könntest deine Mum anrufen.«

Ich lachte. »Und was machen? Im Moment würde ich sie nur anschreien und ich möchte meinen verbleibenden Elternteil nicht auch noch von mir wegtreiben, vielen Dank auch.« Ich biss mir auf die Lippe.

Leo keuchte leise. »Ist es das? Du denkst, du hättest ihn vertrieben?«

»Nein«, sagte ich schnaubend. Aber meine Stimme hob sich am Ende des Wortes. Es klang wie eine Frage.

Leo durchquerte den Raum, bis er vor mir zum Stehen kam. Forschend sah er mir in die Augen und ich wich automatisch seinem suchenden Blick aus.

»Mir hat immer ein Teil des Puzzles gefehlt. Ich wusste, da war noch etwas. Aber ich konnte nicht erkennen, was. Du hast nie jemandem davon erzählt, also gab es keine Möglichkeit für mich, es herauszufinden.«

»Da gibt es nichts groß herauszufinden.«

Er schüttelte den Kopf. »Das glaube ich nicht. Sei nicht so beschissen stur. Wenn du es mir nicht erzählen kannst, wem dann?«

Ich fuhr mir durchs Haar. Er hatte natürlich recht, aber ich hatte dennoch keine Lust, seiner Aufforderung nachzukommen. Wer hörte schon gern dem Geheule eines Mannes zu, der sich von seinem Daddy verlassen fühlte.

»Hör auf!«

Mit einem Ruck hob ich den Kopf. Leos Blick war eisern, stählern. Unnachgiebig. »Hör auf, dich fertigzumachen und sag es mir.«

»Dad hat Mum verlassen. Aber mich doch auch, oder? Sag

nicht, es wäre nicht so«, erwiderte ich geschlagen.

Er seufzte. »Eric, ich sage es dir nur ungern, aber ... hast nicht du ihn weggestoßen?«

Wut ergriff mich zum gefühlt hundertsten Mal an diesem Tag. »Wir waren zu dritt. Wir waren eine Familie. Indem er dieses ... Band mit Mum zerbrochen hat, hat er uns zerbrochen. Siehst du das nicht?« Ich ballte die Hände zu Fäusten.

»Familien bestehen nicht nur aus zwei Eltern und Kindern, die alle zusammenleben. Das weißt du.«

»Aber *wir* waren so. Und ja, okay, vielleicht hatte er Probleme mit Mum.« Meine Stimme klang kindisch, schmollend. Es gefiel mir nicht, aber ich konnte nicht anders, als mich wie ein kleiner Junge zu fühlen, wenn es um die Beziehung meiner Eltern ging. »Aber irgendetwas muss ich ihm nicht gegeben haben, weil er es sonst für angebracht befunden hätte, darum zu kämpfen, dass wir eine Familie bleiben.«

War es die Sache mit der Bisexualität? War ich ihm nicht Sohn genug gewesen? Hatten wir nicht genug gemeinsam gehabt?

»War ich denn nicht gut genug?«, presste ich hervor und ließ mit einem Mal die Schultern hängen. Ich schluckte, in einem Versuch, meine trockene Kehle zu befeuchten.

»Ach Süßer«, murmelte Leo und kam noch näher an mich heran. Hätte er einen Körper gehabt, könnte ich jetzt seine Nähe spüren. Seine Wärme, seinen Atem. Er hob die Hände, als wollte er sie an meine Brust legen, ließ sie dann aber sinken.

»Dad und Nat. Beide sind gegangen.« Da. Ich hatte es gesagt. Manchmal erschien mir das Problem so offensichtlich, dass ich nicht das Gefühl hatte, man könnte es übersehen. Es auszusprechen, machte eigentlich keinen Unterschied. Für Leo schien es aber eine Offenbarung zu sein.

»*Das* tut dir also weh«, sagte er sanft. »Unter anderem.«

»Unter anderem«, stimmte ich zu.

»Mach die Augen zu«, wies er mich an und ich war zu müde, zu ausgelaugt, um es nicht zu tun.

Mit geschlossenen Augen war die Welt besser und schlimmer

zugleich. Meine Gefühle waren alles, was ich in diesem Zustand hatte und während mir das die Illusion gab, alle anderen Dinge würden nicht existieren, war das verdrehte Wirrwarr in meinem Bauch, in meinem Herzen, meiner Lunge nur noch schmerzhafter.

»Stell dir vor, ich stünde hinter dir«, hörte ich Leos Stimme mit einem Mal hinter meinem Rücken.

»Stell dir vor, ich würde mich an dich drücken. Von den Schultern bis zu den Oberschenkeln.«

Ich zog die Augenbrauen zusammen, richtete mich aber instinktiv zu voller Größe auf, als wollte ich sichergehen, dass jeder mögliche Zentimeter Leo berühren würde, wenn er es denn könnte.

»Stell dir vor, ich würde den Kopf an deinen Nacken legen«, sprach er weiter und ich presste die Augenlider fester zusammen.

»Mein Atem an deinem Nacken. Warm und ein bisschen feucht. Meine Arme um deine Mitte. Fest. Aber nicht zu sehr, gerade richtig. So, wie du es jetzt brauchst.«

Fuck, ja. Wenn ich jetzt etwas brauchte, dann das.

»Stell dir vor, ich würde die Hände auf deine Brust legen und die Finger spreizen. Ich würde so viel von dir berühren wollen, wie ich kann, weißt du? Meine Hände wären warm. Heiß eigentlich. Du hättest das Gefühl, sie würden sich in deine Haut brennen und Abdrücke hinterlassen.«

Gott, ich konnte es fast wirklich spüren. Waren das nur Leos Worte? Oder half er irgendwie ein bisschen nach?

»Wenn du ein Zeichen von mir auf dir hättest, wüsstest du es ohne Zweifel, aber so musst du mir nun einmal vertrauen. Ich gehe nirgendwohin. Und wenn ich könnte, dann würde ich dich jeden Tag nicht nur mit meinen Worten, sondern auch mit meinem Körper daran erinnern.«

»Leo«, flüsterte ich, unsicher, was ich noch sagen konnte.

»Stell dir vor, ich würde deinen Nacken küssen. Du würdest Gänsehaut bekommen und ich würde lachen, weil mir das gefallen würde.«

Seine Stimme klang ein wenig sehnsüchtig und nicht bloß warm. Irrationalerweise wünschte ich mir Gänsehaut herbei, falls ihn das glücklicher machen könnte.

»Ich würde deinen Rücken an meine Brust drücken, bis zu dem Punkt, wo ich uns beiden vormachen könnte, wir könnten eins werden, du und ich. Damit ich dir deine Sorgen wirklich nehmen kann und du weißt, dass du dich bei mir wegen deines Selbstwertes wirklich nicht sorgen musst.«

Ich atmete zittrig aus und leckte mir über die Lippen. War es möglich, sich verletzlicher und zugleich stärker zu fühlen?

Eine Weile war es still zwischen uns und ich badete in dieser Stille wie eine Katze in der Sonne, die durchs Fenster schien.

»Schmerzt es zu sehr?«, fragte Leo plötzlich leise.

»Was?«, sagte ich und schluckte.

»Dass du mich nicht anfassen kannst. Dass niemand jemals wissen wird, dass du in einer Beziehung bist, jemanden hast, der für dich da ist.«

Ich biss mir auf die Lippe, bevor ich antwortete.

»Es tut weh. Aber nicht so schlimm, dass es aufhören soll.«

Mein Handy klingelte. Ich blickte nicht mal auf, sondern starrte weiterhin stur in mein Buch. Ich würde nicht rangehen. Diese Genugtuung würde der Anrufer nicht von mir bekommen.

»Meinst du, er wird es jemals aufgeben?«, fragte Leo gelangweilt. Am Anfang war es ihm extrem auf die Nerven gegangen, dass ich das Handy nicht einfach auf lautlos stellte.

Aber ich wollte es hören. Wollte jedes Mal bewusst die Entscheidung treffen, meinen Vater abzulehnen. Nicht mit ihm zu sprechen. Es sollte nicht einfach passieren, weil ich es nicht besser wusste. Obwohl sich mein Magen jedes Mal verkrampfte, wenn das Handy klingelte, so gab es mir dennoch eine gewisse ... na ja, nicht Freude, aber etwas in mir stimmte grummelnd zu. Es war ein hässlicher Teil von mir, aber auch der, den der Bastard zu sehr verletzt hatte, als dass ich ihm jemals wieder vertrauen würde. Abgesehen davon hatte er sein Versprechen nicht eingehalten. Er ließ mich nicht in Ruhe nachdenken.

»Das sollte er. Außer er ist ein kompletter Idiot.« Ich zuckte die Achseln. »Also wahrscheinlich doch nicht.«

»Ich weiß, was er gemacht hat, aber meinst du nicht ...«

»Leo, wenn du nicht willst, dass ich dich anschreie, dann beende den Satz nicht, okay? Ich will nicht darüber reden.«

Ich hörte ihn schnauben, sah ihn aber nicht an. In dieser Sache würde ich nicht nachgeben. Vielleicht würden das andere, aber mein Leben war keine Seifenoper, also musste ich dem Mistkerl nicht verzeihen, wenn ich nicht wollte. Und ich wollte wirklich nicht.

»Du könntest deine Mum anrufen. Dann ist wenigstens besetzt und das verdammte Ding klingelt nicht mehr.«

Ich schüttelte den Kopf. »Ich ruf Mum heute bestimmt nicht an. Das gestern hat mir gereicht.«

»Sie mag es eben, wenn du glücklich bist.«

Ich blickte zu ihm hoch. »Das ist ja schön und gut, aber sie glaubt, dass es an diesem Leo liegt, der in Kanada lebt und sich so toll um mich kümmert«, murmelte ich. Es war wirklich lästig. Sie hatte gestern angerufen wie immer und ich hatte geantwortet. Meiner Meinung nach hatte ich das auf dieselbe Art getan wie sonst auch. Aber scheinbar hatte sie die schiere Lebensfreude aus meinem »Hi Mum« herausgehört, die ich in meinem ganzen Leben noch nie an den Tag gelegt hatte und nicht damit aufhören können, mich über diesen Leo auszuquetschen. Wenn ich es recht überlegte, war es ein Wunder, dass sie mich so lang mit dem Thema in Ruhe gelassen hatte.

»Es liegt ja auch an diesem Leo. Er ist bloß kein Kanadier. Obwohl Elche schon ziemlich cool sind.«

»Das ist nicht witzig.« Das war es auch nicht. Ich hatte letztendlich klein beigegeben und ihr von ihm erzählt. Dass wir uns gut verstanden und ich seine Hilfe gern annahm.

Hauptsächlich aber von seiner Liebe zu Taylor Swift. Leider hatte das Leo weniger gestört als erhofft. Das Dumme war nur, dass sie jetzt felsenfest davon überzeugt war, dass wir ein Paar waren. Und ich wollte nicht Nein sagen. Nicht, wenn sie das so glücklich machte. Aber sie wollte Leo irgendwann mal treffen und ich musste es nicht laut aussprechen, um zu wissen, dass das nicht möglich war. Ich seufzte. Leo und Eric würden einfach in ein paar Monaten Schluss machen müssen. Schließlich wusste jeder, wie schwer es war, Fernbeziehungen aufrechtzuerhalten. Und dann würde ich mein Glück – oder was auch immer – einfach verbergen müssen. Konnte ja nicht so schwer sein.

»So schlimm?«, fragte Leo und seine Stimme klang dabei sanft. Aber nicht auf eine Art, die mich beruhigen sollte. Es war mehr, als wäre er ... verwundbar. Als hätte er Angst davor, sich mit scharfen Worten und kantigen Silben wehzutun.

Ich legte mein Buch beiseite und strich mir durchs Haar. »Ich lüge sie nicht gern an. Nicht bei den wichtigen Sachen.«

Hoffentlich konnte er erkennen, was ich damit meinte. Dass er wichtig war und keine Angst zu haben brauchte. Nicht vor mir.

Ob es nun angekommen war oder nicht, Leo nickte und starrte das Handy mit zusammengezogenen Brauen an, als es erneut klingelte.

»Vielleicht könnte ich dich auf andere Gedanken bringen.«

Ich hob eine Braue. »Inwiefern?«

Leo grinste mich an, während er sich auf die Unterlippe biss. »Komm mal mit ins Schlafzimmer.«

»Ins Schlafzimmer? Was soll ich im Schlafzimmer machen, was hier nicht geht?«, maulte ich. Es war gerade so gemütlich, abgesehen von meinem klingelnden Handy.

»Willst du weiter Fragen stellen oder soll ich es dir einfach zeigen?«

Kurz überlegte ich, einfach schwierig zu sein und nicht zu kooperieren, aber letztendlich hievte ich mich seufzend von der Couch hoch und ging ein Zimmer weiter, wo ich die Arme ausbreitete. Was jetzt?

»Ich habe mir etwas überlegt«, begann Leo und blieb vor mir

stehen.

»Und was?«

»Das gestern, als ich dich sozusagen umarmt habe, hat dir gefallen, ja?«. Leos Ton schien anfangs selbstsicher, aber irgendwo zwischen den Silben hatte sich dennoch ein kleiner Funke Unsicherheit geschlichen.

»Ja. Natürlich«, antwortete ich und ließ keinen Raum für Zweifel.

»Perfekt. Ich dachte, wir ... weiten das Ganze ein bisschen aus.«

Ich zog die Brauen zusammen.

»Mach einfach die Augen zu, Eric. Wie gestern.«

Ohne zu zögern, gehorchte ich ihm.

»Zieh deinen Pulli aus. Bitte.«

Mit einem Mal wich die Luft aus meiner Lunge. Ich konnte nicht anders, als die Augen zu öffnen und ihn anzustarren. Leos Blick wirkte entschlossen. Heiß. Ich hatte nicht mal versucht, darüber nachzudenken, wie wir das mit dem Sex angehen sollten. Aber Leo hatte eine Lösung parat und verdammt, ich wollte es.

Meine Kehle war mit einem Mal staubtrocken und ein Zittern lief von Kopf bis Fuß einmal durch meinen gesamten Körper.

Ich holte tief Luft, bevor ich mit einer Selbstsicherheit grinste, die ich nicht im Geringsten fühlte und meinen Pullover mit einem Griff in meinen Nacken über den Kopf zog und ihn auf den Boden fallen ließ.

Ich musste hierfür nicht selbstsicher sein. Alles, was zählte, war dieser Drang, der durch meine Glieder raste. Ich brauchte das. Mir war nicht klar gewesen, wie sehr.

Als ich meinen Blick wieder auf Leo richtete, lag seiner fest auf meiner Brust. »Ich wünschte, ich könnte das machen. Dich ausziehen. Deine Brusthaare ...«

»Du hast sie letztens schon erwähnt. Du ... magst sie?«, fragte ich und strich mir automatisch über die Brust. Die Haare dort waren glatt und weich. Nicht gekräuselt.

Leo gab einen zustimmenden Laut von sich. »Ich habe in dem Bereich selbst nicht viel aufzuweisen. Sind sie weich?« Er streckte eine Hand aus, als wollte er sie berühren.

Ich nickte und schluckte.

Leo biss sich auf die Unterlippe. »Streich dir über die Brust, ja? Für mich?«

Bevor ich zu genau darüber nachdenken konnte, tat ich es einfach. Ich hob meine Hand und strich mir langsam über die Brust, hielt meine Berührung leicht und sanft. Ich wusste nicht, ob es daran oder an Leos Blick lag, der fest auf die Bewegungen meiner Hand gerichtet war, aber ich fühlte, wie sich meine Brustwarzen versteiften. Ich bewegte meine Hand näher zu der rechten, verharrte dann aber.

Leo konnte mich nicht berühren, aber ich konnte es für ihn tun. Doch er musste entscheiden. Meine Hand leiten. Es war nur fair. Außerdem war die Aussicht darauf heiß. Ich wusste, ich konnte jederzeit mit diesem Spiel aufhören. Musste nicht tun, was er sagte. So lange er nichts von mir verlangte, das ich nicht wollte ... Und ich hatte ein Bauchgefühl, dass er das nicht würde. Er wusste schließlich, was mir gefiel. Er konnte gar nicht anders, da war ich sicher.

Während der nächsten Minuten hatte ich nur Ohren für Leo – er hatte wahrhaft ein teuflisches Mundwerk.

Ein paar Stunden und ein oder zwei Orgasmen später, fühlte ich mich rundum wohl auf meiner Couch. Leo schien das aber anders zu gehen. »Gehen wir raus.«

Mir den dritten *Percy-Jackson*-Teil schützend vor die Brust haltend, blickte ich ihn wegen des plötzlichen Themenwechsels voller Verwirrung an. »Raus?«

»Ja. Raus. Wir müssen uns darauf konzentrieren, dass du ab und zu mal deine Einsiedlerkutte ablegst.«

Leo sprang auf und lief hinter der Couch vorbei in Richtung Tür. Aber ... mein Buch. Ich ...

»Du kannst dein Buch nachher auch noch lesen. Wir machen etwas Spontanes. Etwas Aufregendes. Damit du spontan und aufregend bist.«

»Ich bin aber nicht spontan und aufregend«, motzte ich. »Das solltest du eigentlich wissen.«

Leo schnaubte. »Was weiß ich schon? Vielleicht gibt es verborgene Tiefen in dir. Komm schon. Machen wir etwas.«

Seufzend setzte ich die Beine auf den Boden und stand unwillig auf. »Kein Bungee-Jumping.«

»Was?«, fragte Leo und zog den Kopf zurück, als wäre die Bitte absurd.

»Kein Bungee-Jumping, das mich auf wundersame Weise von all meinen Fesseln befreien soll, während ich auf den Abgrund zurase und mir bewusst wird, wie flüchtig das Leben ist. Nein.«

Leo lachte. »Daran hab ich gar nicht gedacht.«

»Und das bleibt auch so«, meinte ich und zeigte auf ihn, um meiner Aussage mehr Gehalt zu verleihen.

»Habe verstanden. Kein Sprung in die Tiefe. So weit müssen wir gar nicht gehen.« Leo legte einen Finger auf sein Kinn und diese konstruierte Denkerpose zeigte mir, dass er selbst keine Ahnung hatte, was er mit mir anstellen sollte.

»Man sollte meinen, dir würde etwas einfallen.«

Er blinzelte mich an, bewegte seinen Finger aber keinen Millimeter. »Wie das?«

»Na ja, du warst doch extrem angepisst wegen mir, oder? Früher, bevor du mit mir gesprochen hast. Ich hätte gedacht, du hast dir da etwas extrem Schlaues überlegt, wie du mich in die Gänge bekommst.«

»Oh, darauf kannst du deinen Arsch verwetten«, meinte er und etwas in seinem Blick – Gott, dieser Blick gehörte in einen Porno und nicht in eine Wohnung, die meiner Mutter gehörte – sagte mir, dass mein Arsch sehr viel damit zu tun hatte, was sich in seinen Gedanken abgespielt hatte. Ich räusperte mich.

»Positive Konditionierung funktioniert in der Realität sowieso nicht, also ...« Ich schweifte ab. Es war so schade, dass wir das nicht wirklich machen konnten. Ich wäre ein sehr aufmerksamer Schüler gewesen.

Leo grinste. »Es ist wahrlich eine Schande. Hüpf in deine Schuhe, Loser. Wir gehen raus.«

Ich zuckte die Schultern. Ich konnte mich genauso gut meinem Schicksal fügen. Je schneller Leo seinen Willen bekam, desto eher konnte ich nach Hause. »Ich muss ohnehin einkaufen gehen. Wir haben kein Katzenfutter mehr und ich will nicht, dass Flo eines Nachts mein Gesicht frisst.«

»Jaja, rede dir nur ein, dass du nicht bloß mitkommst, damit ich Ruhe gebe. Du stehst unter meinem Pantoffel.«

Zehn Minuten später waren wir auf dem Weg zur Bushaltestelle. Ich folgte Leo, der zwei Schritte vor mir lief, widerstandslos. Er schien wie von einem sechsten Sinn getrieben. Ich fragte mich, ob Schutzengel auch so etwas hatten. Wussten, wo ihr Schützling hinmusste, um Meilensteine in seinem Leben oder so einen Scheiß zu finden. Leo hatte scheinbar keine Lust, es mir zu erklären und mir war heute nicht danach, wie ein Irrer angestarrt zu werden, weil ich scheinbar mit mir selbst redete.

Wir sprangen bald darauf in einen Magicbus, der die Wilmslow Road hochfuhr. Leo sagte kein Wort. Er sah in meinen Augen wie ein Spürhund mit einer Fährte aus. Wenn er noch die Nase in den Wind halten würde, wäre das Bild perfekt. Leo wedelte mit der Hand in meine Richtung, damit ich beim nächsten Stopp ausstieg. Ich sah an der Fassade der Studentenunion der University of Manchester hoch, die nur eine von mehreren Unis in der Stadt war. Was sollte ich hier?

Wollte Leo, dass ich mich für einen Studiengang einschrieb?

Wozu sollte das gut sein?

Leo sah mich bereits ungeduldig aus ein paar Metern Entfernung an. Okay, ich schätzte mal, ich sollte weitergehen. Ich verdrehte die Augen und machte ein paar Schritte in seine Richtung. Er verschwendete keine Zeit und lief mit mir die Straße hoch. An einer Ampel blieb er stehen und zeigte auf den Knopf, der an der Stange darunter angebracht war. Folgsam drückte ich ihn. Als wir die Straße überquerten, war ich zu sehr damit beschäftigt, einer mächtigen Pfütze auszuweichen, die so tief aussah, dass sogar die Autos darum herumfuhren, um mich darauf zu konzentrieren, was am Ende des Ampelübergangs lag.

Als ich allerdings die Leute sah, auf die Leo grinsend zeigte, konnte ich nicht anders, als ungläubig den Mund zu öffnen.

Wir befanden uns vor dem weißen Gebäude der *International Society*. Kleine Flaggen von Ländern aus der ganzen Welt hingen an einer Girlande über dem Eingang. Soweit ich wusste, machten sie Veranstaltungen und Themenabende für Auslandsstudenten oder so. Ich hatte mal einen Flyer bekommen. Aber es war nicht das Gebäude, das die Empörung und Scheu in mir anstachelte. Es war die Gruppe von drei Leuten, die davorstand. Nicht dass die zwei Jungs und das Mädchen an sich besonders furchteinflößend gewesen wären. Es war vielmehr die Aufschrift auf ihren Shirts.

Free Hugs.

Nie. Im. Leben.

Wollte er mich verarschen?

»Leo, nein«, sagte ich laut. Scheiß drauf, nicht wie ein Irrer zu wirken. Leo war der Irre, wenn er dachte, ich würde da mitmachen. Er glaubte, ich brauchte eine Umarmung? Ich war kein heulendes Emo-Kind, das sich in seinem Schrank *My Chemical Romance* anhörte und *Fall Out Boy*-Lyrics mitsang.

Das konnte er vergessen.

Leo winkte bloß ab. »Komm schon, Eric. Ich habe ein gutes Gefühl dabei.«

Aber ich nicht. Und ich würde mich nicht hierauf einlassen.

Es war komisch, wildfremde Leute zu umarmen. Scheiße, ich hasste es schon, wenn mich auf der Straße ein Passant streifte.

Ich würde da nicht mitspielen.

Resolut machte ich kehrt und drückte wieder auf den Knopf der Ampelschaltung. Dann drehte ich mich um, damit ich Leos Gesichtsausdruck sehen konnte. Dieser hatte einen konzentrierten Ausdruck auf dem Gesicht. Ich fragte mich gerade, was er vorhatte, als ... ich plötzlich das unglaubliche, unwiderlegbare Bedürfnis hatte, zu der kleinen Rothaarigen zu gehen und mir eine Umarmung abzuholen.

Fuck, in meinem Kopf klang es lächerlich, aber ich wollte diese Umarmung. Das Mädchen war ein Zwerg und das bedeutete, dass sie ihr Gesicht an meine Schulter würde drücken müssen, wenn sie mich in den Arm nahm. Der Gedanke gefiel mir.

Verdammter Leo. Ich drehte mich zur Seite, um ihm einen wütenden Blick zuzuwerfen, aber er war bereits fort. Bedeutete das, dass es letztendlich doch noch meine Entscheidung war? Dass er mir den eindeutigen Anstoß gegeben hatte, es jetzt aber an mir lag?

Ich biss mir auf die Lippe und blickte auf die Ampel, die soeben auf Grün umgesprungen war. Ich konnte einfach nach Hause gehen und fertig, aber ...

Was konnte es schon schaden?

Zögerlich lief ich auf das Gebäude zu und blieb vor der Rothaarigen stehen. Sie hob eine Augenbraue. »Umarmung?«, fragte sie und breitete die Arme aus. Ich nickte und schloss den Abstand zwischen uns.

Verdammt. Das sollte sich nicht so gut anfühlen. Sie war so klein, beinah ohne Substanz, wenn sie nicht ein wenig mollig gewesen wäre. Ihr Haar roch nach Erdbeeren. Ich schloss eine Sekunde lang die Augen und ließ sie erst los, als sie Anstalten machte, sich zurückzuziehen.

»Du gibst gute Umarmungen«, sagte sie und strich sich das hüftlange Haar hinters Ohr.

»Danke?«, fragte ich. Scheiße, aber ich war sogar ein wenig enttäuscht, weil die Umarmung schon vorbei war.

»Hast du Lust auf mehr?«, fragte sie und sah mich aus großen Augen an.

»Ähm ...«

Sie verzog ihre rosa bemalten Lippen zu einem Grinsen. »Ich meine, willst du heute bei uns mitmachen? Wir sind nur zu dritt und Ianto ist ein ziemlich beschissener Umarmer.« Sie zeigte auf den blonden Jungen hinter sich. Er war ungefähr in meinem Alter und trug sein Haar so, dass es ihm rechts in die Augen fiel. Er hatte etwas von einem Prada-Model. Bei den Worten des Mädchens fletschte, ja, *fletschte* er die Zähne. Der asiatisch aussehende Junge, der gerade im Begriff war, sich von ihm umarmen zu lassen, wich noch im letzten Moment aus und flüchtete mit geweiteten Augen.

»Ich wollte nicht hier sein, Harper.«

»Du hättest Nein sagen können, als ich dich gefragt habe«, meinte sie. Sie klang dabei nicht anklagend, sondern eher, als würde sie eine Tatsache aussprechen.

Ianto schnaubte und setzte sich eine Sonnenbrille mit runden Gläsern auf. »Ja, klar«, murmelte er, dann schnappte er sich ein Mädchen, das gerade an ihm vorbeiging und zog es in eine Umarmung.

Ich hatte noch nie jemanden eine andere Person so wütend umarmen sehen. »Ich ... ähm ...«, brachte ich heraus. Ich hatte doch nur eine einzige Umarmung gewollt.

»Paddy, was meinst du?«, rief Harper dem Dritten im Bunde zu, der ein paar Schritte entfernt stand. Anders als sie war er riesig und hatte etwas von einem Surfer. Der Junge, der sich gerade in seinen Armen befand, hatte die Augen geschlossen und drückte sein Gesicht, auf dem ein seliger Ausdruck lag, fest an wahrscheinlich beeindruckende Brustmuskeln. Ich konnte sie zwar nicht sehen, aber Paddys Körperbau schrie geradezu *Muskelpacket*.

Paddy lächelte mich breit an. »Je mehr, desto besser.« Er zerzauste die Haare des Jungen, als er ihn losließ, dann breitete er seine Arme aus. »Komm her.«

»Was?«, fragte ich, als wäre das nicht offensichtlich. Ich musste den Kopf in den Nacken legen, um in seine blauen Augen sehen zu können.

»Wenn du bei uns mitmachen willst, brauchst du eine Initiations-Umarmung. Und ein Shirt. Harper, haben wir noch ein Shirt?«

Harper verzog nachdenklich den Mund. »Nö, eigentlich nicht. Warte mal.« Sie kramte in der Tasche, die sie über ihre Schulter trug und holte einen Edding hervor.

Alarmiert hob ich die Augenbrauen.

Sie zögerte. »Du musst nicht, wenn du nicht willst. Aber es wäre cool.«

Ich wollte eigentlich nicht mitmachen, aber sie lächelte und hob die Brauen in einem so hoffnungsvollen Ausdruck, dass ich fühlte, wie sich mein Widerstand in Luft auflöste. Ianto tauschte einen deprimierten Blick mit mir aus und zuckte mit einer Schulter. Scheinbar hatte sie ihn auch auf diese Weise rumgekriegt. Eine Stimme in mir sagte, dass das eine gute Idee war. Früher hätte ich sie vielleicht ignoriert, aber im Moment ließ sie mich zusammen mit Harpers bittendem Blick einknicken.

»Okay«, murmelte ich und breitete die Arme aus.

Harper klatschte in die Hände und machte sich daran, mein hellblaues Shirt zu bemalen. Hoffentlich ging die schwarze Farbe nicht durch den Stoff und auf meine Haut hindurch.

Als sie fertig war und zustimmend nickte, blickte ich an mir hinunter. *Free Hugs Azubi* stand darauf, mit einem Smiley. Ich zog die Augenbrauen zusammen.

»Na ja, wir müssen dich ja noch ausbilden«, meinte sie. Dann schubste sie mich zu Paddy, der mich zu sich drehte und seine muskulösen Arme um mich schlang.

Verdammte Scheiße. Jetzt verstand ich den Ausdruck im Gesicht von seinem letzten ... Kunden. Paddy bestand zwar nur aus harten Muskeln, aber aus irgendeinem Grund hatte man das Gefühl, die Welt um einen herum hätte aufgehört, zu existieren, weil man so in ihm vergraben war. Außerdem gab er Wärme ab wie ein Ofen.

Er lachte schallend, als ich ihn nach ein, zwei Minuten unwillig losließ.

»Jetzt Ianto«, sagte er und drückte mich mit dem Zeigefinger in meinem Rücken in Iantos Richtung. Dieser verdrehte die Augen schon wieder und riss mich relativ grob an sich. Im ersten Moment war die Sache einfach nur unbequem. Ianto war dünn wie eine Bohnenstange und seine Schultern knochig. Aber dann bewegten wir uns beide einen Zentimeter zur Seite und plötzlich war es okay. Nett. Nicht als würde man beschützen oder beschützt werden wie bei Harper oder Paddy. Es war eine ebenbürtigere Sache. Man konnte sich anlehnen und gleichzeitig als Stütze dienen.

Ianto räusperte sich, als er mich losließ und wich meinem Blick aus.

»Okay, cool«, rief Harper aus. »Du bist eingeschult! Umarm einfach alle, die wollen. Du kannst sie auch fragen, wenn sie sich nicht von selbst trauen.« Sie strich sich ihren blumigen Rock glatt. »Wir machen das dieses Jahr für die ganzen Austauschstudenten. Am Anfang fühlt man sich schnell allein in einem fremden Land. Wir dachten, wir könnten helfen.«

»Das ist nett«, murmelte ich und steckte die Hände in die Taschen. Ich fühlte mich fehl am Platz.

»Es ist ganz einfach«, meinte sie. »Hey, wer will den süßen Kerl hier umarmen?«, rief sie und zeigte auf mich. Blut schoss in meine Wangen.

»Ich will«, rief eine Blondine mit texanisch klingendem Akzent und legte die Arme in einem schraubstockartigen Griff um mich. »Entspann dich«, flüsterte sie mir ins Ohr, bevor sie sich zwinkernd von mir verabschiedete.

Von da an war es ... okay. Mehr als okay eigentlich. Ich hatte gewusst, dass mir menschlicher Kontakt fehlte. Aber dass ich bereit war, mir diesen auch von Fremden abzuholen, war mir neu.

»Macht's Spaß, Kleiner?«, fragte Paddy mich nach einiger Zeit.

»Ich heiße Eric.«

»Du bist trotzdem klein«, meinte er grinsend.

»Kann ja nicht jeder so ein Fleischberg sein wie du«, grummelte ich und hörte Ianto hinter mir lachen.

»Thor ist ein Bio-Experiment.« Er grinste abfällig und Paddy blinzelte ihm mit beiden Augen grinsend zu.

»Thor?«, fragte ich.

»Wie der Comic, du weißt schon. Marvel. Chris Hemsworth. Hammer. Blitze«, meinte Ianto und sah dabei so hübsch gelangweilt drein, wie es nur Laufstegmodels zustande brachten.

Hm. Paddy sah Chris Hemsworth mit seinen kurzen braunen

Haaren zwar nicht ähnlich, aber ich wusste die Anspielung zu schätzen. Schien so, als wären das meine Art Leute. Ich kannte Marvel. Ich konnte darauf antworten. Das ging. Ich wusste, was ich sagen wollte ... »Macht dich das dann zu Loki?«, fragte ich schließlich.

»Es macht mich jedenfalls nicht zu Jane Foster. Die Ehre genießt Harper da drüben.«

»Ihr zwei seid zusammen?«, fragte ich Paddy, dem augenblicklich so etwas wie Herzchen in die Augen stiegen. Er legte sich eine Hand auf die Brust. »Seit zwei Jahren.«

»Das ist nett«, meinte ich. Schon wieder. Schien so, als wäre mir das Vokabular ausgegangen. Wo war ein Synonymwörterbuch, wenn man es brauchte?

»Es ist nicht nett. Die zwei sind ekelhaft«, maulte Ianto und öffnete seufzend die Arme, als jemand mit entschlossenem Gesichtsausdruck auf ihn zukam.

»Loki ist nur eifersüchtig, weil seine Beziehung doof ist«, sagte Paddy mit gutmütigem Ton. Ianto seinerseits verengte die Augen. »Wehe, diese Loki-Sache wird zur Gewohnheit.«

Auf die Sache mit der Beziehung ging er nicht ein. Interessant. Oder auch nicht. Keine Ahnung.

»Was gefällt dir an Loki nicht? Die Sache mit den Eisriesen oder ist es, weil er Sex mit einem Pferd hatte?«, sprudelte es aus mir hervor. Okay. Hatte ich meinen Filter verloren?

Paddy lachte lautstark und ich hätte wetten können, dass ein paar Tauben bei dem Geräusch aufflogen.

Ianto bleckte die Zähne in der Parodie eines Lächelns. »Okay. Du willst Krieg? Du bekommst Krieg.«

Ich breitete die Arme aus, um zu signalisieren, dass ich bereit war. Stattdessen umarmte mich ein schwarzhaariges Mädchen, bevor sie eilig weiterhastete. Was zur Hölle?

Ianto grinste. »Nett, Lady Sif.«

»Oh, du nennst mich ein Mädchen. Schockierend.« Ich verzog den Mund.

»Ja, Ianto. Wenn wir davon ausgehen, dass Harper Jane Foster ist, dann muss Eric hier Darcy sein. Die ist schließlich Janes

Praktikantin. Und Eric ist Harpers ... Praktikantin.«

Und ich hatte gedacht, er würde mir beistehen. So viel dazu.

»Wisst ihr was? Ihr seid hier die Angeschmierten. Alle beide.« Ich zeigte auf Ianto. »Lady Sif ist nicht nur eine Kriegerin, sie hat Loki im letzten *Thor*-Film eine geschmiert und Darcy hat Thor getasert. Also gewinne ich so oder so.«

Mit gehobenem Kinn stellte ich mich neben Harper und umarmte resolut ein paar Studenten. Weil ich cool war. Und gut umarmen konnte.

Zwei Stunden vergingen, bis Harper, Ianto und Paddy beschlossen, es für heute gut sein zu lassen. Ich hatte diese Stunden mehr genossen als gedacht und war irgendwie froh, es gemacht zu haben. Ich hoffte nur, dass Flo unterdessen zu Hause nicht an einem elenden Hungertod zugrunde gegangen war.

»Hey, Eric? Kommst du noch mit uns mit? Wir gehen nach diesen Sessions immer noch gern in den Pub was trinken«, sagte Harper und legte den Kopf schief.

Nein, ehrlich gesagt, hatte ich keine Lust darauf. Die letzten paar Stunden waren lustig gewesen, aber ich war emotional einfach ausgelaugt. Extrovertierte Leute verstanden so etwas nicht, aber Leuten wie mir verlangte es einiges ab, derart lang andauernden Kontakt mit noch dazu fremden Menschen zu haben. Ich musste nach Hause und mich eine Zeitlang verkriechen, damit ich meinen persönlichen Akku wieder aufladen konnte.

Ich öffnete gerade den Mund, als mich dieselbe Welle überkam wie vorhin. Augenblicklich zog ich die Augenbrauen zusammen. Ich wusste es ja zu schätzen, dass Leo mir helfen wollte, aber für heute war es einfach genug.

»Ähm.«

Mehr brachte ich nicht heraus, als die Welle so stark wurde, dass es mir beinah den Magen von meinem Versuch umdrehte, ihr zu widerstehen.

Was machte Leo da? Warum hörte er nicht auf? Er musste doch spüren, wie mir zumute war.

Ich verzog das Gesicht und schloss die Augen. Atmete tief ein.

»Eric? Hey, ist alles in Ordnung?«, hörte ich Paddys Stimme und schüttelte den Kopf.

Mit einiger Überwindung brachte ich die Worte hervor, die ich sagen wollte. »Nein, mir geht's nicht so gut. Vielleicht ein anderes Mal, ja?«, sagte ich atemlos und nicht sicher, ob diese Silben nicht leer an Bedeutung waren, wie so viele Versprechungen dieser Art.

Die drei warfen sich verwirrte Blicke zu, nickten aber. »Na ja, du weißt ja, wo du uns finden kannst, wenn dich der Wille überkommt«, scherzte Harper und winkte mir noch einmal zu, bevor sie und die Jungs sich auf den Weg machten.

Leo tauchte neben mir auf. Ich ließ ihn nicht zu Wort kommen.

»Halt den Mund.«

Leo leckte sich über die Lippen. Er wirkte verwirrt und ein wenig besorgt. Angeekelt schüttelte ich den Kopf, machte auf dem Absatz kehrt und stürmte nach Hause.

Die Gewitterwolken am Himmel spiegelten den Tumult in mir perfekt wider. In den vergangenen Stunden hatte ich Leos Hilfe zu schätzen gewusst. Hatte sie gebraucht, weil ich mich nie und nimmer allein getraut hätte, auf Harper, Ianto und Paddy zuzugehen.

Aber seine letzte Aktion ... Damit hatte er es zu weit getrieben. Ich hatte nach Hause gewollt. War ausgelaugt gewesen. Hatte einfach genug gehabt. Man sollte meinen, er würde das verstehen, wo er doch praktisch in meinem Kopf wohnte. Stattdessen hatte Leo sein Bestes getan, mich zu etwas zu zwingen, das ich nicht wollte. Und das war nicht in Ordnung.

Ganz und gar nicht.

17. Kapitel

»Magst du mir sagen, warum du so angepisst bist?«

Ich sagte kein Wort, denn nein, ich wollte es ihm nicht sagen. Wenn er nicht von selbst darauf kam, war das seine eigene Schuld. Ich fand die Sachlage ziemlich offensichtlich.

Ich warf meine Jacke und Flos Futter auf die Küchenanrichte, öffnete den Kühlschrank und starrte hinein. Die kalte Luft, die mir daraus entgegenkam, kühlte meine erhitzten Wangen. Ich wollte nicht mal etwas essen, bloß Leo nicht ansehen müssen.

»Eric, jetzt hör auf mit dem Unsinn. Sag mir, warum du angefressen bist. Wir klären das Missverständnis und alles ist wieder gut.«

»Spinnst du?« Ich fuhr herum und blickte ihn aus weit aufgerissenen Augen an. Der Scheißkerl grinste und verschränkte die Arme. Ich fluchte unterdrückt. Das war Absicht gewesen. Er wusste, er brauchte mich nur zu provozieren. Tja, dann konnte ich ihm genauso gut geben, was er wollte.

»Du hast mich manipuliert. Vorhin bei Ianto, Harper und Paddy. Ich wollte nicht mehr mit ihnen weiterziehen, aber das war dir egal.«

Leo schnaubte. »Was regst du dich auf? Davor ist doch alles so gut gelaufen. Die drei mochten dich, du mochtest die drei. Warum hast du dir diese Möglichkeit durch die Finger gehen lassen?«

»Das hat damit nichts ...« Ich schloss die Augen und knallte frustriert die Kühlschranktür zu. »Mit dir kann man nicht reden.«

»Weil ich recht habe und du das weißt. Hör auf, zickig zu sein.«

»Weißt du was, Leo? Fick dich doch. Fragst du mich als Nächstes, ob ich meine Tage habe?« Ich hatte genug von seiner verdammten Taktik. Ja, ich war aufgebracht, verletzt und fühlte mich unwohl in meiner Haut, als würden darunter Ameisen herumkriechen. Dafür würde ich mich nicht entschuldigen – weil ich jedes Recht dazu hatte, mich so zu fühlen. Sowieso hatte ich das Recht, zu fühlen, was auch immer ich verdammt noch mal fühlen wollte und Leo würde sich wohl oder übel daran gewöhnen müssen.

Ich blickte ihn herausfordernd an, aber er verdrehte bloß die Augen, was mein Gesicht heiß werden ließ. »Lassen wir mal Geschlechterstereotypen außen vor und du sagst mir einfach, was zur Hölle ich gemacht oder nicht gemacht habe, dass du dich so fühlst.«

Ich glaubte, zu sehen, wie sich seine Schultern ein wenig schüttelten, als würde ein Schauer ihn überkommen. Offensichtlich wusste er nur zu gut, wie mir gerade zumute war.

Wie konnte er dann nicht wissen, was mich so störte? »Kannst du dir nicht denken, wie schlimm es ist, wenn jemand dich zu etwas zwingen will, das du nicht willst? Noch dazu wenn es sich um eine Person handelt, der man vertraut und die einem wichtig ist?« Ich fuhr mir durchs Haar. »Das heute hat mir eine beschissene Angst gemacht.«

Sein Kopf ruckte zurück, als hätte ich ihn geschlagen. War es zu viel für ihn, es nicht nur zu spüren, sondern die Worte im Raum stehen zu haben? Aber anstatt sich zu entschuldigen, schien er plötzlich unglaublich wütend. »Angst?«, fragte er. Ich öffnete den Mund, aber er hob die Hand.

»Halt die Klappe und sperr die Ohren auf. Weißt du, was mir Angst macht? Was mir eine beschissene Angst macht? Du bist meine Welt.« Er schnaubte. »Und ich sage das nicht, weil ich der Held eines Liebesromans bin, der sein Burgfräulein besänftigen will, oder weil ich dich beschwichtigen will oder sonst was. Ich sage das nicht, weil ich romantisch sein will, denn das hier ist alles andere als romantisch. Ich meine es wortwörtlich. *Du. Bist. Meine. Welt.* Außer dir gibt es nichts. Außer dir habe ich niemanden. Kann mit niemandem reden, mit niemandem interagieren. Wenn du heute entscheidest, dass es das war und du nie wieder ein Wort mit mir wechseln willst, dann kann ich nichts dagegen tun.«

Ich starrte ihn an. Was sollte ich damit jetzt anfangen? »Also hast du *was* beschlossen? Mich für etwas zu bestrafen, für das ich nichts kann?«

»Was? In was für einer verdrehten Dimension leben wir, dass es das ist, was du meinen Worten entnommen hast?«, rief er und klang dabei ein wenig schrill. Gott, selbst der Ton seiner Stimme war im Moment unerträglich.

»Fuck, Leo. Ich will nicht mit dir reden. Scheiße, ich will dich nicht mal ansehen. Hau einfach ab.«

Ich drehte mich von ihm fort, nicht gewillt, mir weitere Anschuldigungen von ihm anzuhören. Diesmal hatte er Mist gebaut und ich würde ihm nicht erlauben, alles so zu verdrehen, dass ich plötzlich im Unrecht war.

Als keine Antwort kam, war ich verwundert und sah mich suchend nach ihm um. Er war fort. Und obwohl ich ihm gesagt hatte, er sollte gehen, musste ich schnauben, weil er es wirklich getan hatte.

Feigling.

»Warum schickst du mir andauernd Bilder von *Grumpy Cat* auf Facebook?«, fragte ich Grace am nächsten Tag, als wir beide Anstalten machten, nach Hause zu gehen und ich mein Handy checkte. Langsam, aber sicher fing ich an, von dem blöden Vieh zu träumen.

Grace lachte, während sie sich die Hände desinfizierte. »Wenn du das nicht von selbst weißt, kann ich dir auch nicht helfen.«

»Weil du Ähnlichkeit zu der Katze hast«, sagte Leo neben mir, aber ich ignorierte ihn.

Schon heute Morgen hatte er so tun wollen, als wäre nichts gewesen, aber ich war dazu nicht in Stimmung. Wut brodelte immer noch unter meiner Haut und ich hatte nicht vor, sie gehen zu lassen. Sobald ich nach Hause ging, würde es allerdings keinen Grund mehr für Leo geben, sich zusammenzureißen. Es würden keine Leute um mich herum sein, die uns daran hindern würden, ein Gespräch zu führen. Fuck. Leo war im Moment eine der letzten Personen, mit denen ich mich unterhalten wollte.

Mir kam eine Idee. »Grace, was hast du jetzt vor?«

Sie drehte sich zu mir und legte den Kopf schief. »Nichts. Nach Hause gehen, schätze ich. Wieso?«

»Gehen wir etwas trinken? Pub oder so?«

Leo seufzte neben mir frustriert und verschwand.

Ein Punkt für mich.

»Klar. Saufen wir uns nieder. Das brauche ich jetzt, ehrlich gesagt.«

»Nicht nur du«, grummelte ich und steckte das Handy in die Hosentasche.

»Oh?«, fragte sie. »Jungsprobleme? Ich hoffe doch. Bei mir sind es nämlich Jungsprobleme und ich würde mich liebend gern darüber aufregen.« Sie lächelte, während sie es sagte, aber es war offensichtlich, dass sie etwas belastete.

»Dann hast du Glück. Mein Jammer-Modus ist bereits aktiviert.«

Sie lächelte mir mit gehobenen Daumen zu.

Wir waren heute allein in der Klinik; Clara hatte sich den Tag freigenommen. Deswegen war es unsere Aufgabe, sauber zu machen und abzuschließen. Danach machten wir uns wieder in den *Thirsty Scholar* auf. Drin war es schummrig und gemütlich, wie es in einem Pub üblich war. Es war nicht viel los und die Barkeeper lehnten mehr oder weniger gelangweilt am Tresen und quatschten miteinander.

»Was magst du haben? Ich bezahle die erste Runde«, sagte Grace.

»Ähm, Cider, schätze ich.« Ich musterte alle freien Tische im Pub. »Ich suche uns einen Tisch.«

»Ziemlich wenig Auswahl heute. Tu dir nicht weh«, rief sie bereits auf dem Weg zur Bar zurück.

Ich verdrehte die Augen und wählte denselben Tisch, an dem

wir beim letzten Mal gesessen hatten. Grace war im Nullkommanichts wieder zurück.

»Ich bin zurück«, kündigte sie passenderweise an und stellte Flaschen und Gläser auf den Tisch. Ein Wildbeerencider wurde vor mir platziert und ich verengte die Augen. Hatte Grace diese Sorte ausgesucht, weil sie pink war? Sie hätte Apfel nehmen können. Apfel war Standard. Das mochte jeder. Aber nein ...

Ich hob die Flasche, goss den Cider in mein Glas und prostete Grace zu, bevor ich einen tiefen Schluck nahm. Verdammt lecker das Zeug.

Grace sagte nichts und grinste bloß, bevor sie ihren eigenen Cider zu sich zog. Es war ebenfalls Wildbeere.

»Das ist die beste Sorte, oder?«, fragte Grace mich schließlich und schien meine Verschwörungstheorien nicht mal bemerkt zu haben.

Ich nickte bloß.

»Okay, also was gibt's Neues?«, fragte sie mich und ich unterdrückte ein Augenverdrehen.

Ich hasste diese Frage mit der Intensität von tausend Sonnen. »Die Frage ist doof. Ich könnte dir erzählen, dass ich gestern einen neuen Klodeckelbezug gekauft habe und das wäre auch etwas Neues«, maulte ich.

»Vielleicht interessieren mich ja deine Badezimmerentscheidungen«, meinte sie bloß und zwinkerte mit beiden Augen.

Ich schnaubte. »Ich muss dich leider enttäuschen. Mein Duschvorhang hat Frösche drauf, falls dich das aufheitert.«

»Oh, cool. Aber das heißt auch, du brauchst einen neuen Klodeckel. Warte mal.« Sie nahm das Handy in die Hand und tippte irgendwas darauf rum.

Ich zog die Brauen zusammen. »Was machst du?«

»Nichts, nichts. Ich schreib mir nur etwas auf.«

Ich machte gerade den Mund auf, um zu protestieren, als ihr Handy prompt zu klingeln begann.

Sie blinzelte das Handy eine Sekunde an.

»Es ist Benicio. Da muss ich rangehen.« Sie sprang von unserer Bank auf und nahm das Gespräch noch an, bevor sie den

Pub verlassen hatte.

Ich sah sie durch das Fenster auf und ab laufen. Gerade hatte sie noch freudig-aufgeregt gewirkt, bei dem Gedanken, mit diesem Benicio zu sprechen, aber jetzt schien sie vielmehr frustriert und ein wenig wütend zu sein. Das ging einige Minuten so, bis sie einen Arm in die Luft warf, das Handy vom Ohr nahm und, wie es aussah, unnötig fest auf den roten Auflege-Knopf drückte.

Sekunden später stürmte sie wieder in den Pub. Mit sich brachte sie eine gefühlte Gewitterwolke, die über ihrem Kopf zu schweben schien. So hatte ich sie noch nie gesehen. Grace war selten richtig wütend. Selbst wenn sie es war, schwenkte das Ganze normalerweise eher ins Weinerliche um. Nicht so dieses Mal.

»Sei ehrlich. Sei beschissen ehrlich zu mir, okay?« Sie sah mir direkt in die Augen, bis ich perplex zustimmte. »Soll ich mit ihm Schluss machen? Bin ich eine wimmernde Idiotin, die zu Kreuze kriecht, jedes Mal, wenn dieser Schwanz von einem Arschloch nur den Finger in meine Richtung krümmt?«

»Ähm.«

»Na?«, drängte sie, während ich wünschte, ich hätte jemanden, mit dem ich unbehagliche Blicke austauschen könnte.

»Ich denke, das musst du selbst wissen?«, fragte ich, unsicher, was sie von mir hören wollte. Ich kannte die Geschichte hinter ihrer Wut nicht mal. Mann, ich wusste nicht mal, wer dieser Benicio *war.*

»Nein«, sagte sie. »Man kann mir offensichtlich nicht trauen, was das betrifft. Du entscheidest für mich.« Sie verschränkte die Arme.

»Ich enttäusche dich ja nur ungern, aber ...«, ich sah ihr fest in die Augen, damit sie ihren Denkfehler schnallte. »Ich habe keine Ahnung, wovon du überhaupt sprichst.«

»Oh.« Grace sank sofort in sich zusammen, als hätte ihr Puppenspieler die Fäden, an denen sie gehangen hatte, durchgeschnitten. »Oh, das tut mir leid. Dass ich mich so aufführe. Es ist nur ... Ach, dieser blöde Kerl.« Ihre Mundwinkel zogen sich nach unten.

»Sind das deine Jungsprobleme?«, fragte ich mit bemüht verständnisvollem Ton.

»Das kann man sagen«, seufzte sie. »Benicio Passarella. Ein lächerlicher Name für einen lächerlichen Mann.« Sie schüttelte den Kopf. Wenn sie das wirklich so sah, warum waren sie dann noch zusammen?

»Er ist ein Valentino-Model. Vielleicht hast du ihn schon mal gesehen. Er macht hauptsächlich Prêt-à-porter, aber auch Werbung für Parfüms und so. Eine von seinen Werbungen war wirklich überall.«

Sie kramte ihr Handy aus der Hosentasche, wo sie es vorhin energisch reingepfercht hatte und tippte mit den Daumen darauf herum, bevor sie es mir reichte. »Hier.«

Auf dem Bildschirm sah ich ein Model, das mir auf Facebook schon mehrmals untergekommen war, weil Grace ihn immer wieder geliked hatte. Ich dachte, sie hätte eine ungesunde Fixierung auf einen unerreichbaren Mann entwickelt, aber scheinbar lag er ja nicht ganz aus ihrer Reichweite. Er war, wie sein Name vermuten ließ, ein Latino. Schwarzes Haar, bronzene Haut. Bauchmuskeln perfekt definiert und Haar, das genau im richtigen Maße zerzaust war.

»Urgh«, sagte ich mehr zu mir selbst als zu ihr, aber Grace kicherte trotzdem.

»Er sieht fast ein bisschen zu perfekt aus, oder? Er war nicht immer so. Ich kenne ihn noch von früher, als er dünn war wie ein Strich. Bevor er in der Pubertät diesen Wachstumsschub bekommen hat und plötzlich an all seinen Stellen gut aussah. Wir sind auf dieselbe Schule gegangen. Ich mochte ihn damals schon. Mochte ihn eigentlich lieber, bevor er so verdammt viel Selbstbewusstsein bekam. Du weißt ja, wie das ist. Kerle, die wissen, wie gut sie aussehen, sind unausstehlich.«

»Wart ihr damals schon ... zusammen?«, fragte ich, um das Gespräch am Laufen zu halten. Ich tat mir manchmal immer noch schwer damit, die richtigen Fragen zu stellen. Was war Small Talk, was war tiefsinnig? Manchmal war das eine erwünscht, manchmal das andere. Der Unterschied war mir oft nicht ganz klar.

»Nein. Ich habe nichts gesagt. Wir waren befreundet, schätze ich. Haben ein paar Bio- und Englischprojekte zusammen gemacht. Nach der Schule haben wir uns aus den Augen verloren und erst als ich in London auf der Uni war, haben wir uns wiedergetroffen. Da war er schon Model. Vielleicht hatte er erst dann genug Selbstbewusstsein, um mich einzuladen. Zumindest hat er das gesagt.« Sie nahm einen Schluck Cider. »Hat gemeint, er würde mich schon seit Jahren richtig gern haben und habe erst jetzt das Gefühl, er wäre gut genug.«

»Klingt wie etwas aus einem schlechten Liebesroman«, murmelte ich hilfreich.

Sie lachte freudlos auf. »Ja, da hast du recht. Was die Leute, die solche Romane lesen, nicht kapieren, ist, dass dieses *Ich bin nicht gut genug für dich* nicht im Geringsten romantisch ist. Ich weiß oft nicht, ob ich deswegen mit ihm zusammen bin, weil ich manchmal noch den Jungen von damals in ihm sehe, der angeblich nicht gut genug für mich war.«

»Wieso, also ... Warum bist du ...« Ich brach ab.

»Warum wir zwei noch zusammen sind?«, fragte Grace. Sie war gut darin geworden, meine Lücken zu füllen und tat es, ohne zu zögern oder zu hinterfragen.

Ich nickte.

Sie zuckte die Schultern. »Na, eben deswegen. Manchmal kommt unter all dem Pomp und der Selbstverliebtheit der alte Benicio hervor. Der neben seiner süßen Art seiner Meinung nach nicht viel zu bieten hatte. Der nicht jeden wie Dreck behandeln konnte, bloß weil er aussah wie eine wandelnde Photoshop-Werbung.« Sie nahm eine ihrer Haarsträhnen in die Hand und inspizierte die Spitzen »Ich habe schon so oft mit ihm Schluss gemacht. Aber dann ist er wieder so lieb zu mir. Benimmt sich ein paar Monate. Dann fängt das Ganze wieder von vorn an. Es hilft auch nicht, dass wir uns so selten sehen.«

Ich legte den Kopf schief. »Wieso seht ihr euch selten?«

»Na ja, er ist Model, nicht wahr? Er ist nicht viel in der Stadt.

Es wäre leichter, wenn ich noch in London leben würde. Das ist schließlich auch eine Modemetropole. Aber Manchester? Nie im Leben.«

Ich wusste nicht, was ich dazu sagen sollte. Aus vergangenen Erfahrungen konnte ich schließen, dass ich grauenhaft darin war, Ratschläge zu erteilen. Mir fiel selten etwas Sinnvolles ein.

»Er wollte zu Weihnachten vorbeikommen. Hat dann aber wegen eines Jobs abgesagt. Deswegen war ich böse auf ihn. Als er eben angerufen hat, dachte ich, er würde vielleicht doch kommen. Stattdessen meinte er, er würde es Silvester auch nicht schaffen.« Sie schniefte. »Wer macht so was? Ich bin seine Freundin. Will er mich nicht mal sehen, oder ...«

Ich verzog den Mund und sah sie einfach an. »Vielleicht ... Vielleicht solltest du ...«

»Ja. Ich weiß, was du sagen willst. Ich sage es mir selbst alle paar Tage. Möglicherweise brauche ich eine Deadline.«

»Deadline?«, fragte ich, froh darüber, dass ich meinen Satz gerade eben nicht hatte aussprechen müssen. Soweit ich wusste, ging es meistens schief, wenn man Freunden dazu riet, mit ihren Partnern Schluss zu machen.

»Ich mache es so. Als Vorsatz fürs neue Jahr lasse ich mich nicht mehr von ihm einwickeln. Wenn er wirklich bis Silvester nicht hier ist oder mir keine Tickets schickt, damit ich zu ihm kann, dann war's das.« Sie schlug auf den Tisch. »Jetzt ist es ein Gesetz.« Sie schüttelte die Hand. »Und aua.«

Ich lachte ein wenig und sie kicherte auf eine verlegene Art.

»Aber genug von mir. Was ist mit dir? Und deinem Kerl? Ist das mit Leo denn etwas geworden?«

Ich seufzte, weil ich nicht sicher war, wie ich darüber sprechen konnte. Ich wollte alles loswerden, konnte ihr aber wohl kaum die Details dessen erzählen, was wirklich passiert war. Warum war das alles so kompliziert?

»Ja, es hat mit Leo zu tun. Du weißt, er ist in Kanada, ja?«

Sie nickte. »Fernbeziehungen sind scheiße. Ich habe immer gedacht, die Leute bemühen sich nur nicht genug, wenn sie sagen, diese Art von Beziehung würde nicht funktionieren.« Sie wandte den Blick auf ihre Flasche und zupfte am Aufkleber, der durch die Kondensation ganz nass geworden war. »Vielleicht stimmt das auch.«

»Bis jetzt hat es gut funktioniert, aber ... Ich kann dir nichts Genaues darüber erzählen. Es hat mit etwas zu tun, das Leos ... Gesundheit betrifft. Ich habe versprochen, nichts zu sagen.«

»Okay. Sag mir einfach so viel, wie du kannst.« Ihre Stimme klang sanft und ich hatte das Gefühl, etwas wie Anerkennung in ihrem Blick, in der Art, wie sie den Mundwinkel leicht hochzog, zu sehen. Weil sie dachte, ich würde selbst die Geheimnisse jener Menschen hüten, auf die ich wütend war.

»Er hat versucht, mich zu etwas zu zwingen«, fing ich an, kam aber nicht weiter.

»*Was*?«, rief Grace aus und richtete sich augenblicklich aus ihrer zusammengesunkenen Haltung auf.

»Nein, nein. Nicht das. Er ist in Kanada, erinnerst du dich?«, beschwichtigte ich sie sofort.

»Oh, ja. Okay. Rede weiter.« Ihre Wangen waren ein wenig rot.

»Ich kann dir auch nicht sagen, was genau es war, nur ... Er hat nicht verstanden, warum ich es nicht tun wollte. Und dass es nicht okay ist, mich zu etwas zwingen zu wollen, nur weil er denkt, er habe immer recht. Niemand hat immer recht. Das sollte er doch wissen, oder?«

»Versucht er also immer noch die ganze Zeit, dir zu helfen?«, fragte sie.

»Ja. Er kann aus seiner Haut nicht raus. Das ist es einfach, was er macht. Aber das letztes Mal war nicht okay. Das war es echt nicht.«

»Dann sag ihm das«, drängte Grace mich in einem Tonfall, der besagte, die Antwort wäre doch so einfach.

»Ich habe ihn kurz konfrontiert, aber er wollte nicht hören. Ich habe keinen Bock, mit ihm zu reden. Er kann so ein stures Arschloch sein. Ich möchte mir seine Rechtfertigungen im Moment echt nicht geben.«

»Ich weiß ja nicht, wie lang das schon her ist, aber vermisst du ihn nicht? Ich vermisse Ben immer, auch wenn er Mist gebaut hat«, murmelte Grace und stützte die Wange mit trübem Ausdruck auf die Hand.

»Nein, ich vermisse ihn nicht.« Ich war wütend genug, dass die Antwort nur zur Hälfte gelogen war.

Sie biss sich auf die Lippe und ich wusste sofort, mir würde nicht gefallen, was sie zu sagen hatte. Ich verschränkte die Arme.

»Ist das, was auch immer er gemacht hat, wirklich so unverzeihlich?«

»Möglich«, sagte ich stur. Leo hörte sich dieses Gespräch schließlich an.

»Aber deine Beziehung ist nicht so wie meine. Du weißt ja nicht, wie schlimm es ist, in einer schlechten Beziehung festzustecken.«

Ich wusste es nur zu gut. Im Nachhinein zumindest. Bevor mit mir und Natalie Schluss gewesen war, hatte ich noch gedacht, dass alles superdupertoll war. Erst als es vorbei gewesen war, hatte ich gewusst, wie sehr ich mich von ihr hatte manipulieren lassen.

»Du und Leo habt doch etwas Gutes miteinander, oder? Ich meine, alles, was du mir bis jetzt von ihm erzählt hast, klang so, als würde es gut passen. Lass dir das nicht von einem Streit wegnehmen.«

»Ich lasse mir nichts wegnehmen. Er muss einfach verstehen, dass ich nicht alles mit mir machen lasse.« Nicht so, wie ich früher mit Natalie gewesen war. Ich würde nicht alles lächelnd hinnehmen, nie ein Wort des Widerspruchs äußern. Das war einmal gewesen. Damit war ich fertig.

»Dann mach es ihm klar. Manche Leute haben einen harten Schädel. Da dauert es ein wenig, bis man zu ihnen durchdringt. Aber das macht sie nicht zu schlechten Menschen. Nur zu sturen Menschen«, sagte sie und bot mir ein schiefes Lächeln an.

Ich murrte bloß und nahm einen Schluck Cider.

»Also abgemacht? Wir lassen uns beide nicht unterkriegen. Ich rede mit Ben und du mit Leo und irgendwie schaffen wir es, alles wieder auf die Reihe zu kriegen.«

Ich nickte zögernd und sie schlug erneut auf den Tisch, was mich zum Grinsen brachte. »Ist es jetzt ein Gesetz?«, fragte sie mich.

Nachgebend schlug auch ich mit der Faust auf den Tisch. »Es ist ein Gesetz.«

Wenn man in den Whitworth Park ging oder auch nur daran vorbeilief, fiel einem sofort eins auf: Schirme. Rot, gelb und orange hingen sie aufgespannt mit dem Stiel nach unten von den Bäumen. Bunte Flecken, in einem Meer aus Grün. In einem Land, von dem man sagte, es würde ständig regnen, wirkten sie wie farbenfrohe Wächter, die aufheiterten und beschützten. Aber wo Regen ist, da ist auch Sturm und es dauerte nicht lang, bis einige der Schirme zerrissen und schief von den Ästen hingen.

Schon komisch, nicht wahr?

Woher man im Leben seine Metaphern bekam.

18. Kapitel

Der restliche Abend verging voller Gelächter und Spott über Benicio Passarella, den ich bloß noch Penissimo Pisst-Nutella nannte. Obwohl Grace jedes Mal gelacht hatte, wenn ich ihren Freund aufs Korn nahm, hatte ich das Gefühl, dass die Sache für sie immer noch nicht so leicht war. Ich konnte das nachvollziehen. Aus einer miesen Beziehung herauszukommen, war schwieriger, als andere vermuteten. Man steckte da selbst so viel Energie hinein und man wollte nicht, dass all die Mühe umsonst gewesen war. Leider konnte niemand Grace dabei helfen, sie musste da ganz allein durch.

Ich stand an der Bushaltestelle und wartete auf einen Bus, der mich nach Hause bringen würde. Um diese Uhrzeit fuhren zwar noch massig Busse, allerdings waren die zum Bersten voll mit betrunkenen Studenten, sodass schon zwei, ohne zu halten, an mir vorbeigefahren waren.

Normalerweise würde mich das unglaublich nerven, aber heute hatte ich dazu einfach keine ... Lust. Ich hatte heute Spaß gehabt. Mir waren die Worte nicht ... sehr oft im Hals stecken geblieben und ich hatte zwar gefühlt, wie Leo ein bisschen nachgeholfen hatte, aber alles in allem ließ sich der Abend als Erfolg verbuchen. Ich biss mir auf die Lippe, als ein Grinsen sie zu übermannen versuchte. Die Dinge waren wirklich dabei, besser zu werden.

»Eric?«

Immer noch leicht lächelnd, hob ich den Kopf. Ich wünschte, ich hätte es nicht getan. Es war, als würde ein heftiger Stromschlag durch mich hindurchschießen. Meine Arme, die ich gerade noch locker in den Taschen vergraben hatte, versteiften sich und ich drückte sie fest an meine Seiten, beinah so, als wollte ich meinen weichen Bauch und die darin befindlichen Organe schützen. Ich hörte das Klacken meiner Zähne, als ich sie hart aufeinanderbiss. Ich bekam kaum noch Luft.

Sie sah aus wie immer. Blondes langes Haar. Roter Schmollmund. Große blaue Augen.

Natalie.

»Eric, ich ...«

»Geh ... weg«, presste ich hervor.

Ich schluckte so trocken, dass ich es unnatürlich laut hören konnte und schloss schließlich die Augen, weil sie vielleicht nicht da war, wenn ich sie nicht sehen konnte.

Ich war ihr ein Jahr lang kein einziges Mal begegnet. Warum jetzt? Warum, wenn es mir gerade so gut ging?

»Bitte, Eric. Ich will mich doch nur entschuldigen.« Ich fühlte, wie sich die Luft bewegte und machte automatisch einen Schritt zur Seite. Als ich die Augen öffnete, stand Natalie viel näher bei mir. Ihr Arm war gehoben. Hatte sie mich etwa berühren wollen?

»Du willst dich ... entschuldigen?«

Sie gab ein frustriertes Geräusch von sich und legte die Arme um ihre Mitte. »Ich habe das alles nicht gewollt, das weißt du doch.«

»Ich weiß nur, was du behauptet hast«, sagte ich kalt. »Und du hast dich bereits entschuldigt. Mehrmals. Ich weiß nicht, warum du glaubst, dass eine Anhäufung der Knackpunkt wäre. Ich habe dir damals nicht verziehen und ich verzeihe dir auch jetzt nicht. Ich habe keinen Grund. Ich habe nichts falsch gemacht. Man sagt immer, es gehören zwei dazu, doch das Einzige, was ich mir zu Schulden habe kommen lassen, war meine dumme, blauäugige Liebe zu dir. Ich schätze, das ist ein ebenso schlimmes Verbrechen wie das, was du begangen hast.«

Je länger ich sprach, desto schneller wurde ich. Hatte sie einen Knall?

»Ich habe dich in der Stadt öfter gesehen, aber ich bin dir aus dem Weg gegangen, weil ich dir Zeit geben wollte, um dich abzuregen. Aber ...« Ich hörte sie seufzen. »Du verzeihst mir das nie, oder?«

Ich sah ihr direkt in die Augen, weil ich wollte, dass sie es endlich kapierte. »Ich habe meinem eigenen Dad nicht verziehen. Wenn ich das schon nicht kann, wie kann ich dir verzeihen?« Dass ich es bei Dad zumindest in Erwägung zog, musste sie ja nicht wissen.

Ihre Schultern sanken nach unten. Objektiv gesehen, wirkte sie elend, aber das war mir egal. Gleichgültig was sie fühlte – es war nie und nimmer so schlimm wie das, was ich einst gefühlt hatte. Sie hatte die Zügel in der Hand gehabt. Sie hätte alles von mir haben können. Sogar mein verdammtes Herz. Vielleicht war es dumm gewesen, sich jemandem so völlig hinzugeben. Vielleicht sollte man sich nicht so komplett verlieren. Aber das war mir damals nicht klar gewesen.

In der Ferne konnte ich die Lichter eines Busses sehen und hoffte verdammt inständig, dass er stehen bleiben würde.

»Rory vermisst dich«, flüsterte sie und ich senkte meinen Blick.

Ich öffnete gerade den Mund, als sie weitersprach. »Ich will dich damit nicht manipulieren. Du musst mit mir nichts zu tun haben. Ich verstehe das schon. Aber er ist mein Bruder und er hat seinen besten Freund ein Jahr lang nicht gesehen. Vielleicht magst du ja mal mit ihm reden. Vielleicht hilft es auch dir.«

Der Bus blieb stehen und ich sprang hinein, ohne auch nur einen Blick an Natalie zu verschwenden. Ich wusste bloß, dass sie nicht einstieg und ich hier weg musste. Ich wollte nach Hause.

Nachdem ich meine Fahrkarte gezeigt hatte, setzte ich mich nicht mal hin, damit ich so schnell wie möglich wieder aussteigen konnte. Meine Hand umschloss die orange Stange mit eisernem Griff.

Mir kam der Gedanke, dass sie vielleicht wegen mir nicht in diesen Bus eingestiegen war und ich hasste sie für diesen Akt der Güte. Ich wollte nichts von ihr.

Es dauerte eine gefühlte Ewigkeit, bis ich bei meiner Haltestelle ankam und dann noch mal so lang, bis ich endlich meine Wohnung betrat. Kaum war die Tür hinter mir ins Schloss geknallt, gab ich ein ersticktes Geräusch von mir und atmete im selben Zug tief aus.

Meine Schultern zitterten. Vor Wut? Hass? Überraschung?

»Eric, kann ich ...«

Ich riss mir die Jacke von den Schultern und marschierte ins Badezimmer. Auf dem Weg dorthin riss ich mir den Rest meiner Kleidung vom Körper – Pulli, Hose, Unterhose, Socken, Uhr.

Dann sprang ich unter die Dusche, drehte die Temperatur auf fünfundzwanzig Grad und stellte mich unter den Duschkopf. Das kalte Wasser prasselte wie Nadelstiche auf mich hinab. Ein kleines Pulsieren für jeden einzelnen Wasserstrahl, das in meinen Kopf überging und sich dort zu einem unglaublichen Kopfschmerz sammelte, der gerade hinter meinen Augen begonnen hatte.

»Willst du wirklich ...«, begann Leo hinter mir, aber ich brachte ihn mit einem unwirschen Laut zum Schweigen.

Ich konnte jetzt nicht reden. Konnte niemanden reden hören. Ich wollte nur die Stille und das Wasser auf meinem Kopf. Vielleicht reagierte ich über, aber das war mir egal. Es waren meine Gefühle, meine Vergangenheit, mein Herz, das in meiner Brust so schmerzhaft unter alten Narben schlug. Rationalität hatte damit nichts zu tun.

Keine Ahnung, wie lang ich dort stand und Leo auf mich wartete. Aber als ich das Wasser wieder abdrehte, weil ich zitterte und meine Finger runzlig waren, war er noch da.

Ich hüllte mich schweigend in ein großes Handtuch und warf mich auf mein Bett, wo ich zusätzlich noch die Decke um mich schlang. Mit geschlossenen Augen lauschte ich in die Stille.

Mein Kopf war leer und gleichzeitig so voll, dass er summte. Ich legte die Hände über meine Ohren. Dann fühlte ich diese ... Wärme. Leos Wärme, wenn er mich berührte. Ich atmete zitternd aus und zwang meine müden Augen, sich zu öffnen und ihn anzusehen. Er saß neben mir auf dem Bett und hatte die Hand auf meinen Hinterkopf gelegt. Ich wusste, er wollte es wiedergutmachen. Aber das konnte er nicht. Dennoch wartete ich darauf, was er tun würde. Ja, ich wusste verdammt genau, dass er nichts tun konnte und war gleichzeitig überzeugt, dass er trotzdem eine Lösung finden würde. War es das, was die Leute blindes Vertrauen nannten?

Nach einigen Minuten des Schweigens seufzte Leo. »Manchmal weiß ich nicht, was ich machen soll mit dir ... Wenn du nicht reden willst oder nicht kannst und ich ...« Er sprach nicht weiter, aber ein gewisses Gefühl der Erwartung spannte meinen Körper noch zusätzlich an.

Ich wartete auf weitere Worte, weil ich irgendwie wusste, dass Leo nicht fertig war. Er ließ seine Sätze selten unfertig im Raum stehen. Anders als ich. Ich wünschte bloß, er würde sich damit beeilen, weil ich nichts lieber tun wollte, als mir die Decke über den Kopf zu ziehen und alles um mich herum zu vergessen.

Wollte ich es überhaupt hören? Ich hatte ihm seine gestrige Aktion immer noch nicht verziehen. Aber ich war zu ausgelaugt, um zu widersprechen. Sollte er doch reden, wenn er wollte.

Als die Uhr von 23:59 auf 00:00 umsprang, holte Leo endlich tief Luft und ich schloss die Augen. Was er sagte, brachte mich dazu, um Luft zu ringen, die wie Wasser zwischen meinen Fingern war. »Du bist das Beste, was mir je passiert ist. Ich liebe dich, ich liebe dich, ich *liebe* dich. So sehr, dass ich manchmal nicht weiß, wie ich so viel davon in mir haben kann, ohne dass mir die Brust platzt. Ich weiß, das ändert nichts an der Vergangenheit. Aber vielleicht macht es deine Zukunft ein wenig heller oder besser, wenn du das weißt.«

Ich drehte mich um, aber er war fort. Verlangte keine Antwort von mir. Hatte mir das hier bloß geben wollen. Ich atmete aus und die Luft verfing sich in einem einsamen Schluchzen in meiner Kehle.

Ich weinte nicht. Aber ich schlief ein.

Als ich am nächsten Tag aufwachte, waren meine Schultern steif und das Handtuch, in das ich mich gewickelt hatte, immer noch feucht. Das Gesicht verziehend, schälte ich mich stöhnend aus meinem Decken-Burrito, dann lag ich eine Sekunde lang still.

Was gestern Nacht passiert war ... Gott, hatte ich wirklich derart heftig auf Natalie reagiert? War das normal? Verdammt, ich hatte mich verhalten, als hätte sie mir sonst was angetan, wenn sie doch nur ... Aber *nur* war eigentlich nicht das richtige Wort. Schmerzen blieben Schmerzen, egal, wie schlimm oder alltäglich sie anderen Personen erschienen. Ich würde mich nicht entschuldigen.

Langsam stand ich auf und trocknete mich mit einem weniger ekelhaften Handtuch ab, bevor ich mir bequeme Kleidung überstreifte und in die Küche tappte, um mir ein heißes Getränk zu machen. Hoffentlich bekam ich keine Erkältung von meinem Stunt.

Während ich der Milch beim Warmwerden zusah, fiel mir die spürbare Abwesenheit meines Freundes auf. Mit einem Mal kam mir wieder in den Sinn, was er mir gestern gestanden hatte.

Verdammt. Hatte er das wirklich zu mir gesagt? Mir gesagt, er würde mich lieben? Ich schüttelte ungläubig den Kopf.

Egal, ob ich bereit war, darüber zu reden – ich wollte ihn sehen.

»Leo?«, sagte ich leise, drehte mich jedoch nicht um. Ich goss zuerst die Milch in einen Becher und machte sie zu Kakao. Anschließend nahm ich einen Schluck und ließ mich von innen wärmen. Dann erst drehte ich mich zu ihm. Fuck, seine Augen sahen mich mit solcher ... Gott ... *Zuneigung, Wärme, Liebe* ... an, dass es mir den Hals zuschnürte.

Er sagte kein Wort.

Wartete.

Ich hatte Natalie ihre Güte gestern übel genommen. Leo wollte ich bloß umarmen und mein Gesicht an seinem Hals vergraben.

Ich wünschte, ich könnte es.

»Du weißt, was damals passiert ist.« Meine Stimme klang angestrengt und ich musste jedes Wort mit Gewalt aus mir herauspressen. Die Nacht war nicht erholsam für mich gewesen und es war, als könnte ich jede Träne, die ich nicht vergossen hatte, in meinen Schläfen pochen spüren. Seufzend lief ich ins Wohnzimmer, wo ich mich, an die Lehne des Sofas gelehnt, auf den Boden sinken ließ.

»Du hast es aber nie jemandem erzählt.« Leos Beine traten in mein Sichtfeld, ehe er sich vor mir auf den Teppich hockte, den Mum mir zu meinem Einzug geschenkt hatte. Mit verschränkten Beinen und gesenktem Kopf schien er zu versuchen, meinen Blick mit seinem einzufangen.

»Was meinst du?«, fragte ich und wich sowohl seinen Worten als auch seinem forschenden Blick aus. Plötzlich war es mir zu viel Nähe. So sehr ich mich eben noch an ihn hatte drücken wollen, war ich auf eine gewisse Weise froh, dass er mich nicht berühren konnte. Ich fühlte mich nicht wohl in meiner Haut.

»Deine Mutter wusste es von deinem Vater, Rory weiß es von Natalie. Du hast es nie jemandem erzählt. Vielleicht wird es Zeit.« Er breitete die Arme aus. »Es ist schließlich nicht so, als würde ich irgendwo hingehen.«

Ich wusste nicht, ob ich das konnte. Jeder Laut, jede Bewegung strengte mich an, als hätte die Begegnung mit ihr mir jegliche Kraft geraubt. Ich leckte mir über die Lippen und warf Leo einen kurzen Blick zu, bevor ich ihn wieder zum Fenster schnellen ließ.

Wollte ich das alles wirklich wieder durchkauen? Ich hatte es schon so oft in meinem Kopf abgespielt und ... »Es ... Sie war einfach so ...« Die Worte kamen ohne meine Erlaubnis aus mir heraus. Ich schloss die Augen und resignierte. Was konnte es schon schaden? »Sie war alles, was ich je wollte, okay? Ich hatte sie mir in meinen Gedanken vorgestellt, bevor ich sie überhaupt kannte. Klug und hübsch, aber mit ein paar Fehlern. Du weißt doch, ihre Nase ist ...«, sagte ich und tippte mir auf die eigene.

»Ein bisschen schief, ja. Und zu lang.«

Ich lachte trostlos. »Und sie war so nett zu mir und ich mochte sie so gern. So verdammt, beschissen gern. Sie hat mich irgendwie aus meinem Kokon oder was auch immer hervorgeholt und ich fühlte mich euphorisch ... Scheiße«, ich schüttelte den Kopf. »Und du weißt ja, sie war mein erstes Mädchen. Mein erstes alles. Erster Kuss, erstes Mal Händchenhalten, erster Sex ... Das verdreht einem irgendwie den Kopf. Ist mir scheißegal, wenn sich das erbärmlich anhört, aber ich habe sie geliebt, weißt du? Ich habe sie so sehr geliebt und ich dachte, sie liebt mich auch, sie hat gesagt, sie liebt mich auch. Wobei, na ja. Nicht wirklich. Sie hat gesagt, sie wäre auch verliebt. Sie hat nie gesagt, sie wäre es in mich.« Ich schüttelte immer noch den Kopf. Die Tasse hatte ich beiseitegestellt und ich zog an meinen Haaren, in der Hoffnung, dass der körperliche Schmerz den seelischen übertrumpfen würde. Ich hatte nicht gewusst, dass es immer noch dermaßen wehtat. Hatte gedacht, ich wäre darüber hinweg, aber schon wieder zeigte sich, wie wenig ich wirklich wusste.

»Und es war so perfekt. Rory war mein bester Freund und sie seine Schwester. Scheiße, ich habe daran gedacht, dass ... Hab gedacht, er könnte vielleicht mein Trau... Trauzeu...« Ich bekam das Wort nicht heraus. Stattdessen brach ein Schluchzen aus mir hervor und schüttelte meinen ganzen Körper.

Der Gedanke reichte, um jede Faser meines Körpers dazu zu bringen, sich anzuspannen, als wollten sie aus mir herausspringen, als wollte ich aus meinem Körper springen, einfach nur um das alles nicht mehr fühlen zu müssen. Nur weil sie ... Weil sie ... »Wir sind ein beschissenes Jahr lang zusammen und ich weiß, das ist nicht die Welt, aber für jemanden, der seine erste Beziehung hat, ist das verdammt lang und ich denke, alles ist in Ordnung und dann ... komme ich früher von der Arbeit nach Hause, weil nichts los war und gehe bei meinen Eltern ins Wohnzimmer und sie ...« Ich musste abbrechen, weil ich beinah keine Luft mehr bekam. Es war, als könnte ich nur noch einatmen. Nur noch schluchzend und zitternd einatmen, aber die Luft nicht mehr rauslassen. Ich hatte keine Kontrolle mehr. Alles tat einfach nur noch weh. »Schh, Eric, hör mir zu. Hör auf meine Stimme. Du musst ausatmen, okay? Bitte, komm schon, atme aus. Wir machen es zusammen, ja?«, hörte ich Leos Stimme und er klang panisch.

Aber ich konnte nicht. Ich wollte einfach nur raus hier, raus aus mir. Weg. Dann holte er tief Luft und atmete wieder aus und etwas in mir sagte, dass ich es ihm nachtun sollte.

Ein. Ein. Ein. Und endlich aus. Ein und aus. Ein paar zitternde Atemzüge später öffnete ich wieder die Augen. Keine Ahnung, wann ich sie geschlossen hatte. »Danke«, murmelte ich und Leo nickte angespannt.

»Du musst nicht ...«, fing er an, weil er wegen des Spektakels, das ich veranstaltete, scheinbar Zweifel hegte.

»Nein«, unterbrach ich ihn. »Du hast recht. Es muss raus.« Ich schluckte trocken. »Ich kam nach Hause«, wiederholte ich. »Dort sah ich die beiden sitzen. Auf dem Sofa. Mein Dad und Natalie und sie küssten sich.« Ich schnaubte. »Mein Kopf war leer. Ich meine, wie reagiert man auf so eine Scheiße? Wem passiert so etwas? Welche Frau schnappt sich den Vater? *Den beschissenen, verheirateten Vater ihres Freundes?* Wer macht so etwas?« Ich räusperte mich genervt, als meine Stimme brach. »Als sie mich bemerkten, sprangen sie auf und sie sagte, es sei nicht das, wonach es aussehe.« Ich blickte Leo an. »Wer sagt so etwas? Das ist derart beschissen klischeehaft. Aber noch schlimmer ist, dass ich das im ersten Moment auch gedacht habe. Ich habe gedacht: *Beruhige dich, Eric. Es ist sicher nicht das, wonach es aussieht.* Ja, genau.«

Wer war hier erbärmlicher? Sie, weil sie plötzlich Panik bekommen hatte, als ihr Spielchen aufgeflogen war? Ich, weil ich einen Moment lang bereit gewesen war, ihr zu verzeihen? Weil ich mich nicht von ihr hatte trennen wollen, aus Angst, dann allein sein zu müssen? Oder mein Dad, weil er Jahre einer Beziehung weggeworfen hatte, nur um sein Ego aufzupolieren?

»Ich wollte sie damals umbringen«, sagte Leo in die Stille, die sich zwischen uns ausgebreitet hatte. Ich sah hoch, aber sein Blick lag nicht auf mir. Er starrte über meine rechte Schulter, starrte ins Nichts. Sein Gesicht war ausdruckslos. »Ich wollte noch nie jemandem so sehr etwas antun wie ihr in diesem Moment.«

»Ich weiß nicht, ob ich dich gelassen hätte«, murmelte ich und das machte es noch schlimmer.

Es war nicht irgendjemand. Sie waren beide nicht irgendjemand. Er war mein Dad. Der Kerl hatte Stricken gelernt, damit er es mir für die Schule zeigen konnte, weil Mum zu der Zeit im Krankenhaus die Nachtschicht übernommen hatte. Ich hatte ihn geliebt und ich tat es auf eine verkorkste Art auch jetzt noch.

Und Natalie? Sie war damals mein Ein und Alles gewesen. Heute war mir klar, dass ich mich zu sehr auf sie versteift hatte. Mich für sie biegen und letztendlich auch hatte brechen lassen, nur um zu ihr zu gehören.

Wie dumm das war, wusste man leider immer erst hinterher.

»Und dann sagt sie auch noch, sie wäre zumindest am Anfang wegen mir mit mir zusammen gewesen. Bevor sie Dad kennengelernt hatte. Als wäre das ein Trost. Als würde das alles okay machen.«

Nichts machte das, was sie getan hatte, okay.

Der Fakt, dass sie das nicht wusste, sprach Bände über die Person, die sie damals gewesen war und über die Person, die ich war. Sie war es gewohnt, alles zu bekommen, was sie sich wünschte. Aber nur weil ich ihr alles gegeben und gegeben und gegeben hatte, bis ich nichts mehr gehabt hatte und stehlen musste, um ihr weiterhin alles geben zu können.

Es war nicht gesund gewesen und heute war mir das auch bewusst. Aber damals ...

Ich sah Leo an und dachte an seine Worte von gestern. Er liebte mich. Liebte mich wirklich. Anders als Natalie hatte er nichts davon, auf mich aufzupassen. Ich konnte ihm nichts zurückgeben. Dennoch tat er es und tat es scheinbar auch noch gern. Wie war ich an zwei so grundverschiedene Menschen geraten? Oder war Leo hier, um Natalie wettzumachen?

Ich wusste es nicht. Genauso wenig, wie ich wusste, wie ich auf sein Geständnis reagieren sollte. Gestern war ich einfach zu abgestumpft, zu taub gewesen, um mich näher damit zu beschäftigen. Der Schreck, sie wiedergesehen zu haben und das in einem Augenblick, in dem ich mich so gut gefühlt hatte ...

Ob sie noch mit ihm zusammen war? Ich hatte ehrlich keine Ahnung. Vielleicht wusste Mum ja mehr. Gott, wir hatten das Thema wirklich totgeschwiegen. Vielleicht sollte ich mit ihr darüber sprechen. Dieser ... Stau an Gefühlen, der letzte Nacht wie eine Welle über mich hereingebrochen war. Das sollte ihr nicht auch passieren. Falls sie niemanden hatte, mit dem sie reden konnte, musste ich derjenige sein, mit dem sie es tat. Sie war meine Mum. Ich schuldete ihr das.

Abrupt hob ich den Kopf und sah Leo an. »Hast du es wirklich ernst gemeint?«

Er wandte mir seinen Blick zu. Sein Ausdruck war müde; seine hochgezogenen Schultern und die Art, wie sich seine Mundwinkel nach unten bogen, sprachen Bände über seinen emotionalen Zustand.

»Was du vorhin gesagt hast?«, fügte ich hinzu, gewährte ihm keinen Ausweg, selbst wenn er ihn wollte. Ich musste es wissen. Verliebt zu sein, war eins. Aber Liebe ging tiefer.

Leo zog einen Mundwinkel nach oben. »Von ganzem Herzen.«

Ich wusste nicht, wie lang wir auf dem Boden meines Apartments saßen und uns schweigend ansahen. Aber am Ende erkannte ich, dass, wenn ich über meine Vergangenheit mit Natalie hinwegkam, wenn ich mich überwand und positiv in die Zukunft sah, Leo hier sein würde.

»Wegen der Sache mit Harper und den anderen ...«, fing er zögerlich an.

Ich seufzte. Ich wollte die frisch gewonnene Ruhe im Raum nicht verlieren, aber ich wusste, wir mussten darüber reden. Ich wünschte nur, ich wäre nicht so verdammt ausgelaugt. Wünschte, ich könnte die angemessene Wut aufbringen.

»Ja?«, sagte ich.

Er seufzte. »Ich habe dir Angst gemacht?«

Ich schnaubte. »Angst. Vielleicht passt das Wort nicht so ganz, aber Scheiße, Leo – es war kein besonders gutes Gefühl.«

»Ich wollte nur helfen«, sagte er und erinnerte mich in seiner

Sturheit an ein bockiges Kind.

»Und das verstehe ich. Ich habe bei der Umarmungsparty mitgemacht, oder? Aber du wusstest, ich wollte danach nach Hause. Ich brauche Zeit allein, um Energie zu tanken. Das ist nun mal so und das ändert sich nicht, nur weil ich im letzten Jahr zu oft allein war.«

»Ich versuche nur, meinen Job zu machen«, flüsterte er mit frustriertem Tonfall. Ich wischte mir über die trockenen Augen.

»Hast du das nicht? Ich bin mit Grace befreundet, ich habe mit Dad gesprochen. Denkst du wirklich, ich hätte das ohne dich geschafft?«

Er hob den Kopf und streckte den Rücken durch, als hätte ich ihn mit diesem Zugeständnis gestärkt.

Ich schüttelte vehement den Kopf. »Aber es gibt eine Grenze. Ich bin ein freier Mensch. Da ist ein Unterschied zwischen Bockigkeit und echter Abneigung. Du hast eine Linie überschritten. Das war wirklich ... nicht in Ordnung.«

Er verzog das Gesicht. »Es ist schwer, den Unterschied zu spüren. Die Nuancen sind nicht ausgeprägt.« Aber er wirkte jetzt weniger davon überzeugt, im Recht gewesen zu sein. Seine Worte schienen mir eher ein Erklärungsversuch als eine weitere Ausrede.

»Dann pass bitte genauer auf. Dieses Gefühl, das ich bekomme, wenn du dein Mojo so hoch aufdrehst, ist zu beschissen unangenehm. Du solltest das nur benutzen, wenn jemand hinter mir versucht, mich abzustechen und nicht, weil ich nicht mit einer Bande Wohltätern was trinken gehen will.«

»Okay«, murmelte er.

»Du sagst, du liebst mich, ja? Also denk an die Implikationen davon, was du gemacht hast. Wenn du mich ohne Skrupel körperlich zu einem Treffen mit irgendwelchen Leuten zwingen würdest, zu was dann noch?«

Leo riss bei den unausgesprochenen Worten die Augen auf. Er schnappte nach Luft und schüttelte immer wieder ganz leicht den Kopf hin und her. »Aber du hast Grace gesagt, du wüsstest, dass ich ...« Er brach ab. Ja, ich wusste, die Anschuldigung war extrem, aber ich hatte so ein Gefühl, dass sie notwendig war, damit er es durch seinen harten Schädel bekommen würde.

»Ich weiß, du würdest das nicht tun«, sagte ich, um ihn aus seinem Schockzustand zu befreien. »Aber denk darüber nach, wenn du dir wieder überlegst, mir irgendetwas aufzuzwingen, das mich dazu bringt, mich so zu fühlen, als würde der Boden unter mir wegkippen. Helfen ist okay. Aber versprich mir, dass du nie wieder versuchst, mich mit deinen Kräften zu etwas zu zwingen, das ich wirklich nicht machen will.« Ich sah ihm resolut in die Augen. Ich würde hierin nicht nachgeben. Er musste es in seinen Kopf bekommen, dass es Grenzen gab.

Aber er nickte augenblicklich. In seinen Augen stand eine Traurigkeit geschrieben, die mir einen Stich versetzte. Aber ich stählte mich dagegen. Dass er sich schlecht fühlte, war seine eigene Schuld. Aber es lag keine Befriedigung für mich darin.

»Ich verspreche es dir.«

Ich nickte und tätschelte den Boden neben mir. Er setzte sich hin und ich rückte näher, bis wir uns berührten und ich das warme Kribbeln seiner Gefühle für mich auf meinem Arm spüren konnte.

Wir blieben eine ganze Weile dort sitzen.

19. Kapitel

Wenn ich gedacht hatte, damit wäre alles vorbei und ich würde wieder ruhig atmen können, hatte ich mich geschnitten. So was von geschnitten. Mit einer beschissenen Machete.

Musste im Leben denn immer alles Schlag auf Schlag kommen?

»Habt du und Matthew euch abgesprochen? Taktiken ausgetauscht? Weil die Situation kommt mir ziemlich bekannt vor«, sagte ich wie auf Autopilot.

Natalie stand vor meiner Tür. Sie trug ein blaues Kleid mit weißen Punkten, das halb unter ihrer schwarzen Jacke versteckt war. Ihr langes blondes Haar war zu einem Zopf zusammengefasst.

»Hat bei ihm doch auch funktioniert«, sagte sie mit einem zögerlichen Lächeln, das so klein war, dass ich es kaum sehen konnte.

»Ah«, sagte ich und erwiderte das Lächeln nicht.

Was wäre wohl schlimmer? Wenn Dad noch mit ihr zusammen wäre, oder wenn sie sich getrennt hätten? Wären sie noch zusammen, waren zumindest Gefühle im Spiel gewesen und er hatte Mum nicht wegen irgendeiner Tussi stehen lassen.

Sie seufzte leise und strich sich eine nicht vorhandene Haarsträhne hinters Ohr. »Meinst du, wir können reden?«

»Was an unserer letzten Begegnung hat dich auf die Idee gebracht?«, fragte ich abweisend.

»Nichts. Aber ich wollte das nicht so stehen lassen. Ich glaube nicht, dass das gesund ist. Matt hat mir erzählt, worüber ihr letztens gesprochen habt und ich denke, ich kann vielleicht Licht in die Sache bringen.«

»Warum sollte ich zustimmen?«, fragte ich und drückte meine verschränkten Arme fester an meinen Oberkörper.

»Du wolltest ihm doch eine Chance geben«, meinte sie und sah mich mit zusammengezogenen Brauen an.

»Da war mir nicht klar, dass du noch in seinem Leben bist.«

»Ich liebe deinen Dad.«

Ich sog die Luft zischend durch meine Zähne ein.

»Ich weiß, das willst du nicht hören. Aber er ist mir wichtig und das letzte Jahr war grauenhaft für ihn. Er vermisst dich. Ich will einfach nur mit dir reden. Bitte.«

Ich wünschte, Leo würde mir sagen, was ich tun sollte. Dad war eine Sache, aber hätte es Natalie nie gegeben, wäre die ganze Sache vielleicht nie passiert. Sie war der Auslöser. Aber ihr zuzuhören, bedeutete nicht, ihr zu verzeihen, oder? Oder dass ich sie jemals wiedersehen musste. Ich konnte vor meinen Problemen weglaufen und verdammt, es gab nichts, was ich lieber täte, als so schnell ich konnte, vor diesem wegzurennen. Aber ich war im Prozess, mein Leben umzukrempeln. War es nicht irgendwo an der Zeit, mich wie der erwachsene Mann zu verhalten, der ich nun mal leider war?

»Okay. Aber nicht hier. Nicht in meiner Wohnung.« Nicht an einem Ort, wo ich mich sicher fühlte. Wenn ich in meinem Zuhause war, wollte ich nicht das Bild von Natalie darin vor Augen haben.

Sie nickte zustimmend und nachdem ich in Jacke und Schuhe geschlüpft war, liefen wir in angespannter Stille nebeneinander bis zum nächsten Café.

Wir standen ungemütlich am Tresen und bestellten unsere Getränke, während wir versuchten, dem Blick des anderen so gut wie möglich auszuweichen. Bis wir uns schließlich an einem Tisch niederließen, schien eine Ewigkeit zu vergehen. Anstatt miteinander zu reden, starrten wir die Tischplatte an. Sie hatte sich einen Latte Macchiato bestellt.

Ich rümpfte die Nase. »Immer noch mit Unmengen an Zimt?«, fragte ich und hob endlich den Blick.

»Es geht nicht ohne. Du kennst mich doch.« Ihre blauen Augen funkelten.

»Nicht so gut, wie ich dachte.«

Sie verzog das Gesicht. »Ich schätze, es ist zu viel verlangt, ein Gespräch ohne Seitenhiebe von deiner Seite aus zu führen.«

»Was hast du denn erwartet?«, fragte ich sie ehrlich daran interessiert, wie sie sich dieses Gespräch vorgestellt hatte. Sie war mit meinem Dad in der Kiste gewesen. *Fuck*, war scheinbar immer noch mit ihm in der Kiste. Man sollte meinen, sie würde vom alten auf das neue Model upgraden. Stattdessen hatte sie quasi ein nagelneues Auto für einen alten Pick-up-Truck eingetauscht. Wer machte so was?

»Ich weiß nicht. Aber du bist hier. Das ist schon mehr, als ich ehrlich erwartet habe.«

Ich zuckte die Schultern und rührte meinen Cappuccino um, bevor ich den Schaum herunterlöffelte.

»Matt geht es nicht so gut. Er versucht schon seit der Sache vor einem Jahr, wieder Kontakt zu dir zu bekommen, aber er nahm zuerst an, du brauchst deinen Freiraum. Er wollte dich nicht nerven. Aber jetzt dachte er, es wäre vielleicht genug Zeit verstrichen, damit du mit ihm reden würdest. Er wusste, es würde schwer werden«, schnitt sie endlich das Thema an, warum wir hier waren.

Ich wischte mir mit der freien Hand übers Gesicht. »Es ist schwer, so was zu vergeben«, meinte ich.

»Aber nicht unmöglich?«, fragte sie und versuchte, meinen Blick einzufangen.

»Ich weiß nicht, ob ich ihm vergeben will. Klar war ich kein Kind mehr, als all das passiert ist, aber er hat Mum unglaublich wehgetan. Ich weiß, du hattest nie eine besonders gute Beziehung zu deinen Eltern, also ist das wahrscheinlich schwer nachvollziehbar, aber jeder, der meiner Mum etwas antut, ist der Feind, verstehst du?« Ich sah ihr fest in die Augen. Sie musste das in den Kopf bekommen. Ich war auf Mums Seite. Immer und ohne zu zögern.

»Das ist bewundernswert. Aber hast du dich nie gefragt, wie das für Matt sein muss? Immer nur der Zweitbeste zu sein? In jedem Streit, in jeder Sache *nicht einen* sondern *zwei* Kontrahenten zu haben?«

Ich schnaubte, ließ den Blick aber sinken. Als Kind dachte man über so etwas nicht nach. Deine Eltern waren deine Eltern und einen der beiden lieber zu haben als den anderen, war normal. Aber jetzt zu hören, dass ich vielleicht Mitschuld daran hatte, dass Dad es zu Hause nicht mehr ausgehalten hatte, fütterte all meine nicht ganz so unterbewussten Ängste. »Also habe ich grauenhafter Mensch zusammen mit meiner Schreckschraube von einer Mum Dad aus dem Haus getrieben, ja?«

Sie gab ein frustriertes Geräusch von sich. »Warum musst du immer so melodramatisch sein? Das machst du immer. Kaum fühlst du dich in eine Ecke gedrängt, schlägst du um dich.« Natalie leckte sich über die Lippen. »Nein, ich sage nicht, dass du schuld daran bist. Ich sage, dass es tausend kleine Dinge waren, die sich über die Jahre angehäuft haben, bis Matt es einfach nicht mehr ausgehalten hat.«

Ich hasste es, dass sie meinen Dad besser zu kennen schien als ich. Dass sie in seinem Namen sprechen konnte. Seine Kämpfe ausfechten durfte. Und wie lächerlich war das eigentlich? Vor ein paar Wochen wollte ich den Kerl nie wiedersehen.

»Und was genau wäre das? Was war so schlimm, dass er meine Mum mit meiner Freundin betrügen musste?«

»Dass ihr immer zusammengehalten habt. Ihr Unverständnis für seine langen Arbeits- und Vorbereitungszeiten für seinen Job an der Uni. Dass sie beide nie über Probleme gesprochen und sie stattdessen runtergeschluckt haben, bis ihnen vom Anblick des anderen praktisch schlecht geworden ist. Dass du mit Problemen nie zu ihm gekommen bist. Dass alles, was bei euch zu Hause schiefging, automatisch immer seine Schuld war. Der grauenhafte Sex.« Ich verzog das Gesicht und sie schnaubte abfällig. »Soll ich weitermachen?«

»Ich sehe immer noch nicht ein, warum er sie betrügen musste. Warum sie es nicht kitten konnten.« Was Natalie mir da erzählte, machte mir Schuldgefühle. Ich hatte nie den Eindruck gehabt, dass es so schlimm gewesen war. Aber wenn ich darüber nachdachte, konnte ich mich nicht daran erinnern, die beiden jemals miteinander streiten gesehen zu haben. Ich hatte das für ein Anzeichen einer guten Beziehung gehalten, aber vielleicht irrte ich mich ja?

»Sie zu betrügen, war falsch. Es mehr als nur einmal zu tun, war falsch. Und es tut mir so, so leid, dir wehgetan zu haben. Bitte glaub mir das. Das wollte ich nicht.«

Ich sagte darauf nichts, nickte nur leicht. Ich nahm ihre Entschuldigung zur Kenntnis. Mehr aber auch nicht.

»Wir haben uns anfangs einfach nur gut verstanden. Wir konnten über Unikram reden, über den du und ich einfach nicht reden konnten, weil du kein Student warst. Wir hatten Gemeinsamkeiten.« Sie malte mit dem Finger einen Kreis auf den Tisch. »Irgendwann hat er sich mir anvertraut. Mir von seinen Eheproblemen erzählt. Es hat sich einfach so richtig angefühlt, den nächsten Schritt zu machen. Na ja, vielleicht nicht richtig, aber natürlich.«

»Natürlich«, murmelte ich. Mein Kopf schwirrte. Die andere Seite eines Konflikts zu hören, war nie leicht, schätzte ich. Aber von Natalie noch einmal mehr gesagt zu bekommen, dass die Ehe meiner Eltern nicht aus Blümchen und Liebe bestanden hatte, tat verdammt weh und verwirrte mich obendrein. Warum hatte ich es nie bemerkt?

Genau das fragte ich sie.

Sie lächelte schief. »Du bist ein Träumer. In deinem eigenen Kopf gefangen. Manchmal, während wir noch zusammen waren, hatte ich das Gefühl, du wärst nicht neben mir oder in meinen Armen, sondern an einem ganz anderen Ort. Du legst dir die Dinge so zurecht, wie sie dir gefallen und nicht so, wie sie tatsächlich sind.«

Ich schluckte trocken. Ihre Worte trafen mich wie ein kalter Wasserschwall. Denn obwohl ich sie noch nie gehört hatte, hallten die Worte mit einem Ton von Wahrheit in mir wider. Ich wusste, sie hatte recht. Schließlich hatte mich zum Beispiel niemand dazu gezwungen, mich in meiner Wohnung zu verkriechen und mit keiner Menschenseele zu sprechen, oder?

Ich hatte mir eingeredet, es würde nicht anders gehen. Leo hatte mir in den letzten Monaten das Gegenteil bewiesen. Wärme breitete sich in meiner Brust aus und ich legte meine Hand dagegen. Ich schuldete Leo so viel. *Fuck*, war ich froh, dass ich ihn hatte.

»Aber du kommst mir jetzt ein bisschen anders vor, kann das sein?«, fragte sie. Sie nahm einen Schluck von ihrem Latte und wartete mit neugierigem Ausdruck auf meine Antwort.

»Ich habe jemand Neues«, sagte ich. »Er hat mir ein paar Dinge klargemacht.« Dabei beließ ich es. Sie musste die Details nicht wissen. Ihr sollte bloß bewusst sein, dass ich ihr nicht weiter nachhing.

Natalie drehte eine Strähne ihres Zopfes um den Finger. »Oh. Das ist nett.« Sie senkte den Blick auf ihr Getränk. »Früher hättest du mir die Tür vor der Nase zugeknallt. Jetzt nicht mehr. Er muss ... einen guten Einfluss auf dich haben.«

Ich sagte dazu nichts. Ich wusste es zwar besser, aber auf den ersten Blick würde wahrscheinlich niemand behaupten, Leo würde einen guten Einfluss auf irgendjemanden haben. Man sah ihn an und wusste einfach, dass er es faustdick hinter seinen zu niedlichen Ohren hatte.

»Ich würde verstehen, wenn aus uns nie Freunde werden, aber dein Dad vermisst dich. Und Rory vermisst dich auch, wie schon gesagt.« Natalie verzog den Mund. »Er kann wirklich nichts für all das. Er hat nichts von meiner Affäre gewusst. Wenn du auf mich böse sein willst, fein. Aber nicht auf Rory. Ich muss mir seit einem Jahr durchgehend seinen Dackelblick ansehen. Irgendwann sterbe ich noch daran, lass dir das gesagt sein.«

Schief lächelnd nickte ich. Konnte sein, dass es an der Zeit war, den Kopf aus dem Sand zu bekommen. Fuck. Wer hätte gedacht, dass ein Gespräch mit *Natalie* genau das war, was ich brauchte?

»Es lag nicht an dir, dass ich fremdgegangen bin. Du hast keine Schuld«, murmelte sie. »Ich habe dich ehrlich gern gehabt.«

»Nur nicht so gern wie meinen Dad«, antwortete ich leise. Sie hob den Blick und als sie sah, dass mein Ausdruck zum neckenden Ton meiner Stimme passte, lächelte sie strahlend und nickte.

Erwachsen zu sein, war beschissen. Nichts war so schwarz und weiß, wie man es gern hätte. Gut und Böse ist nicht mehr als eine Masse von Grautönen. Ich wünschte manchmal ehrlich, es wäre nicht so.

20. Kapitel

Wenn man in einer Beziehung war – in einer guten –, dann schien die Welt den Winkel ihrer Achse ein wenig zu verändern. Obwohl alles genauso wie früher war, war zugleich alles anders. Der Morgen war nicht nur durch meine Schläfrigkeit vernebelt, sondern mit Vorfreude erfüllt, weil man diese eine Person sehen würde. Neue Dinge waren aufregender, denn man konnte seinem Partner davon erzählen. Einzuschlafen, war friedlicher, denn man war nicht allein.

All diese Dinge hatte ich auch mit Leo, aber es wäre gelogen, wenn ich sagte, mir würde nicht etwas fehlen. Man bemerkte als Mensch oft nicht, wie häufig man andere berührte, besonders wenn man sie gern hatte. Erst die Abwesenheit von Berührung machte sie uns bewusst. Das Streifen einer Schulter, wenn man sich in der Tür begegnete. Die winzige Berührung von Fingern auf Fingern, wenn man gleichzeitig nach etwas griff. Scheiße, wie gern hätte ich das gehabt! Wie sehr vermisste ich Küsse! Leo war es wert, auf all das zu verzichten, aber ...

Wir saßen beide im Stillen auf der Couch. Ich hatte zuvor versucht, *Sonntags bei Tiffany* von James Patterson zu lesen, aber ich hatte mich dabei erwischt, wie ich dieselbe Stelle angestarrt und nichts davon mitbekommen hatte. Leo saß mit geschlossenen Augen neben mir. Wüsste ich es nicht besser, würde ich denken, er schlief. Behutsam hob ich die Hand und ließ sie über seiner, die auf seinem Oberschenkel lag, schweben.

Langsam ließ ich meinen Arm sinken, testete aus, wie nah ich ihm sein konnte, bevor ich unweigerlich in ihn übergehen würde.

Wenn man in einer Beziehung war – in einer guten –, hatte man Momente, in denen man kein Individuum sein mochte. Man mochte verschmelzen. Der Ausdruck *»In den anderen hineinkriechen wollen«* war durchaus angebracht. Vielleicht spendete Sex deswegen so viel Trost und Zuversicht. Näher konnte man seinem Partner nicht sein, ohne tatsächlich eins zu werden.

Leo war nicht dazu in der Lage, mir gewisse Dinge zu geben, die man in einer Beziehung erwartete. Aber dieses *Einssein*, dieses *Ich weiß nicht, wo du aufhörst und ich anfange*, dieses *Verschmelzen* ... Das konnte ich haben.

Ich musste es für den Moment genug sein lassen. »Ich wünschte, du wärst echt«, murmelte ich und senkte sofort den Blick. Konnte ich nicht ein Mal die Klappe halten?

Leo drehte den Kopf zu mir und öffnete seine Augen erst, als er mich ansehen konnte. Falten hatten sich um seine zusammengepressten Lippen gebildet.

Fuck, er verdiente das nicht.

»Ich bin echt«, sagte er nur und ich schüttelte den Kopf.

»Ich weiß. Ich weiß, du bist echt. Ich wollte nicht ...«

»Nein. Ich weiß schon, was du gemeint hast. Und ich sage dir, ich bin echt«, unterbrach er mich und setzte sich auf.

Ich legte den Kopf schief, unsicher, was er damit meinte.

Leo grinste.

Was bekam ich nicht mit?

»Ehrlich gesagt, wundert es mich, dass du es noch nicht geschnallt hast. Wenn ich es nicht besser wüsste, würde ich sagen, du bist eine Pointe. Jeder andere wäre von selbst draufgekommen.« Er fuhr sich durchs Haar und drehte seinen Oberkörper zu mir.

»Was meinst du? Was schnall ich schon wieder nicht?«

»Ich bin echt. Ich meine, mich gibt es. Gab es. Ich bin nur ... gestorben.«

»Du bist was?«

»Gestorben.« Leo seufzte.

»Willst du mich verarschen?«, fragte ich, die Stirn runzelnd. »Du musst nicht irgendetwas erfinden, damit ich mich besser fühle.«

Er schnaubte. »Wenn ich wollte, dass du dich besser fühlst, würde ich dir etwas anderes auftischen. Die Wahrheit ist in diesem Fall nicht angenehm.« Er fuhr sich durchs Haar und zerzauste es damit noch mehr.

Ich verstand nicht. »Soll ich dir das wirklich glauben?«

Er wirkte müde. »Inwiefern ist das weniger glaubwürdig als der Fakt, dass ich ein Schutzengel bin?«

Ich hob die Schulter. Es war einfach so. Ich hatte ihn immer für dieses ... mystische Wesen gehalten. Anders als ich und die anderen. Dass er mir sagte, er wäre ein Mensch gewesen, verbockte mir mein ganzes Weltbild.

»Und wie war das dann? Bist du dem Licht entgegengegangen und man hat dich vor die Wahl gestellt, ob du richtig tot sein willst oder ein Schutzengel?« Ich schüttelte den Kopf.

»Ich hatte keine Wahl. Und versuch nicht, das Ganze ins Lächerliche zu ziehen. Es ist so. Glaub mir. Ich war dabei.«

»Du bist gestorben.«

Er nickte missmutig.

»Wann?«

»Na, vor zwanzig Jahren. Oder eher ... dieses Jahr?«

Ich verzog das Gesicht. Was meinte er? Was sollte das bedeuten?

Leo warf einen Blick auf mein Gesicht und machte ein frustriertes Geräusch. »Fuck, vielleicht hätte ich nichts sagen sollen.« Er wischte sich über den Mund und nickte dann resolut, als hätte er eine Entscheidung getroffen. »Bobby«, sagte er schließlich.

»Bobby?« Wer war Bobby?

»Als wir unser erstes Date hatten, bin ich mit dir nach Hulme gefahren und wir haben uns ein Feuerwerk angesehen.«

Ich spitzte die Ohren. »Ja?« Würde ich jetzt endlich erfahren, was es damit auf sich hatte?

»Du hast mich gefragt, woher ich gewusst habe, dass es dieses Feuerwerk geben würde.« Er fuhr sich durchs Haar. »Ich habe davon gewusst, weil es dieses Feuerwerk jedes Jahr gibt. Und normalerweise war ich immer dabei, nur nicht in diesem Jahr, weil ich krank im Bett gelegen habe.«

Ich schüttelte den Kopf, sagte aber nichts.

»Bobby ist ein ehemaliger Kollege. Er ist vor ein paar Jahren gestorben und jedes Jahr machen ich und meine Kollegen ein

Feuerwerk zu seinen Ehren. Um sein Leben zu feiern. Und weil er in seinem Schuppen gern verbotenerweise Feuerwerke zusammengebastelt hat.« Ein nostalgisches Lächeln lag auf seinen Lippen. Aber obwohl es eine nette Geschichte war, war ich nicht sicher, ob ich ihr glauben wollte. Aber wie sonst hätte Leo von dem Feuerwerk wissen können?

»Ich bin mir nicht sicher, was das beweist«, sagte ich schlicht.

Leo verzog das Gesicht, als suchte er verzweifelt nach einer anderen Möglichkeit, mir diese Story zu verkaufen.

Plötzlich schnippte er mit den Fingern. »Hol deinen Laptop.«

»Was hat das denn damit zu tun?«

»Es hat eine Menge damit zu tun, du Blödian. Jetzt hol deinen verfluchten Laptop. Bilder sollen ja bekanntlich mehr als Worte sagen.«

Widerwillig tapste ich in mein Schlafzimmer, holte meinen Laptop unter der Decke hervor und blieb gleich dort sitzen, weil Leo mir ohnehin hatte folgen müssen. »Und jetzt?«

»Facebook. Mach schon.«

Ich öffnete den Browser und dann wie befohlen die gewünschte Internetseite.

»Gib Leo Donovan ein.«

Donovan. Hatte er nicht mal gesagt, sein Nachname wäre Donovan? Warum hatte ich das zu dem Zeitpunkt nicht hinterfragt? Die Stirn runzelnd, machte ich, was er gesagt hatte. Er musste mich nicht anweisen, auf das dritte Suchergebnis, das erschienen war, zu klicken. Ich tat es von selbst. Wie auf Autopilot. Denn dort war er. Leo Donovan. Leo, mein Schutzengel. Der mir aus seinem Profilbild entgegengrinste und stolz mit dem Daumen auf den Eiffelturm hinter sich zeigte.

Ich öffnete den Mund, aber kein Wort kam heraus. Die Gedanken schwirrten in meinem Kopf, denn das alles machte keinen Sinn, machte so viel Sinn, ich konnte nicht klar denken. »Erklär es mir. In einfachen Worten.«

»Okay.« Leo nickte. »Okay. Ich wurde am vierten August geboren. Wie du. Sogar im selben Jahr. Ich habe in Leeds meine Kindheit verbracht, bin aber dann mit meiner Familie nach

Manchester gezogen. Von Beruf bin ich Kindergärtner. Und diesen Winter ... Fuck, das ist noch nicht mal passiert ... Diesen Winter bin ich, wie der dämliche Idiot, der ich bin, im Platt Fields Park im See eingebrochen. Ich war mit meiner Kindergartengruppe dort, als Maisies Ball auf das Eis gerollt ist. Sie hat diesen beschissenen Ball geliebt, weil Hello Kitty drauf war und sie wollte nicht aufhören, zu weinen, bis ich versprochen hatte, ihn ihr zurückzubringen. Wer spielt im Winter überhaupt Ball?« Er lächelte, aber ich konnte gerade nicht auf seinen Scherz eingehen.

Was er mir da erzählte, war ... Es gab kein beschissenes Wort dafür.

Leos Lächeln verschwand langsam und er wandte seinen Blick ab. »Ich bin gestorben. Da drin. Ich meine, ich kann schwimmen. Aber vorm Ertrinken hatte ich schon immer diese irrationale Angst. Ich bin eingebrochen und irgendwie unter das Eis geraten. Ich habe nicht mehr rausgefunden. Habe Panik bekommen. Das war so ziemlich die schlimmste Art von Tod, die ich mir zu Lebzeiten vorstellen konnte. Eigentlich eine lächerliche Art, zu sterben. Sehr neunzehntes Jahrhundert. Sehr Titanic.« Er stand auf und wechselte von meiner rechten auf meine linke Seite, als könnte er nicht stillhalten.

Ich wünschte, ich könnte etwas sagen, aber ehrlich gesagt, war ich nicht sicher, ob es mir physisch überhaupt möglich war. Andererseits wollte ich ebenso wenig die Klappe halten, weil das alles zu absurd war. »Du willst mir also sagen«, brachte ich heiser hervor. »Dass du im Moment da draußen noch rumläufst? Es ist zwar November, aber nicht Winter.« Ich blickte auf den Bildschirm. Leo Donovan hatte einen Post vor drei verdammten Stunden gemacht.

Leo Donovan
Ich sollte aufhören, mir Project Runway anzusehen ...

Ich sah ihn wieder an. »Willst du mir einreden, es gäbe dich gerade zweimal? Einmal lebendig und einmal als ... Engel-

Zombie-Ding?«

»Die Menschheit glaubt, die Zeit wäre eine strikte Abfolge von Ursache und Wirkung. Aber in Wahrheit, vom nicht linearen, nicht subjektiven Punkt betrachtet, ist sie mehr wie …«

Ich hob die Hand und unterbrach ihn. Mir kam das irgendwie bekannt vor. »Woher willst du das wissen?«

Er zuckte die Schultern. »Weil ich es lebe? Egal, also Zeit ist mehr wie ein Ball aus …«

»Oh mein Gott! Du zitierst *Doctor Who*! Spinnst du? Du kannst in dieser Situation doch nicht *Doctor Who* zitieren!«, rief ich aus und wünschte mir ernsthaft, ich könnte ihm eine verpassen.

»Wenn ich will, kann ich sagen, dass die Zeit eher ein Ball aus schnibbedi-schnick, wibbelig-wobbeligem Zeugs ist.«

»Bist du noch zu retten?!« Ich warf den Laptop hinter mich aufs Bett und sprang auf.

»Mach jetzt keine Witze, Leo. Du kannst nicht einfach so etwas behaupten und dann so tun, als hättest du mir erzählt, was du zu Mittag hattest«, rief ich und drehte mich kopfschüttelnd halb von ihm weg. »Kannst du bitte, *bitte* ernst sein?«

Ich hörte ihn seufzen. Mir war nicht klar, ob dieses Seufzen genervt war oder ob es eine Kapitulation andeutete. Vielleicht beides. Ich atmete tief durch und wandte mich ihm wieder zu. Leo wirkte ratlos, wie er da mit zusammengezogenen Brauen stand. Plötzlich schien all die gespielte Tapferkeit aus ihm gewichen zu sein und was blieb, war ein dünner Kerl im Flanellhemd, der mich mit hochgezogenen Schultern musterte.

»Was soll ich denn deiner Meinung nach sagen, hm?«, fragte er mich mit leiser Stimme.

Ich zuckte die Schultern. »Erklär es mir. Nicht wie du hierhergekommen bist, sondern wie das überhaupt sein kann.«

»Du sagst das so, als wäre es einfach.« Er schnaubte und wischte sich in einer müden Geste übers Gesicht.

»Ist es das denn nicht?«

Er schüttelte den Kopf. »Bloß weil es mir passiert ist, heißt das noch lange nicht, dass ich mich mit den logistischen Details auskenne. Ja, ich bin da draußen und laufe in meiner fleischlichen Hülle rum, ahnungslos, dass ich in kurzer Zeit absaufen werde. Und ja, ich bin auch hier.« Er öffnete den Mund erneut, schloss ihn dann aber wieder, als würden die Worte sich ihm entziehen.

»Das klingt wie schlechte Science Fiction«, sagte ich wenig wohlwollend.

Leo schnippte aufgeregt mit den Fingern. »Ja, genau! Versuch es so zu sehen. *Star Trek IV: Zurück in die Gegenwart, Zurück in die Zukunft, Timeline*!«

»Aber in keinem dieser Filme gab es die Charaktere zweimal zur selben Zeit«, widersprach ich.

Leo stöhnte auf. Einen Moment lang schien er ratlos, wie er fortfahren sollte, aber dann blitzte etwas in seinem Gesicht auf. »Überleg mal so: Ich bin tot. In meinem derzeitigen Zustand bin ich nicht mehr am Leben. Nicht an meinen Körper gebunden. Schau dir die Theorien über das Leben nach dem Tod auf der Welt an und sag mir, dass es völlig unlogisch ist, dass es vielleicht das ist, was auf uns wartet.«

»Ein Dasein als Schutzengel?«, fragte ich grübelnd. Konnte es das wirklich sein? Klar, auf der Welt gab es viele Vorstellungen darüber, was nach dem Tod passieren könnte. Da gab es Himmel und Hölle, das Nirwana, Wiedergeburten.

Ich sog scharf die Luft durch die Nase ein. Konnte es das sein? War denn Leo nicht irgendwie all das auf einmal? Auf mich aufzupassen, war, soweit ich das mitbekommen hatte, manchmal so etwas wie die Hölle und ich wollte mir zwar nicht einbilden, dass es auch der Himmel für ihn sein konnte, aber er liebte mich doch, nicht? Und als Schutzengel war er auf eine höhere Ebene des Seins gekommen, oder? Nicht ganz das, was sich Buddhisten vorstellten, aber immerhin. Zusätzlich dazu führte er jetzt eine andere Art von Dasein, die man gut als Wiedergeburt bezeichnen konnte. Hatten gleichzeitig alle und doch keine der großen Weltreligionen recht?

»Okay. Gehen wir davon aus, dass das stimmt und du dich in einer Art Fegefeuer oder was auch immer befindest. Wäre es nicht logischer gewesen, wenn dein Schützling irgendwann nach deinem Tod geboren worden wäre? Anstatt in der Vergangenheit?«

Ich kam darüber nicht ganz hinweg, dass es einen Leo aus Fleisch und Blut da draußen gab, der mich nicht kannte und den ich ebenso liebte wie den hier vor mir.

Leo schüttelte, ohne zu zögern, den Kopf. »So funktioniert das nicht. Ich weiß nicht viel, aber das weiß ich bestimmt. Das mit dir und mir und auch die Verbindung zwischen allen anderen Beschützern und deren Schützlingen hat nichts mit Logik zu tun. Da ist etwas Tieferes am Werk. Es muss eine gewisse Kompatibilität geben, denke ich.« Er schüttelte den Kopf und leckte sich über die Lippen. »Ich erkläre das nicht richtig ...«

Ich wischte mir über das Gesicht. »Trägst du deswegen dieses dumme Shirt?«, murmelte ich.

Er blinzelte wegen meines abrupten Themenwechsels und wirkte dabei ein wenig, als hätte ich ihm ein Schleudertrauma verpasst. Nicht dass ich das Thema tatsächlich ändern wollte, aber mir war in den letzten Wochen aufgefallen, dass es Leo manchmal half, seine Gedanken zu sammeln, wenn er kurz über etwas anderes sprechen konnte. »Ich hatte es an dem Tag an, ja. Wenn ich gewusst hätte, ich würde meine restliche Existenz in diesem Ding verbringen, hätte ich mir wahrscheinlich eher ein *Star-Wars*-Shirt angezogen. Oder einen Anzug«, maulte er, lächelte aber.

Ich runzelte die Stirn. »Warte. Du hast doch gesagt, es wäre Winter gewesen. Warum hast du keine Jacke an?«

»Habe ich vorher ausgezogen. Mir war heiß, weil ich so mit den Kindern herumgelaufen bin«, murmelte er.

»Kein besonders vorbildliches Verhalten gegenüber den Kindern«, entgegnete ich, setzte mich aber wieder zu ihm aufs Bett.

»Da hast du wohl recht«, meinte er, ging aber nicht weiter darauf ein.

»Also bist du gestorben. Und dann ...?«

»Das Nächste, woran ich mich erinnere, ist, wie ich neben deiner Mutter im Krankenhaus aufgewacht bin. Sie hat dich das erste Mal im Arm gehalten, bevor sie dich gewaschen haben.«

Das musste grauenhaft gewesen sein. Hatte er überhaupt gewusst, was er dort zu suchen hatte?

»Das Komische ist, ich war nicht verwirrt oder so. Ich wusste, warum ich hier war und dass ich auf dich aufpassen sollte. Es war einfach dieses Gefühl von Richtigkeit, weißt du? Das war das Wort, nach dem ich vorhin gesucht habe. Ich will nicht mit Vokabeln wie *Schicksal* oder so um mich werfen, aber so hat es sich für mich angefühlt. Es war richtig. Du warst mein Schützling. Ich wollte es nicht mal anders haben. Ich denke, das muss so sein.«

»Was muss so sein?«, fragte ich und kam mir nicht zum ersten Mal in diesem Gespräch so unsagbar hilflos vor. Ich konnte kaum mithalten, das alles kaum verstehen.

»Ein Schutzengel muss jemand sein, dem das Wohlergehen seines Schützlings das Wichtigste auf der Welt ist. Wie soll das gehen, wenn besagtem Engel nicht von Anfang an etwas an seinem Schutzbefohlenen liegt? Wenn er ihn nicht leiden kann, ihn nicht bis in seine Seele hinein verstehen und akzeptieren kann?«

Ich leckte mir über die Lippe. Leos Blick war intensiv, zu intensiv beinah. Es war schwer, meinen eigenen Blick nicht abzuwenden.

»Also hat dir nie jemand ... gesagt ...« Ich musste einfach vom Thema ablenken. Ohnehin war ich mir ziemlich sicher, dass ich Leos Message verstanden hatte. Sie war angekommen. Klar und deutlich.

Das alles hörte sich für meinen Geschmack zu sehr nach Seelenverwandtschaft an.

»Nein. Wie ich dir schon vor ein paar Monaten erzählt habe, war da niemand. Wer auch immer die Obrigkeit darstellt – sie hat sich mir nicht vorgestellt. Ich kann dir also keine grundlegenden Existenzfragen beantworten, sorry.«

Wie schwer musste es gewesen sein? Zu realisieren, dass er tot war und sein Leben somit zu Ende? Wie fühlte man sich in so einer Situation? Mein Gehirn streikte bei der alleinigen Vorstellung daran und ich fühlte mich so verflucht traurig. Der Gedanke, wie sich Leo gefühlt haben musste – traurig, elend und allein –, war weitaus schlimmer für mich als die Offenbarung selbst.

Ich sollte auf all das heftiger reagieren, nicht wahr? Aber was machte es schlussendlich für einen Unterschied? Leo war hier und er würde hierbleiben. Wenn ich glauben konnte, dass er mein Schutzengel war, konnte ich auch glauben, dass Leo einmal ein Mensch aus Fleisch und Blut gewesen war. Und tatsächlich noch da draußen rumlief in diesem Moment.

Fuck.

Es traf mich wie ein Schlag mit dem Hammer. Was, wenn ich ihm mal über den Weg lief? Manchester war nicht so groß, als dass man nicht jeden zweimal sah. Wenn ich ihn treffen, ja, wenn ich ihn aufhalten könnte ...

»Hey, warum bist du plötzlich so hibbelig?« Leo sah mich mit zusammengezogenen Brauen an und hielt eine Hand in meine Richtung ausgestreckt.

»Wann bist du gestorben? An welchem Tag?«, fragte ich, bemüht, meine Stimme ruhig zu halten.

»Ähm. Am zehnten Dezember, warum?«

Ich atmete langsam aus. Zwei Wochen. In zwei Wochen. Gott, was wäre gewesen, wenn er mir erst viel später davon erzählt hätte? Oder nie? Plötzlich war ich dankbar, vorhin meine Gedanken laut ausgesprochen zu haben.

Aber ... Scheiße. In meinem Kopf fing sich alles zu drehen an, als mir das plötzlich klar wurde. Leo war irgendwo da draußen. Und gleichzeitig war er hier bei mir. Was, wenn ich ... Aber konnte ich das? Schaffte ich das? Ich, der sonst nichts auf die Reihe bekam? Allerdings stimmte das nicht mehr, oder? Ich hatte Freunde. Ich hatte Leo. Leo war es zu verdanken, was ich in den letzten Monaten geschafft hatte. Gut, es waren vielleicht nur kleine Dinge, aber mir bedeuteten sie die Welt. Und jetzt ... Jetzt konnte ich ihm möglicherweise zeigen, wie sehr ich mich verändert hatte, indem ich handelte. Einmal etwas tat, ohne es Hunderte Male zu überdenken und dann doch wieder zu kneifen. Wenn ich auf der Straße stehen und wildfremde Leute umarmen, wenn ich mich überwinden und mit anderen reden konnte, dann konnte ich auch über meinen Schatten springen und etwas Verrücktes, Filmgleiches tun, oder?

Ich holte tief Luft, um ihm von der Idee zu erzählen, die mir gerade in den Kopf geschossen war und von der ich nicht sicher war, ob sie nicht eine komplette Schnapsidee war. Ich hatte nicht die geringste Ahnung, wie er darauf reagieren würde. Und deswegen musste ich raffiniert vorgehen. Vorsichtig. »Was, wenn ich an dem Tag, an dem du stirbst, in den Platt Fields Park gehe und dich davon abhalte, das Eis zu betreten?«

Ich sah ihm fest in die Augen.

Leo stöhnte bloß und legte sich die Hand auf die Augen, als wollte er mich nicht mehr sehen. »Und dann, was? Scheiße, du weißt doch, wie das mit Zeitreisen ist. Wenn du ein Ereignis veränderst, veränderst du auch alle Ereignisse danach. Du hast doch *Zurück in die Zukunft* gesehen. Du hättest mich nie kennengelernt, wenn ich nicht gestorben wäre. Deine gesamte Vergangenheit wäre anders. Du würdest mich nicht kennen.«

Etwas in seinem Blick sagte mir, dass er dieses Szenario auf jeden Fall verhindern wollte.

»Aber was, wenn man die Vergangenheit oder die Zukunft nicht ändern kann? Dann wäre es vorherbestimmt, dass ich dich davon abhalte, und ich würde mich trotzdem an alles erinnern, weil es auf eine Weise schon stattgefunden hat.«

»Das hat es nicht! Ich war doch bei dir die letzten zwanzig Jahre! Wenn wir mit deiner Theorie arbeiten, kannst du mich nicht retten, weil ich tot bin, tot sein werde, verstehst du?« Er wirkte erschöpft. Seine Augen müde. »Lass es gut sein, Eric, ja?«

»Ich will nicht, dass du tot bist. Wenn ich das ändern kann, warum sollte ich nicht?«, meinte ich bockig. Ich würde ihm nicht nachgeben. Nicht dieses Mal. Der Gedanke daran, dass er tot war ... Ich bekam Gänsehaut und Tränen sammelten sich in meinen Augen. Vielleicht war das alles doch zu viel. Welches Konzept war zu groß für einen Menschen?

»Aber du weißt nicht, ob du das ändern kannst«, fuhr Leo mich an und ich hatte das Gefühl, dass da mehr dahintersteckte.

»Du bist doch derjenige, der mir immer sagt, ich müsse rausgehen und die Initiative ergreifen. Dass ich mich nicht vor dem Ausgang einer Sache fürchten soll, wenn ich noch nicht mal den Anfang gewagt habe. Gilt das plötzlich nicht mehr?«, sagte ich mit gehobener Stimme, die etwas zitterte.

»Ich will dich nicht vergessen, okay?«, gab er lautstark zu und seine Worte schienen im Zimmer nachzuhallen, während wir uns beide schwer atmend anstarrten.

»Du hast die letzten zwanzig Jahre deines Lebens damit verbracht, mir zu helfen. Jetzt lass mich etwas für dich tun, ja? Was sind ein paar Erinnerungen an irgendeinen Typen schon wert, wenn du dein ganzes Leben vor dir hast, um neue zu schaffen?«, sagte ich leise, meine Wut noch nicht ganz verflogen.

»Aber ich will diese! Ich will dich, ist das so schwer zu verstehen? Du bist für mich nicht irgendein Typ. Du bist es für mich, klar? Ich will keinen anderen. Allein der Gedanke an einen anderen kotzt mich an. Ich will nicht ...« Er krümmte sich, immer noch auf dem Bett sitzend, zusammen.

Wie erstarrt, stand ich einige Sekunden vor ihm, bis ich zu ihm eilte und vor ihm auf die Knie fiel. Der Drang, meine Arme um seine Mitte zu schlingen und den Kopf an seinem Bauch zu vergraben, war immens und wurde nur durch mein Wissen, dass es nicht funktionieren würde, gebremst.

»Ist es denn so schwer zu verstehen, dass ich all das nicht verlieren will?«

»Nein, ist es nicht. Denkst du, ich möchte die letzten Monate mit dir vergessen? Aber wenn ich verhindern kann, dass du stirbst ... Wir fangen einfach noch mal ganz von vorne an. Lernen uns neu kennen. Ich meine, ich denke nicht, dass ich dich wieder gehen lassen möchte.« Ich versuchte, aufmunternd zu lächeln, aber Leo erwiderte das Lächeln nicht.

»Versprich mir, dass du es nicht versuchst«, sagte er. »Das ist es nicht wert.«

»Ich werde dir nichts dergleichen versprechen.« Ich musste es einfach versuchen. Leo hatte so viel für mich getan und ich konnte es ihm auf diese Weise danken.

»Du willst doch nur, dass du mich anfassen kannst«, murmelte er boshaft und ich zuckte zusammen. Denn auf eine Weise hatte er recht.

»Natürlich will ich dich anfassen! Wenn du jemanden liebst, willst du ihn berühren, oder nicht? Wünschst du dir denn nicht, du könntest mich in den Arm nehmen? Eine Hand auf meine Schulter legen? Mich küssen, ja, Fuck, mich flachlegen? Hm?«

Leo öffnete den Mund und schloss ihn wieder. Aber sein Blick sagte mir so einiges. Er war wenig beeindruckt von meinem Zugeständnis. »Ich sage ja nicht, dass es nicht auch ohne gehen würde, wenn es müsste. Das, was wir haben, ist besser, als alles, was ich bis jetzt erlebt habe.« Ich schüttelte den Kopf. War ich bloß wieder selbstsüchtig? »Aber Leo, wenn es anders sein könnte, wenn wir die Chance hätten, es zu verändern, warum sollten wir das dann nicht machen? Warum sollten wir es nicht zumindest versuchen?«

»Seit wann bist du ein Macher?«

Ich straffte die Schultern. »Hör auf, mich zu beleidigen, nur damit ich das Thema sein lasse.«

Er legte die Hände auf seine Oberarme, verschränkte sie wie ein Schutzschild vor seinem Bauch. »Ich habe Angst, okay?«

»Angst?«

»Ja, Angst. Eine Scheißangst, okay? Du hast ein Jahr im Stillstand verbracht. Ich zwanzig. Ich kenne kaum etwas anderes als dich. Dich, dich, dich. Immer und überall um mich herum. Ich habe keine Ahnung, ob ich das überhaupt noch kann.«

»Was kannst?«, fragte ich sanft, aber ehrlich verwirrt.

»Allein sein, du Idiot. Schlafen, leben. Ach keine Ahnung.«

Es stand unausgesprochen im Raum, dass er dachte, ich verstünde ihn nicht. Und ich verstand ihn auch nur auf eine sehr abstrakte Weise. Aber logisch betrachtet ... Es musste schon furchteinflößend sein, oder? Leo hatte zwanzig Jahre Zeit gehabt, sich an den Gedanken zu gewöhnen, dass er tot war. Und hier kam ich – Ritter in rostiger Rüstung – und wollte diese

Ordnung, nach der er lebte und die er sich aufgebaut hatte, einfach auf den Kopf stellen.

»Wenn du mutig für mich sein kannst, kann ich auch mutig für dich sein.«

Leo hob ruckartig den Kopf. »Was?«

»Wir schaffen das, okay? Zusammen geht das, irgendwie. Das muss es einfach.«

»Ich glaube nicht, dass es so funktioniert.«

»Hey, ich bin hier der Pessimist. Die Rolle ist schon vergeben, also such dir eine andere.«

»Ich bin nur realistisch. Nicht pessimistisch«, grummelte er, lächelte aber ein wenig. »Ich weiß nicht, Eric. Ich denk darüber nach, aber ich glaube nicht, dass ich meine Meinung ändern werde.«

Ich seufzte tief. »Du bist ein sturer Mistkerl.«

Er legte stöhnend den Kopf in den Nacken. »Das ist keine Entscheidung, die man einfach so trifft. Man wirft nicht seine gesamte Existenz über den Haufen, nur weil einem plötzlich einfällt, dass man das vielleicht kann. Und das ist ein riesiges Vielleicht, von dem wir hier reden. Außerdem – was, wenn dir was passiert, hm? Was, wenn du auch in diesem Scheißsee absäufst? Was dann?«

»Kannst du nicht ein Mal zuerst an dich denken anstatt an mich?«

»Nein.«

Ich verdrehte die Augen. Aber mir war klar, dass er im Moment für all das nicht aufnahmefähig war. Er wollte nicht Ja sagen, also würde er es auch nicht. So einfach. So beschissen schwer. Ich wusste nicht, was ich tun sollte, wenn er seine Meinung nicht änderte. Aber letztendlich ... Selbst wenn er mich mit dem schlechtesten Gefühl der Welt davon würde abhalten wollen, am zehnten Dezember in diesen Park zu gehen – ich würde durchhalten. Ich musste es versuchen. Oder?

Ich kämpfte mit mir, ob es richtig war, was ich vorhatte. Leo wollte nicht, dass ich es tat, und es ging hier schließlich um sein Leben. Hatte ich das Recht, für ihn zu entscheiden?

Ich wusste es nicht. Ich konnte nur hoffen, dass ich in zwei Wochen das Richtige tun würde. Was immer das auch war.

Dann fiel mir etwas ganz anderes ein. »Du bist Kindergärtner?«

»Halt die Klappe!«

Schon den ganzen letzten Tag über war Leo ungewohnt ernst gewesen und hatte kaum ein Wort gesprochen. Lag es an der großen Enthüllung? Daran, dass ich jetzt wusste, dass da draußen noch immer ein Leo in Fleisch und Blut herumlief? Aber dann hätte er sich gleich anders verhalten müssen. Schließlich war unser Gespräch schon ein paar Tage her. Ich hatte mich sogar gefragt, ob Schutzengel irgendwelche Krankheiten entwickeln konnten. Denn wenn Leo anwesend, also für mich sichtbar war, hielt er selten die Klappe. Ich hatte mich mittlerweile so an sein endloses Geschnatter gewöhnt, dass der Anblick von ihm mit geschlossenem Mund falsch erschien.

Irgendetwas ging offensichtlich vor und ich hatte die letzten Stunden damit verbracht, mich zu fragen, was es war. Es fehlte mir gerade noch, dass er nach der Sache mit Natalie vielleicht durchdrehte oder sonst etwas Dummes machte. Er war wichtig für mich geworden und Scheiße, er liebte mich. Wie viele Leute hatten das je zu mir gesagt? Nicht sehr viele, so viel stand fest. Und es war ja nicht so, als würde ich seine Gefühle nicht erwidern.

»Können wir heute kurz ins *Arndale Centre*?«

Ich hätte weinen können, so erleichtert war ich. Oder zumindest die Faust in die Luft stoßen. Gott sei Dank. »Was willst du dort?«, flüsterte ich vorsichtshalber.

Ich war zwar gerade allein in einem Raum der Klinik, aber das konnte sich schnell ändern. »Ich kaufe mir bestimmt keine neuen Schuhe, nur weil du meine nicht magst.« Leo versuchte schon seit Wochen, mich dazu zu bringen, meine ausgelatschten *Converse* zu ersetzen. Aber sie hatten keine Löcher. Sie waren noch gut. Die konnte man getrost noch eine Zeit lang tragen.

Leo verdrehte die Augen, schüttelte aber den Kopf. »So schön das wäre, darum geht's nicht. Ich will dir etwas zeigen.« Er verschränkte die Arme hinter dem Rücken und wippte auf den Fußballen vor und zurück.

»Mir etwas zeigen? Was? Soll das wieder so eine Art Lebensunterricht werden?« Hatte er Angst bekommen, dass ich ihm mit meinem Plan, sollte er schiefgehen, bald jegliche Möglichkeit nehmen würde, mir Lektionen zu erteilen?

Er verengte die Augen. »Können wir einfach dorthin? Bitte?«

Ich legte den Kopf schief und ließ die verpackten Spritzen in meiner Hand sinken, die ich gerade in eine Schublade ordnete. Es schien ihm ernst zu sein. Aber was konnte es im *Arndale* schon geben, das er mir zeigen musste? Ein Selbsthilfehandbuch?

»Sagst du mir dort, was du vorhast?«

Leo nickte. Seine Mundwinkel waren angespannt. Resolut. Bestimmt. Als hätte er eine Entscheidung getroffen.

»Okay«, murmelte ich und wandte mich wieder meiner Aufgabe zu.

Mein Atem stockte, als ich plötzlich die unmissverständliche, unverwechselbare Wärme seiner Berührung an meinem gesamten Rücken bis hinunter in meine Füße fühlte. Ich schloss die Augen und stützte mich an der Anrichte ab. Mein Kopf fiel nach vorn und ich musste mit offenem Mund atmen.

Würde ich mich je an dieses Gefühl gewöhnen? Wir wussten nicht mal, warum er mich auf diese Art *berühren* konnte. Tappten in dieser Angelegenheit ebenso im Dunkeln wie in allen anderen, was seinen Status als Schutzengel betraf.

Leo teilte diese Berührungen in kleinen Rationen aus und ich fühlte mich wie ein Flüchtling im Krieg, dem ab und an etwas Gutes getan wurde. Ich verwahrte diese Momente nah an meinem Herzen, wo sie am meisten wehtaten. Aber es war eine gute Art von Schmerz. Es sollte nie aufhören.

»Danke«, murmelte er an meinem Ohr und wich langsam

zurück, bis ich wieder ich war und mich zwar noch ganz, aber nicht mehr vollkommen fühlte.

Der nächste Eingang zum *Centre*, von den Piccadilly Gardens aus gesehen, verlief durch einen Aldi. Also nahm ich diesen, weil es regnete und ich mit dem Bus hergekommen war. Da haftete etwas unglaublich Ekelhaftes und Tristes an verregneten Städten. An den warmen Körpern, bedeckt mit feuchter Kleidung und ausgestattet mit nassen Schirmen, die sich an einem vorbeidrückten.

Ich hasste es.

Aber diesmal war ich zu neugierig, um mich auf meine katzenartige Abneigung gegen Feuchtigkeit zu konzentrieren. Mein Körper war gespannt wie ein Bogen, als ich mich durch die Regalreihen und an den Einkäufern vorbeizwängte, bis ich im Einkaufscenter stand. Dort angekommen, steckte ich die Hände in die Taschen und sah Leo neben mir erwartungsvoll an. Er hatte immer noch dieselbe Entschlossenheit an sich, wirkte aber auch ebenso nervös.

Scheiße, was zum Teufel wollte er mir zeigen? Der Fakt, dass er sich unwohl fühlte, brachte mich nur umso mehr dazu, mich auch so zu fühlen. Und gleichzeitig wollte ich dem Grund seines Unwohlseins, der ihn sich so fühlen ließ, eine verpassen. Ich hatte die entfernte Ahnung, dass es unangebracht wäre, aber der Drang war da.

»Zum Disney Store. Geh mir einfach nach.«

Der Disney Store? Was? Hatte ihm der Tod von Bambis Mutter die Kindheit verdorben und er war auf Rache aus? Hatte ihm Disney ein falsches Bild von der Liebe vermittelt und er wollte es allen Leuten heimzahlen, die mit Disney etwas zu tun hatten? Es war lächerlich, aber etwas Besseres fiel mir nicht ein. Wer mochte Disney nicht?

So oder so folgte ich ihm durch die Menge. Es schien, als hätte der Großteil der Bevölkerung von Manchester hier drin

Zuflucht vor dem Regen gesucht und wanderte jetzt lustlos durch die Gänge. Ich wünschte, sie würden das an einem anderen Tag machen. Wenn ich nicht auf einer Mission unterwegs war.

Der Disney Store sah aus wie jeder andere, den ich bisher gesehen hatte – als hätte sich ein enthusiastisches Einhorn darin übergeben. Und wie immer war er voll mit Kindern und deren genervt wirkenden Eltern. Die einen kreischten, die anderen würden gern. Nichts Besonderes also.

Leo stand mit unleserlicher Miene neben mir. Ich sah vielleicht Ansätze von Traurigkeit darin, aber ich war mir nicht sicher. Ich folgte seinem Blick und sah ein kleines Mädchen mit einer Schleife im Haar, vor dem eine Frau mit kinnlangen schwarzen Locken kniete. Die Kleine nahm von der Frau eine Rapunzel-Puppe entgegen und lächelte ein Lächeln, das voller Zahnlücken war.

»Siehst du die Frau da?«, fragte Leo schließlich.

Die Frau?

»Die mit den Locken?«, fragte ich vorsichtshalber nach.

Leo nickte.

»Was ist mit ihr?«

»Das«, sagte er und holte tief Luft, »ist Tina. Meine Schwester.«

»Deine Schw...« Ich schüttelte den Kopf. »Warum bringst du mich zu deiner Schwester? Und woher wusstest du, dass sie hier sein würde? Hast du so eine Art Leben-nach-dem-Tod-Verbindung mit ihr?«

Leo verdrehte die Augen. »Haha, lach du nur. Sie arbeitet hier. Und ich habe dich nicht grundlos hergebracht.«

»Oh?« Ich sah ihn skeptisch an. Welche Lektion fürs Leben würde mir jetzt serviert werden?

»Ich bin tot.«

Ich zuckte bei den Worten unwillkürlich zusammen. Ich wollte das nicht hören. Es war zu endgültig. Zwar hatte ich mich mittlerweile daran gewöhnt, dass Leo früher ein Mensch gewesen war, aber zu hören, dass er essentiell eine Leiche war, gefiel mir nicht. Bei dem Gedanken hatte ich das Gefühl, irgendetwas würde unter meiner Haut wühlen. Denn ich stellte es mir immer wieder vor. Konnte gar nicht anders. Wie grausam es sein musste, von schierer Panik erfasst, nicht mehr an die Wasseroberfläche zu finden? Wenn man wie gelähmt war von einer Angst, die einen mit ihren eiskalten Klauen gefangen hielt?

Leo zuckte ob meiner Reaktion bloß die Achseln. »Ist so. Dagegen kann ich nichts tun. Ich habe mich damit abgefunden.« Er strich sich über den Oberarm, weil er wohl mein Unbehagen fühlte. »Aber weißt du, was wirklich beschissen ist? Womit ich mich nach zwanzig Jahren nicht abgefunden habe?«

Ich seufzte und schüttelte den Kopf.

»Dass ich mit meiner Schwester, bevor ich gestorben bin, zwei Monate lang nicht gesprochen habe. Kein Wort. Und weißt du, warum?«

Ich wollte ihm in die Augen sehen, aber er sah mich nicht an. Starrte nur Tina an, die mittlerweile auf dem Weg hinter die Kasse war. »Warum?«

Er lachte unglücklich und zog die Schulter in einer Art halbem Schulterzucken hoch. »Es war so dämlich. Sie war böse, weil ich ihr nicht gesagt habe, dass sie adoptiert ist.« Er schüttelte den Kopf. »Ich hab's ihr nicht verschwiegen, weil ich ihr etwas verheimlichen wollte. Na ja, ich dachte mir schon, dass sie es nicht gut verkraften würde. Sie hat sich in unserer Familie immer gefühlt, als wäre sie irgendwie anders, weißt du? Aber hauptsächlich habe ich den Mund gehalten, weil ich nicht wusste, inwiefern es einen Unterscheid macht. Sie ist meine kleine Schwester. Ich habe sie so oder so lieb.«

Mir tat das Herz für ihn weh und ich fühlte mich zunehmend unwohl, wie ich hier stand. Ich konnte ihn nicht trösten. Es wäre alles so viel einfacher, wenn ich zu ihm gehen und ihn in meine Arme ziehen könnte. Aber so war ich zur Untätigkeit verurteilt. Zumindest wusste er, was ich in diesem Moment für ihn fühlte. Das war der einzige Trost, der mir blieb. Und wie beschissen war es, dass ich Trost bekam und er nicht?

»Sie hat es nicht gut aufgenommen. Meinte, sie wisse nicht mal, wer sie ist. Sie hätte es nie herausgefunden, wenn unsere Eltern nicht gestorben wären und wir deren Papiere nicht hätten durchsehen müssen.« Er wandte mir den Blick zu, der so verdammt traurig und voller Reue war, dass ich nicht wusste, was ich tun sollte. »Ich weiß, Rory ist nicht dein Bruder.«

Ich verspannte mich augenblicklich. Darauf wollte er also hinaus? »Leo ...«, fing ich an, aber er unterbrach mich.

»Nein. Du vermisst ihn. Und Natalie sagt, er vermisst dich auch. Du musst dich ja nicht gleich mit ihm treffen. Und niemand sagt, dass du Natalie wiedersehen musst. Aber Rory war jahrelang dein bester Freund. Das ist etwas wert. Du hast keine Geschwister, aber er war eine Art Ersatz. Denk einfach drüber nach, okay?« Er schluckte sichtbar und sah mich hinter seiner Brille aus eindringlichen Augen an. »Bleib nicht wie ich in dieser Bullshitsituation stecken. In ein paar Jahren, wenn die Wut abgeklungen ist, wirst du dir wünschen, du hättest alles anders gemacht. Aber dann ist es zu spät. Ich will das nicht für dich, okay?«

»Ich weiß nicht«, sagte ich einfach. Ich musste ehrlich mit ihm sein. Ja, ich vermisste Rory. Scheiße, ich vermisste ihn. Man sollte meinen, dass sich dieses Drecksgefühl mit der Zeit verflüchtigt hätte. Aber es war wie ein Stich ins Herz, jedes Mal, wenn mir eine Erinnerung in den Sinn kam, die Rory betraf. Klar wäre es der Hammer, wenn ich wieder mit ihm reden könnte. Aber es war alles nicht so einfach. Wenn es mich so fertiggemacht hatte, ein paar Minuten lang mit Natalie zu reden, wie konnte ich da jemals wieder zu Rory nach Hause gehen? Vor einem Jahr hatten die beiden noch zusammengewohnt. Wie sollte ich der Gefahr, Natalie dort jederzeit über den Weg zu laufen, ins Auge sehen? Ich wollte das nicht. Und ich war nicht sicher, ob ich es konnte.

»Vielleicht. Aber ich kann ... jetzt nicht. Vielleicht ...«

Mensch, ich hatte nie darüber nachgedacht, mit Rory wieder Kontakt aufzunehmen. Es hatte so viel verdammte Energie gekostet, seine Anrufe, SMS und Facebook-Nachrichten zu ignorieren. Und jetzt sollte ich wie ein jämmerlicher Wurm angekrochen kommen? Das ging einfach nicht. Oder?

»Denk drüber nach, ja? Mehr will ich gar nicht.«

Ich konnte ihm versprechen, darüber nachzudenken. Schließlich war auch eine Ablehnung ein Gedanke, nicht wahr?

»Und dein Dad ...«

»Lass meinen Dad da raus. Ich hab ihm bereits versprochen, dass ich mich bei ihm melde, wenn ich so weit. bin. Ich denke von mir aus darüber nach, Rory anzurufen, aber das war's auch.«, sagte ich bestimmt. »Und ich mach es nur zu der Bedingung, dass du darüber nachdenkst, meine Idee durchzuziehen.«

Sofort nahm Leo eine abwehrende Haltung ein. Er machte den Mund auf, dann wieder zu. Sah alles andere an, bloß nicht mich. War ich zu weit gegangen?

Aber schließlich zuckte er mit den Schultern und nickte. Vielleicht war er zu demselben Schluss gekommen wie ich – darüber nachzudenken, bedeutete nicht, Ja zu sagen.

»Können wir jetzt nach Hause?«, fragte ich leise.

Leo hob beide Schultern an und steckte die Hände in die Taschen. Ich folgte seinem Blick und sah Tina, wie sie mit einer Mitarbeiterin über etwas lachte. Ich biss mir auf die Lippe. »Wir können auch noch ein wenig bleiben, wenn du willst. Vielleicht kaufe ich mir ein Plüschtier.« Ich wollte kein verdammtes Plüschtier, aber wenn Leo hier eine Weile stehen und seine Schwester schuldbewusst ansehen wollte, dann würde ich ihm das nicht verweigern. Es war das Mindeste.

»Meinst du?«

Anstatt zu antworten, marschierte ich resolut in den Laden, stellte mich zu den Löwen und versuchte, mir nicht wie ein unheimlicher Creeper vorzukommen.

Sinnlos zu sagen – es gelang mir nicht. Aber auch wenn ich wie ein Freak wirkte als einzelner Mann zwischen all den Kindern mit ihren Familien, war es okay. Ich fühlte mich zwar höllisch unwohl, aber wenn ich schon ein Creeper sein musste, war ich doch zumindest einer, der eine Familie zusammenführte.

Yay.

21. Kapitel

»Erzähl mir von Leo.«

Ich stöhnte voller Unwillen auf. Ich war bei Mum zu Besuch und hatte mich auf selbstgemachte Backwaren gefreut. Stattdessen hatte sie beschlossen, mich zu verhören. Meine Mutter war wie ein Hund mit einem Knochen. Hatte sie sich in ein Thema verbissen, ließ sie es nicht mehr los, kam, was wollte. »Was willst du wissen?«

»Alles!« Sie lächelte mich breit an und rutschte an den Stuhlrand, wo sie sich ein wenig nach vorn lehnte. »Ich warte schon seit Wochen darauf, dass du mir mehr erzählst, aber das tust du ja nicht. Wie sieht er aus?«

Ich verzog den Mund und überlegte. Sollte ich es wagen? Solang sie seinen Nachnamen nicht kannte, sollte es doch in Ordnung gehen, oder?

Immer noch ein wenig unsicher, zog ich mein Handy aus der Tasche und loggte mich auf Facebook ein, wo ich Leos Profilfoto aufrief. Als Mum mir das Handy aus der Hand nehmen wollte, hielt ich es fest. Ich konnte nicht riskieren, dass sie auf sein Profil ging und seinen Namen sehen würde. Wer wusste schon, wie lang ich diese Charade noch aufrechterhalten musste.

Mum verdrehte die Augen. »Ich kenne mich mit Handys aus. Du brauchst keine Angst zu haben, dass ich dein Internet lösche.«

»Du kannst das Internet nicht löschen, Mum. Nur die App, mit der du es öffnest«, sagte ich ein wenig gehässig, aber Mum verdrehte die Augen erneut und diesmal sah es beinah aus, als müsste es ihr wehtun, so viel Gefühl legte sie in die Bewegung. »Jaja. Halt die Hand wenigstens still, damit ich etwas sehen kann.« Sie legte den Kopf schief und lächelte schließlich. »Er ist süß.«

»Ich weiß«, antwortete ich schlicht und war froh, dass ich

Leo im Moment nicht sehen konnte. So etwas zuzugeben, wenn er nicht da war, war einfach. Aber bei seiner Anwesenheit hätte ich zumindest einmal gestottert, da war ich mir sicher. Vielleicht sagte ich ihm so was zu selten. Jeder brauchte doch ab und an mal Bestätigung. Scheiße, er sagte mir oft genug, was ihm an mir gefiel, da konnte ich das doch erwidern, nicht wahr?

Ich räusperte mich. »Er ist toll, Mum. Ehrlich. Er weiß, was ich brauche und wann er mir in den Arsch treten muss. Ich muss nicht hinterfragen, ob er mich liebt. Es ist offensichtlich. Aber ich habe Angst, dass ich ihm nicht genug zurückgebe, weißt du? Dass ich nicht genug bin. Er stellt mich immer an erste Stelle, aber das sollte er nicht. Er sollte sich selbst dorthin stellen. Alles andere ist nicht ... gesund. Denke ich. Aber verdammt, Mum. Ich habe mich ehrlich noch nie so gefühlt und ich weiß nicht, ob ich ihm zurückgebe, was ich von ihm bekomme.«

»Eric«, sagte sie einfach und brachte mich dazu, sie anzusehen. »Allein dass du dich das fragst, zeigt doch schon, dass du ihn nicht als selbstverständlich ansiehst. Ich weiß nicht, wie eure Beziehung funktioniert, wo er doch in Kanada lebt, aber ich bin mir sicher, du gibst ihm etwas, das ihn dazu bringt, bei dir zu bleiben. Oder ist er jemand, der seine Zeit verschwendet?«

»Außer mit *Project Runway*, meinst du?«, fragte ich schnaubend, als mir seine Statusnachricht einfiel. Aber ich musste zugeben, dass sie recht hatte. Leo war meiner Auffassung nach niemand, der sich Zeit für Leute nahm, an denen ihm nichts lag. Das war auch nicht die Frage gewesen. Aber auf die würde ich ohnehin kaum eine Antwort bekommen. Leo würde immer felsenfest behaupten, alles, was er brauchte, wäre, dass es mir gut ging. Und vielleicht glaubte er das ja wirklich.

Aber wenn unsere Beziehung von meiner Seite gesehen, einseitig wirkte, musste sie das von seiner doch auch, oder? Ich bezweifelte nicht, dass er zufrieden war. Sich abgefunden hatte mit seiner Situation. Aber Glück war Meilen von Zufriedenheit entfernt und ich wollte, dass er Ersteres und nicht Letzteres fühlte. War das selbstsüchtig von mir? Wo doch mein Glück teilweise an seins geknüpft war? Wollte ich bloß die Stimmchen in meinem Kopf zum Schweigen bringen, die mir Schuldgefühle einredeten?

Fuck, das war alles so schwierig.

»Ruft dein Dad dich noch an?«, fragte Mum unvermittelt und ich sah ruckartig auf.

»Nicht mehr so oft«, sagte ich mit angespannten Schultern. »Wie kommst du jetzt darauf?« Wusste sie etwa von Dads überraschendem Besuch?

Sie schüttelte den Kopf und seufzte. »Was du gesagt hast, hat mich an ihn denken lassen. Ich habe mich nie gefragt, ob ich ihm alles gegeben habe, was er brauchte, weißt du?«

Ich spannte die Schultern an, als sie damit unwissentlich ansprach, was Dad und Natalie mir beim letzten Mal erzählt hatten.

»Darüber wollte ich sowieso mit dir reden«, seufzte ich.

Sie hob die Brauen. »Ach?«

»Ich hab mit Dad und ... Nat gesprochen. Sie haben ein paar Dinge zur Sprache gebracht, von denen ich nichts wusste.«

»Wie zum Beispiel?«

»Sie meinten, deine und Dads Ehe wäre ohnehin nicht besonders gut gelaufen.« Ich verwob die Finger meiner einen Hand mit denen der anderen und stützte die Ellbogen auf die Oberschenkel. Ich hatte Dad noch nicht kontaktiert. Er wollte, dass ich es tat, wenn ich bereit war, ihm zu verzeihen, aber ich war einfach noch nicht so weit. Aber anders als im letzten Jahr gab es wieder einen kleinen Teil von mir, der Dad vergeben wollte.

Mum nickte bedächtig. »Ich hatte Zeit, um darüber nachzudenken. Ich bin nicht mehr so wütend wie am Anfang und kann klarer denken. Ich hab ihm lange den Teufel an den Hals gewünscht, aber ... Ein Mann betrügt seine Frau nach über zwanzig Jahren nicht einfach so. Wir hatten schon vorher Probleme. Ich kam mir bei seinen endlosen Vorträgen immer so unglaublich dumm vor, auch wenn er mir immer wieder versichert hat, dass ich das nicht muss, dass er das nicht so meint. Wir haben einfach nicht mehr miteinander geredet oder eben aneinander vorbei. Uns nicht mehr gefragt, was im Kopf des anderen vorgeht. Du hast solche Problem mit Leo nicht und wenn du zusiehst, dass es dir nicht passiert, werdet ihr letztendlich keine Schwierigkeiten haben.«

Ich ließ die Schultern sinken und blickte nachdenklich auf das Handy in meiner Hand. Der Bildschirm war bereits dunkel geworden, aber in Gedanken konnte ich Leos Foto immer noch sehen.

»Er findet, ich sollte mich bei Rory melden«, sagte ich leise und strich mit dem Daumen über das Display.

»Und was denkst du?«, fragte Mum nach einigen Sekunden der Stille.

»Ich überlege es mir«, gab ich mit einem kleinen Schulterzucken zu. Plötzlich spürte ich, wie sich das Sofakissen neben mir senkte und Mum sich setzte.

Sie legte eine Hand auf meinen Unterarm und sah mich eindringlich an. »Eric, lass den Jungen nie wieder los.«

»Das habe ich nicht vor, Mum.«

Ich träumte selten. Oder konnte mich nur selten an meine Träume erinnern. Ich wünschte, das wäre heute Nacht auch so. Eis, Wasser, Blindheit, Kälte ... Hilfe, nein, Leo ...

»Es ist okay, Spatz. Mir geht's gut.«

Nein, geht es dir nicht.

Und mir auch nicht.

»Es ist nur eine Grippe«, sagte Clara und warf Mrs. Newman ein beruhigendes Lächeln zu. Die dreifarbige Katze vor ihr auf dem Tisch hustete elend vor sich hin und Mrs. Newman, ihre Besitzerin, streichelte sie behutsam hinterm Ohr. »Ich gebe

Pepper eine Spritze und Sie geben ihr die nächsten vier Tage jeweils eine halbe von diesen Tabletten. Am Mittwoch kommen Sie wieder und wir sehen, ob die Mandeln noch geschwollen sind.«

»Okay. Danke.«

Clara füllte die Spritze und gab sie der Katze, die ein wenig knurrte, sonst aber ruhig blieb. Danach lief sie von selbst wieder ins Katzenkörbchen. Ich brachte Mrs. Newman nach draußen, wo diese die Tabletten entgegennahm und die Behandlung bezahlte, bevor sie sich verabschiedete.

Es war ein ziemlich emsiger Tag. Im Winter schienen sich die Tiere viermal so oft zu verletzen oder Krankheiten einzufangen als im Sommer, wo es eher ruhig zuging.

Ich wollte soeben den nächsten Patienten aufrufen, als Clara mich rief. »Eric, kommst du kurz?«

Ich ging mit gerunzelter Stirn zu ihr nach hinten in den Behandlungsraum. »Was brauchst du?«

Sie lächelte ein wenig und räumte die Fläschchen, die sie für Peppers Spritze gebraucht hatte, wieder in eine Box. »Nur eins. Ich wollte dir das schon lang sagen, aber ich komme irgendwie nie dazu.«

»Du kommst nicht dazu? Normalerweise, wenn du zu etwas nicht kommst, tust du es trotzdem«, sagte ich schnaubend.

Sie verengte die Augen, lachte aber. »Na ja. Ich werde wohl ängstlich im Alter. Und sentimental.« Sie stellte sich direkt vor mich hin und sah mir fest in die Augen. »Okay. Ich hab dich lieb, das weißt du. Mein Mann und ich haben keine Kinder. Du bist mein Ersatz. Das weißt du auch. Und ... ich bin Mitte Fünfzig und habe nicht vor, mehr als noch maximal zehn Jahre zu arbeiten, bevor ich in Rente gehe.«

Ich legte den Kopf schief, weil ich nicht wusste, wohin das Gespräch führen sollte. Aber es war schön, die Wahrheiten zu hören, die man sonst nur fühlte.

»Jedenfalls überlege ich mir schon seit geraumer Zeit, an wen ich die Praxis mal übergebe. Ich könnte sie einfach schließen. Das wäre eine Möglichkeit. Aber das will ich eigentlich nicht.

Ich hätte gern, dass du sie bekommst.«

Ich riss vor Überraschung die Augen auf. Was? Meinte sie das ernst? Ich hatte doch keine Ahnung, wie man ein Geschäft führte und abgesehen davon war ich bloß ... »Ich bin nur ein Tierarzthelfer. Ich habe nicht studiert. Ich bin kein Arzt. Ich bin mir ziemlich sicher, dass man Tierarzt sein muss, um eine Praxis zu führen«, brabbelte ich, aber sie hob die Hand.

»Sei einfach still. Ich weiß das. Notfalls gebe ich die Praxis Grace. Aber mir wäre es lieber, du hättest sie. Und wenn du sie auch haben willst, dann kann ich dir zeigen, wie man ein Geschäft führt. Und du müsstest eben den Rest machen.«

Ich leckte mir die Lippen und starrte sie einfach nur an. Wie lang spielte sie schon mit diesem unfassbar blöden Gedanken? Und was hatte ihr den Eindruck vermittelt, dass ich so was konnte? Klar, ich hatte mit der Idee gespielt, vielleicht zu studieren. Ich war schließlich erst zwanzig und hatte noch eine Menge Zeit dafür. Aber das hier kam für mich trotzdem aus dem Nichts.

»Überleg es dir einfach, okay? Und sag mir, wenn du eine Entscheidung getroffen hast. Egal, welche. Nur du kannst wissen, was gut für dich ist und was du machen willst.« Sie tätschelte meine Wange und lächelte dabei dieses Lächeln, das irgendwie nur Mütter draufhatten. Irgendwie stolz und sentimental.

»Ich ... okay. Danke. Ich hole die Nächsten rein«, murmelte ich dämlich und ging nach draußen.

Mir ging die Sache natürlich den ganzen Tag nicht aus dem Kopf. Konnte ich das wirklich? War ich überhaupt schlau genug? Ja, ich hatte mehr Erfahrung mit Tieren als die meisten Erstsemester an der Uni und ich konnte mir nicht vorstellen, nicht mit Tieren zu arbeiten. Aber diesen letzten, grauenhaft unheimlichen Sprung zu wagen? Es wäre definitiv ein weiterer Schritt in ein neues Leben und war es nicht genau das, was ich in den letzten Monaten angestrebt hatte? Freunde zu finden und mein Leben zum Besseren zu verändern?

Ich wusste, ich würde dafür nicht mal die Stadt verlassen müssen. Die Manchester University bot ein Programm für

Tierheilkunde an. Und etwaige Praktika konnte ich bei Clara machen, kein Problem. Außerdem würde ich mit einem garantierten Arbeitsplatz in meine Zukunft einsteigen – wenn ich Ja sagte. Mich traute.

Traute ich mich das?

Aufregung stieg in mir hoch und verwandelte sich zu einem Lächeln. Ja. Ich wollte das. Ich konnte das. Mit der Unterstützung von Leo und all den anderen konnte ich das wirklich schaffen, oder?

Ich spannte entschlossen die Schultern an. Zu Hause würde ich mir ansehen, wann ich mich frühestens für den nächsten Studienlehrgang einschreiben konnte. Kein Grund, die Dinge aufzuschieben.

Und wenn ich diesen Schritt wagen konnte, dann konnte ich auch einen weiteren machen.

Ganz oder gar nicht, nicht wahr?

Zu Hause drehte ich das Handy mehrmals in den Händen hin und her. Unschlüssig. Sollte ich wirklich? Scheiße, es war doch nur ein Anruf. Aber die hatte ich nie besonders gemocht. Meine Eltern waren da die Ausnahme gewesen. Und Rory. Früher einmal.

Aber jetzt war die Aussicht darauf, meinen ehemals besten Freund anzurufen, ebenso schlimm, als müsste ich beim Kundenservice einer Firma anrufen. Als mein Fernseher letztes Jahr kaputtgegangen war, hatte ich die Nummer der Hotline nicht gewählt, obwohl ich noch Garantie auf das Ding gehabt hätte. Er war nie repariert worden. Aber ich konnte nicht dasselbe mit unserer Freundschaft machen, oder?

Ich öffnete meine Kontakte und scrollte zu der Nummer, die früher immer ganz oben, sogar noch über meiner Mutter, gestanden war. Ich drückte auf den Bildschirm, bevor ich es mir anders überlegen konnte und presste die Augenlider zusammen.

Es läutete. Vielleicht ging ja die Mailbox ran. Dann wäre ich fein raus. Allerdings würde er mich zurückrufen und ich müsste den Mut aufbringen, abzuheben. Ich wusste nicht, ob ich den hatte. Scheiße, was, wenn er nicht zurückrief? Wenn er gar nicht mit mir reden wollte? Der Gedanke war mir noch gar nicht gekommen und dafür trat ich mir mental in den Arsch.

Dumm, dumm, dumm.

»Hallo?«

Ich hielt den Atem an. Scheiße. »Ähm. Hi. Ich bin's. Eric.«

Auf der anderen Seite war es still. »Ich weiß. Ich habe Anrufer-ID.«

»Ja. Ich ... auch.« Oh Gott.

»Brauchst du ... etwas?«

Ich spannte die Schultern an.

»Fuck, Scheiße, vergiss das wieder. Ich weiß nur nicht ... Mann, du hast meine Anrufe nie beantwortet.«

Er klang so fertig, dass ich mich augenblicklich schuldig fühlte. »Ich habe Natalie vor einiger Zeit getroffen. Sie sagt ... du ... Sie sagt, du vermisst mich. Oder so.«

Gott, ich war so dumm. Ich musste mich praktisch winden, weil die Situation dermaßen unangenehm war. Man konnte die Spannung, die in der Leitung lag, tatsächlich fühlen.

»Du bist ein blödes Arschloch, Eric.«

»Ich weiß«, sagte ich leise.

»Aber meine Schwester ist auch eins. Und ich schätze, wir können sagen, wir sind quitt.«

»Was?«, rief ich und riss die Augen auf. Das ging viel zu leicht. Das war zu einfach. Niemand verzieh einer anderen Person so einfach.

»Hey, ich sag ja nicht, dass es leicht war. Und ich bin noch immer wütend auf dich, Mann. Ich bin auch verdammt wütend auf sie. Aber ich will meinen besten Freund wiederhaben.«

»Obwohl ...« Ich schluckte. »Obwohl er ein blödes Arschloch ist?«

Rory lachte leise. »Ja. Trotzdem. Aber vorher ...«

»Hm?«

»Wieso hast du nicht mit mir geredet?«, rief er plötzlich aus und ich zuckte zusammen. »Ich bin dein bester Freund! Seit Jahren! Wir haben immer über alles geredet. Nur weil sie meine Schwester ist, heißt das nicht, dass ich nicht weiß, was für eine Scheiße sie verzapft hat. Ich weiß, dass sie im Unrecht war.«

»Ich ...«

»Nein, halt die Klappe. Du hörst dir das jetzt an. Ich habe mir solche Sorgen gemacht! Deine Mum hat gemeint, du wärst so verdammt fertig und würdest mit niemandem mehr reden. Noch weniger reden als zuvor. Mir war nicht klar, dass das überhaupt geht. Sie hatte Angst, dass du dir etwas antust.«

Er keuchte am anderen Ende.

Scheiße. Ich hatte gewusst, dass sich Mum gesorgt hatte. Das taten Eltern ständig. Aber dass es so weit gegangen war, hatte ich nicht vermutet. »Das hätte ich nicht gemacht. Ich habe nicht mal darüber nachgedacht. Ich schwöre.«

»Okay.«

»Ja.«

»Mach das nie wieder!«

»Okay.«

»Versprich es! Ich mach das nicht noch mal durch. Ich bin bereit, dir das zu verzeihen. Denke ich. Ich vermisse dich, Mann, aber was du abgezogen hast ...«

»Können wir vielleicht mal etwas trinken gehen? Das alles am Telefon zu erklären, ist nicht optimal«, bot ich ihm an. Klar konnte nicht alles von heute auf morgen wieder in Ordnung sein. Aber zumindest schien Rory gewillt, mir noch eine Chance zu geben.

»Das ist wahrscheinlich keine dumme Idee.« Er seufzte. »Sie ist trotzdem meine Schwester. Sie hat etwas Beschissenes getan, aber das macht sie nicht weniger zu meiner kleinen Schwester.«

»Ich weiß.«

»Ich kann nicht versprechen, dass du sie nie wiedersehen wirst. Wir wohnen immer noch zusammen.«

»Ich habe sie erst gesehen. Zweimal. Wir haben geredet«, gab ich zu und ein paar Sekunden lang war es still in der Leitung.

»Ja, das hast du vorhin schon erwähnt. Sie hat mir das aus

irgendeinem Grund nicht erzählt. Wie geht's dir damit?«

Fragte er, weil es ihn wirklich interessierte oder weil er das Gefühl hatte, er müsste mich fragen?

»Es geht. Ich denke nicht, dass ich sie sobald wiedersehen will, aber sie hat nicht mehr diese grauenhafte Wirkung auf mich, denke ich.« Ich rieb mir über die Augen.

»Na immerhin.«

»Als ich sie das erste Mal wiedergesehen habe, bin ich ziemlich ausgetickt«, gab ich zu. Auf eine seltsame Weise hatte ich das Gefühl, ihm solche unangenehmen Wahrheiten schuldig zu sein.

»Kann ich mir vorstellen.«

Ein paar Sekunden war es wieder still.

»Du machst mir das einfacher als erwartet«, gab ich zu und setzte mich auf die Anrichte in der Küche.

Er schnaubte. »Ich wollte es dir schwerer machen. Ich habe es mir ausgemalt. Wie du mich anrufst und ich dich voller Genugtuung wegdrücke. Wie du bei mir.«

»Es tut mir leid.«

»Ja. Das weiß ich, glaube ich. War trotzdem scheiße. Freunde machen so was nicht.«

Mein Magen sank und ich zog die Schultern hoch.

»Aber«, sagte er seufzend, »Freunde geben anderen Freunden ab und an ein Freiticket. Fürs Arschlochsein. Und genauso wie ich dich nicht wegdrücken konnte, weil ich nicht so bin, kann ich nicht anders, als dir dieses Ticket zu geben, denke ich. Zumindest bin ich bereit, darüber nachzudenken. Aber du musst versprechen, so eine Scheiße nie mehr abzuziehen.«

»Versprochen«, sagte ich sofort.

Er lachte. »Okay. Also, wir treffen uns mal auf ein Bier oder so. Und reden uns das aus.«

»Bin dabei.«

»Gut.«

Gerade als ich mich verabschieden wollte, weil es nichts mehr zu sagen gab, hörte ich wieder Rorys Stimme.

»Danke für den Anruf. Ich bin froh, dass wir das endlich klä-

-en können.«

»Ich auch«, murmelte ich. Ich war schon lang nicht mehr so dankbar gewesen. Es war großzügig von ihm, mir diese Möglichkeit zu geben.

Wir verabschiedeten uns und legten auf, nachdem Rory mich hatte schwören lassen, ihm ein Datum für ein Treffen zu schreiben.

Leo, der während des gesamten Telefonats vor Flo auf dem Boden gesessen und sich ein Duell im Anstarren mit ihr geliefert hatte, blickte auf. »Ich bin stolz auf dich.«

Ich lächelte. War froh über meine Entscheidung. Aber die Anspannung, die schon seit Tagen zwischen meinen Schulterblättern saß, fiel nicht von mir ab. Und das würde sie auch nicht.

Nicht vor dem zehnten Dezember. Nicht vor D-Day.

22. Kapitel

Am Abend des neunten Dezembers ließ sich Leo nicht blicken, egal, wie oft ich nach ihm rief. Es war in den letzten Tagen eiskalt geworden, wegen eines Tiefs, das unverhofft über England hinwegzog und die Temperaturen bei unter minus zehn Grad hielt. Ich war gestern in den Platt Fields Park gegangen und hatte mir den See angesehen. Er war dreieckig und meines Erachtens eher ein Teich als ein See. Aber laut einem Schild konnte man zu wärmeren Jahreszeiten fischen und mit dem Boot herumfahren, also musste er tief genug sein.

Tief genug, um zu ertrinken.

Ich lief zu Hause Furchen in den Boden, konnte mich auf keine Beschäftigung konzentrieren. Wie zur Hölle auch? Fuck, Leo würde morgen sterben. Klar, an meinem Alltag würde das nichts ändern, dennoch braute sich da ein aufkeimender Sturm der Endgültigkeit über mir zusammen. Das Schlimmste war, dass ich Leos Argumente nachvollziehen konnte. Veränderungen waren angsteinflößend und Hoffnung ganz besonders. Ich schätzte, es gab einen Punkt im Leben, wo Hoffnung das Einzige war, was einem wirklich Angst machen konnte. Weil es eigentlich keine gab.

Was, wenn ich zu spät kam?

Was, wenn ich rechtzeitig kam?

Wir hatten keine Ahnung, was passieren würde, wenn ich es schaffen sollte, Leo davon abzuhalten, auf diesen See zu treten. Der Gedanke daran, Leo vielleicht nie gekannt zu haben ...

Ich schlang die Arme um mich und schloss fest die Augen. Leo hatte sich über die letzten Wochen und Monate hinweg zu meinem Anker entwickelt. Er hatte mich aus meinem schwarzen Loch des Selbstmitleids gezogen, selbst als ich mich mit Tritten und Schreien gewehrt hatte. Er hatte nicht aufgegeben. Weil er mich liebte. Und diesmal war es die wahre Liebe. Nicht das, was ich mit Natalie gehabt hatte. Das war nur eine

Wunschvorstellung gewesen. Eine Träumerei. Hörigkeit. Ich war zu blind gewesen, um sie überhaupt zu sehen, aber Leo ... *Ihn sah ich.* Und ich mochte, was ich da sah, hörte, fühlte. Ich mochte es so sehr, dass, egal, was er mir gab, es nie genug sein konnte. Dabei hatte er mir schon so viel gegeben.

Flo, die meinen inneren und eigentlich auch äußerlichen Aufruhr bemerkt hatte, stupste mich mit dem Kopf am Bein an und starrte zu mir herauf. Seufzend ging ich in die Hocke und streichelte sie.

»Leo, bitte«, flüsterte ich. »Bitte. Versuchen wir es wenigstens. Ich habe auch eine Scheißangst, aber ich will es versuchen.«

Ich setzte mich auf die Couch und sah auf die Uhr. Es war schon nach Mitternacht und ich so verdammt müde. Hatte mich mit meinem Gerenne komplett erschöpft. Aber konnte ich es riskieren, einzuschlafen? Ich hatte immer noch keine Ahnung, wann genau Leo im Platt Fields Park sein würde. Ich durfte ihn nicht verpassen, egal, ob er es mir erzählte oder nicht. Meine einzige Chance war, sobald es hell wurde, in den Park zu marschieren und um den See herumzulaufen, bis ich Leo fand. Es war ein beschissener Plan, aber was blieb mir anderes übrig?

Du könntest einfach hierbleiben, flüsterte eine trügerische Stimme in meinem Kopf. Seine Wünsche respektieren.

Ich verzog schmerzlich das Gesicht. Vielleicht sollte ich das. Wahrscheinlich wäre es die richtige, respektable Lösung. Aber es schien, als hätte ich so viel Rechtschaffenheit nicht in mir. Nicht, wenn es um Leo und darum ging, wie er sein Leben verbringen musste.

Fuck, mein Genick tat weh. Wie hatte ich so schlafen können? Scheiße.

Stöhnend richtete ich mich auf und etwas in meinem Hals knackste laut, als ich ihn drehte. Mensch, ich war immer noch so müde. Gott sei Dank hatte ich heute frei.

»Fuck!«

Mit einem Ruck setzte ich mich auf und suchte fieberhaft nach einer Uhr. Schließlich rannte ich in die Küche und hob mein Handy hoch.

11:10 Uhr.

»Scheiße, Scheiße, Scheiße!«

Ich rannte in den Vorraum und zog mir eilig meine Schuhe an. Verfluchte die Welt dafür, dass ich nur Converse-High-Tops besaß und mich hinsetzen musste, um sie anziehen zu können. Ich stieß einen ungeduldigen Schrei aus und schnürte sie nicht mal zu, ehe ich meine Jacke vom Haken riss und hastig beide Arme reinsteckte.

»Eric?«

Erschrocken drehte ich mich um. Leo stand mit unsicherem Gesichtsausdruck und händeringend hinter mir. »Beeil dich.«

Ich sah ihm noch eine Sekunde länger in die Augen, dann nickte ich und rannte los.

Der Weg zum Park, der mir gestern noch relativ kurz erschienen war, wirkte heute unendlich lang. Ich musste ein paar Stationen mit dem Bus fahren, um dorthin zu gelangen. Die ganze Fahrt über blieb ich neben der Tür stehen, um so schnell wie möglich wieder rauszukommen. Schließlich holte ich eilig mein Handy aus der Tasche und verfluchte mich innerlich, weil ich nicht eher auf die Idee gekommen war.

Ich wählte die 999 und sprang gerade aus dem Bus, als abgehoben wurde. Ich ließ die Frau am anderen Ende nicht ausreden, sondern legte gleich los. »Eric O'Brien hier, im Platt Fields Park ist ein junger Mann am Ertrinken, er ist im See eingebrochen, kommen Sie schnell, wir wissen nicht, ob wir ihn da rauskriegen.«

»Wir sind auf dem Weg.«

Ich stopfte das Handy wieder in die Jacke und rannte durch das Tor, das in den Park führte. Es dauerte so verdammt ewig, bis ich am See ankam. Zu allem Überfluss musste ich ihn erst umrunden, bevor ich die Kinder entdeckte.

Ich keuchte und stolperte über meine offenen Schuhbänder. Fiel beinah hin, konnte mich aber gerade noch aufrecht halten. Die Kinder wirkten verängstigt, einige weinten und riefen nach Mr. Donovan. Kein Erwachsener war in Sicht. Der ganze Park lag wie ausgestorben da.

Hektisch sah ich auf den See hinaus. Da entdeckte ich einige Meter entfernt das Loch im Eis. Fuck, er war so weit rausgegangen und er war dem Ball so nah gewesen.

»Bleibt ja hier«, fuhr ich die Kinder an und betrat mit zitterndem Körper das Eis. Ich wollte am liebsten auf das Loch zurennen, aber ich wusste, das durfte ich nicht, wenn ich nicht auch einbrechen wollte. Das Blut rauschte in meinen Ohren und das Eis stöhnte unter meinem Gewicht.

Es dauerte nicht lange, fühlte sich aber wie Stunden oder sogar Tage an, bis ich am Loch im Eis ankam.

Ich sah ihn nicht. Verdammt, wie weit weg war er? War er vielleicht schon tot? Gesunken?

Ich unterdrückte ein Schluchzen und riss mir schließlich die Jacke runter, um leichter zu sein. Dann holte ich tief Luft und sprang ins eisige Wasser.

Wenn man sich Dokus über solche Dinge ansah, wurde einem immer gesagt, dass sich Wasser mit einer Temperatur unter null Grad wie tausend Nadelstiche anfühlte. Menschen, die andere wiederum aus dem Wasser gerettet hatten, meinten oft, das Adrenalin hätte sie davon abhalten, irgendetwas zu spüren.

Ich aber spürte alles. Die Nadeln, die Kälte, die verfluchte, alles lähmende Angst in meinen Gliedern.

Ich tauchte unter und öffnete die Augen. Im ersten Moment sah ich nichts. Rein gar nichts. Panik schoss durch meinen ganzen Körper und drohte, mir das Herz zu zerdrücken. Aber ich durfte nicht aufgeben. Waren es Sirenen, die ich da im Hintergrund hörte? Ich tauchte hastig auf und holte noch einmal Luft, bevor ich wieder untertauchte und mich diesmal in die andere Richtung drehte.

Und ihn sah.

Von da an war alles wie im Traum gewesen. Ich wusste, ich musste die paar Meter zu ihm rübergeschwommen sein und ihn zu dem Loch im Eis gezogen haben. Ich wusste, ich musste unsere beiden Köpfe an die Luft gehoben haben. Und dann hatten zwei Feuerwehrmänner uns aus dem Wasser gefischt.

Die Welt war zu einem ohrenbetäubenden Surren verstummt und ich registrierte nur vage, dass mich jemand ans Ufer zerrte und dort eine Decke um mich wickelte, während ich den Sanitätern dabei zusah, wie sie Leo einige Meter von mir entfernt wiederbelebten. Oder es zumindest versuchten.

»Sir? Sir, hören Sie mich?«

Eine weibliche Stimme kämpfte sich durch die Stille und ich wandte den Kopf nach rechts. »Hm?«

Eine Frau mit harten Augen und braunem Haar sah mich an.

»Sind Sie in Ordnung? Spüren Sie Taubheit in Ihren Gliedmaßen?«

Ich schüttelte den Kopf und sah wieder zu Leo. Aber der Rücken eines Sanitäters verdeckte die Sicht. Ich sah bloß seine Beine. »Ich habe angerufen. Mir geht's gut ... nur ... kalt«, sagte ich mit klappernden Zähnen.

Die Frau maß meinen Puls und inspizierte meine Finger, die wie Espenlaub zitterten. Dann untersuchte sie meine Füße. Sie zog meine Schuhe aus. Mir erschien das seltsam, aber ich ließ es zu. Die Kälte, die mich einzuhüllen schien, zog hoch in meinen Körper und in meine Knochen, bis alles an mir schmerzte.

Leo.

Hatte ich es geschafft? Lebte er? Ich erinnerte mich noch an ihn. Bedeutete das, es machte keinen Unterschied?

Ich schluckte schwer. »L-Lebt er?«

»Wir bringen Sie beide ins Krankenhaus.«

Das war keine Antwort auf meine Frage. Ich sträubte mich dagegen, als sie mir aufhalf. Ich wollte nicht ins Krankenhaus, ich wollte zu Leo. Aber die Frau hielt mich mit ungeahnter Stärke am Arm fest und verfrachtete mich in den Wagen der Feuerwehr, die wohl hinzugezogen worden war, weil die Sanitäter Leo sonst nicht aus dem See bekommen hätten.

Die Kindergartenkinder standen immer noch da und verfolgten das ganze Spektakel mit großen Augen. Allerdings waren sie nicht mehr allein, denn eine Frau stand hinter ihnen. Sie hielt eins der Mädchen an den Schultern fest. Vielleicht war sie Leos Kollegin? Wo war sie vorhin gewesen?

Ich hörte, wie die Tür hinter mir geschlossen wurde und ließ den Kopf hängen.

Ich konnte nichts mehr tun.

23. Kapitel

Ich saß nun schon seit etwa sechzehn Stunden im Manchester Royal Infirmary. Die Fahrt dorthin hatte nicht lang gedauert, denn das Krankenhaus lag gerade mal zehn Minuten vom Park entfernt. Ich schätzte, das war unser beider Glück gewesen.

Denn er war am Leben.

Ich hatte es geschafft. Ich war mir hundertprozentig sicher, dass er sich bewegt hatte, als sie ihn wiederbelebt hatten. Richtig? Die Schwestern wollten mir nichts sagen, weil ich kein Familienangehöriger war. Ich konnte das auf eine abstrakte Weise verstehen, auch wenn ich wünschte, sie würden in der Hölle verbrennen. Ich wollte ihn einfach nur sehen. Wollte wissen, wie es ihm ging. Was er noch wusste. Ob er überhaupt noch etwas wusste. Hatte er mich vergessen? Oder nicht?

Ich sollte mich darauf einstellen, neue Erinnerungen mit ihm zu schaffen, um die alten zu kompensieren. Aber was, wenn er nicht mit mir reden wollte? Mich nicht mochte, jetzt, wo er keine zwanzig Jahre Zeit hatte, sich an mich zu gewöhnen?

Doch egal, was jetzt passieren würde, eines war klar – Leo, den Schutzengel, gab es nicht mehr. Oder zumindest hatte er sich mir nicht gezeigt, nachdem ich nach ihm gerufen hatte, und war auch von selbst nicht aufgetaucht. Fuck, es war alles so beschissen

Wenigstens war ich nicht mehr nass. Die Ärzte hatten mich durchgecheckt und mich ein bisschen die Gänge auf und ab laufen lassen, damit wieder Wärme in meine Glieder kam, aber ansonsten fehlte mir nichts. Ich hatte eine Weile in diese goldenen Decken eingehüllt dagesessen und die Schwestern hatten mich gezwungen, aus meinen nassen Sachen und in einen Krankenhauskittel zu steigen. Clara war vorbeigekommen, nachdem ich sie angerufen hatte und hatte mir ein paar trockene Sachen aus meiner Wohnung gebracht. Neben meiner Mum war sie die Einzige, die einen Schlüssel hatte und ich hatte meiner Mum keine Sorgen bereiten wollen. Außerdem hatte ich gewusst, dass Clara nicht hatte bleiben können, meine Mum aber wahrscheinlich schon. Ich wollte niemanden um mich haben.

Bis auf einen. Bis auf den einen, den ich nicht haben konnte.

Wie prophezeit, hatte Clara nach einer halben Stunde wieder in die Klinik gemusst. Sie war ungern gegangen und erst verschwunden, nachdem sie mir das Versprechen abgerungen hatte, ich würde Mum anrufen und mir die nächsten Tage freinehmen. Es hatte seine Vorteile, wenn man wie ein Häufchen Elend in einem Krankenhaus saß, nachdem man gerade jemanden gerettet hatte. Nicht dass ich mich wie ein Lebensretter fühlte. Ich fühlte mich furchtbar. Fühlte mich zu gleichen Teilen, als würde mein Herz jede Sekunde aus der Brust springen und wie ein absoluter Idiot.

Die Schwestern wussten, wer ich war. Ich hatte ihnen gesagt, ich wäre sein Freund. Aber das war scheinbar zu wenig, um ihn sehen zu dürfen. Wir waren nicht verheiratet, also zählte es nicht wirklich. Sie wollten warten, bis Angehörige des Patienten eintrafen. Mittlerweile musste doch jemand gekommen sein, oder? Niemand brauchte so lang, um nach seinem halb toten Angehörigen zu sehen, nicht wahr?

Ich lehnte mich nach vorn und legte den Kopf in die Hände. Ich wollte ihn sehen. Oh Gott, berühren!

Zum bestimmt vierten Mal kam dieselbe Schwester, die sich geweigert hatte, mich zu Leo zu lassen, an mir vorbei. »Sind Sie immer noch hier?«

Ich hob den Blick und antwortete trotzig: »Offensichtlich.«

Sie schüttelte seufzend den Kopf und strich sich durch das kurze braune Haar. In ihrem Blick lag so etwas wie Mitgefühl. Sie presste die Lippen zusammen und nickte, als hätte sie eine Entscheidung getroffen. »Warten Sie. Ich hole die Schwester.«

Die Schwester? Welche Schwester? Was konnte eine andere Krankenschwester mir sagen, was sie mir nicht sagen konnte? War sie vielleicht ihre Vorgesetzte? Ich blies die Luft heftig aus meiner Lunge und strich mir über den Nacken. Ich wollte nicht mehr warten. Aber wenn ich das ganze Krankenhaus nach Leo absuchte, würde ich ewig brauchen. Konnte ich das machen? Es war verrückt, aber na ja ... Ich biss mir auf die Unterlippe. Vielleicht sollte ich einfach warten.

Sehen, was diese Schwester zu sagen hatte.

Schwer schluckend, legte ich die Ellbogen auf meine Knie und lehnte mich nach vorn. Nervös tappte ich mit den Füßen auf und ab, bis mir die Gelenke wehtaten.

»Sir?«

Mein Kopf ruckte erschrocken nach oben. Ich sog scharf die Luft ein. Vor mir standen die Krankenschwester und ... Leos Schwester. Nicht irgendeine Schwester. Leos.

»Tina?«, fragte ich ungläubig.

Sie verzog in einer verwirrten Geste den Mund. Sie sah genau so aus, wie vor zwei Wochen. Ich bildete mir das unmöglich ein.

»Ja? Wer sind Sie?« Sie schüttelte den Kopf. »Die Schwester meinte, Sie wären Leos Freund, aber ...«

Ich schloss einen Moment die Augen, um mich zu sammeln. Alles oder nichts. »Na ja, Sie haben mit Leo in letzter Zeit nicht viel gesprochen. Wir sind noch nicht ... lang zusammen.«

Sie wirkte unschlüssig. Ihre Arme hatte sie fest vor der Brust verschränkt, als wollte sie sich vor diesem Fremden schützen, der da vor ihr saß. »Woher kennen Sie mich?«

»Wir waren mal im *Arndale*. Leo wollte, dass ich Sie kennenlerne. Es tut ihm leid, was passiert ist.«

Sie nickte. »Ich weiß. Hat er mir gesagt, bevor er wieder eingeschlafen ist.«

Ich sprang so unerwartet auf, dass Tina zurückwich. Die Schwester war schon lange weg. »Ihm geht's also gut?«

Sie musterte mein Gesicht. Ihre Augen wanderten von einer Seite zur anderen, immer wieder, bis sie schließlich den Kopf senkte. Ich bemerkte zerstreut, dass sie einen grünen Pulli trug. »Überzeugen Sie sich selbst, ähm ...«

»Eric«, brachte ich hervor. »Eric O'Brien.«

»Kommen Sie mit«, meinte sie mit einem schmalen Lächeln.

Ich folgte ihr nicht wie in einem Nebel. Ganz im Gegenteil. Mir war alles extrem bewusst. Wie lang es dauerte, um in sein Zimmer zu kommen. Wie feucht meine Hände waren. Dass meine Schuhe quietschten. Der Geruch nach Krankenhaus.

Wir kamen vor einer Tür zum Stehen. Sie sah aus wie jede andere, aber ich wusste, es war nicht so. Leo lag dahinter.

Tina sah mich eindringlich an. »Sie haben ihn gerettet? Ihn aus dem See gezogen?«

Ich nickte. Keine zwei Sekunden später lag sie in meinen Armen und drückte mich so fest, dass mir die Luft wegblieb. »Danke«, flüsterte sie in mein Ohr. »Danke, Eric. Ich weiß nicht, was ich gemacht hätte, wenn ...«

Zaghaft erwiderte ich die Umarmung und drückte sie ein wenig, bevor sie mich wieder losließ und sich über die Augen wischte. Ihr Make-up war komplett ruiniert. Bestimmt war es nicht das erste Mal, dass sie heute geweint hatte.

Sie lächelte schief. »Scheiße, was mache ich hier? Du willst bestimmt zu ihm.« Sie öffnete die Tür.

Leos Zimmer war in keinster Weise besonders. Es sah aus wie jedes andere Krankenhauszimmer. Charakterlos, nichtssagend. Besonders war nur, wer im Bett lag.

Der Atem, den ich durch den Mund blies, klang wie eine Mischung aus Schluchzen und Lachen. Endlich konnte ich meine vor Anspannung schmerzenden Schultern sinken lassen und tief durchatmen.

Es war Leo. Leo mit blauen Flecken im Gesicht, Leo mit dunklen Ringen unter den Augen, Leo mit Haar, das an seinem Kopf klebte.

Aber dennoch Leo, Leo, Leo. Oh heilige Scheiße, oh Gott.

Meine Unterlippe zitterte so heftig, dass ich sie zwischen meine Zähne zog. Was sagte man, was machte man?

»Leo?«, fragte Tina sanft.

Ich hatte angenommen, dass er schlief, aber er öffnete die Augen, sobald er seinen Namen hörte und hob den Kopf.

Unsere Blicke trafen sich und ich wartete auf irgendetwas. Auf Vertrautheit, auf ein Hallo, darauf, dass er mich erkannte.

Irgendetwas Gutes.

»Ähm, wer sind Sie?«

Mit einem Mal spannte sich mein Körper an. Ich ballte die Hände zu Fäusten, biss die Zähne fest zusammen.

Nein. Oh, bitte nicht.

Mir wurde schwindlig, ich konnte nicht, ich konnte ...

»Oh mein Gott, Eric. Sorry, sorry, sorry! Es tut mir leid, es tut mir leid!«

Leos Stimme brachte mich wieder ins Hier und Jetzt. Ich hob den Kopf, den ich irgendwann gesenkt hatte und blickte in sein panisches Gesicht. »W-Was?«

Er verzog den Mund zu einem kurzen, hektischen Grinsen und hob die Hände. »Es war ein Scherz, okay? Ein dummer Scherz, weil ich nervös bin und es tut mir leid, ja?«

»Fuck, Leo«, murmelte Tina neben mir. »Du dummer Idiot. Ich lasse euch zwei allein, das will sich ja niemand antun.« Sie legte eine Hand auf meinen Oberarm. »Ich weiß nicht, womit du den verdient hast, aber bleib stark, ja?« Sie schickte mir ein dünnlippiges Lächeln. Dann ging sie durch die Tür und schloss sie hinter sich.

Ich konnte es nicht fassen. Nach all der Zeit, in der ich mir um ihn Sorgen gemacht hatte, Angst gehabt hatte, nervös gewesen war. Und dann das?

»Du ...« Ich atmete tief ein. »Du blödes, beschissenes Arschloch!«

Leo zuckte zusammen. »Ja, ich weiß. Das war nicht witzig, es tut mir leid! Ich ...« Er drehte den Kopf zu den Blumen, die in der Ecke standen, als wüssten die, was verdammt noch mal in ihn gefahren war. »Ich wusste nicht, was ich sagen soll.«

Ich warf die Arme in die Luft. War er noch zu retten? »Wie wär's mit *Hallo Eric. Mir geht's gut. Ich bin nicht tot und kann mich trotz aller Unwahrscheinlichkeit an dich erinnern*?«

»Ja, das wäre besser gewesen.« Er zuckte die Schultern. Eine Sekunde lang überlegte ich, ob ich ihn weiter anschreien sollte, ihn schütteln, irgendwie bestrafen, weil das einfach nicht sein Ernst sein konnte.

Aber dann traf es mich.
Er war echt.
War er echt?
»Du bist es wirklich?«, flüsterte ich schließlich.
Leos Schultern senkten sich und er nickte. »Jepp. Hat meine Dämlichkeit das noch nicht bewiesen?« Er kicherte nervös.
»Und du weißt noch alles? Erinnerst dich?« Ich zitterte, weil es mich mit einem Mal so unglaublich viel Kraft kostete, nicht einfach auf ihn zuzustürmen und ihn zu küssen. Ihn endlich zu küssen, oh mein Gott.
»Ich habe keinen Plan, wie, aber ... ja«, sagte er mit sanftem Lächeln und streckte einen Arm nach mir aus. »Spatz.«
Dieses einfache Wort war wie ein Startschuss. Ich verlor keine Zeit mehr. Mit drei Schritten war ich bei ihm, ein Knie neben ihm auf dem Bett, seine Wange an meiner Hand und ...
Dieser erste Kuss war alles. Er war Hände auf stoppeligen Wangen, weiche Lippen auf aufgesprungenen, war der Atem zweier Männer, der sich vermischte, war Sehnsucht, die endlich, endlich gestillt wurde. Als ich meinen Mund von Leos löste, lächelte ich so breit, dass die Muskeln in meinen Wangen ebenso brannten wie die Tränen in meinen Augen und die Wortlosigkeit in meinem Hals.
Das war es.
Das war Leo, der verdammt nervige Idiot, den ich so sehr liebte.
»Hey, hey. Eric. Mach die Augen auf.«
Blinzelnd öffnete ich sie und es dauerte ein paar Sekunden, bis ich durch den Tränenschleier etwas erkennen konnte.
Leos Ausdruck war besorgt, aber gleichzeitig lag etwas in seinem Blick. Etwas Leuchtendes, das ich noch nie an ihm bemerkt hatte. »Lächeln und weinen gleichzeitig, hm? Auf eine absurde Weise bin ich stolz auf mich.« Sein Ton war neckend, aber zur selben Zeit auch weich. Ich streichelte seine Wange mit meinem Daumen, immer noch verblüfft, dass er körperlich war. Solide, hier unter mir. Ich konnte den Übergang von weicher Haut zu Bartschatten fühlen und als ich meine Hand in

sein Haar gleiten ließ, war es struppig und nicht weich, wie ich es mir vorgestellt hatte. Aber wozu war die Vorstellung überhaupt noch gut, wenn ich die Realität unfassbarerweise hier vor mir hatte?

Es war das erste Mal, dass ich ihn ohne Brille sah.

»Du denkst kitschiges Zeug, oder?«

Ich küsste ihn. »Lass mich. Heute darf ich das.«

Leo grinste. »Von mir aus darfst du immer.«

Gelächter stieg in mir hoch und ich wollte es gar nicht unterdrücken.

Leo war echt, er war real. Er war hier. Mein irrsinniger Plan hatte funktioniert, nicht wahr? Ich konnte es nicht verstehen, mein Hirn wollte es nicht verarbeiten. Konnte es wirklich sein, dass ich die eine Sache, die ich mir so verdammt sehnlich wünschte, dass ich sie nur im Flüsterton äußern konnte, wirklich haben durfte? Diese Nervensäge von Mann, der mich besser kannte als jeder andere und den ich mehr liebte, als ich jemals vermutet hatte?

»Ich liebe dich«, platzte ich hervor. Ich hatte es bis jetzt nie gesagt, oder? Wir hatten darum herumgeredet, mich als verliebt bezeichnet und es war einfach immer klar gewesen, dass ich Gefühle für ihn hatte. Es schien in dem ganzen Wirrwarr untergegangen zu sein und mit einem Mal, mit dieser Realisierung war es nicht mehr okay.

Leo lächelte. »Ich liebe dich auch.« Und diese Worte, gepaart mit diesem Lächeln, machten mich so glücklich, zittrig, euphorisch, dass ich mich fühlte, als wäre ich in einen Nebel aus allen Dingen gehüllt, die auf dieser Welt gut waren.

»Wie ... Was ... Scheiße.« Ich schüttelte den Kopf und Leo grinste mich an. »Du weißt, was ich meine.«

»Ja. Ich kenne deine Gefühle zwar nicht mehr, aber ich habe sie lange genug mit mir herumgetragen, um zu wissen, was in dir vorgeht.«

Er rutschte in seinem Bett ein wenig nach unten. Scheinbar suchte er sich eine bequemere Position. »Leo?«

»Du ... keine Ahnung.« Er schüttelte leicht den Kopf. »Es ist alles verschwommen, als hätte ich zwei Erinnerungs-Sets, die überlappen. Ich war im See und gleichzeitig stand ich daneben und sah dir zu, wie du auf mein anderes Ich im See zuläufst. Und in der nächsten Sekunde ringe ich nach Luft und starre einen echt hässlichen Sanitäter an. Das Nächste, was ich weiß, ist, dass ich im Krankenhaus aufwache und Tina neben mir sitzt.« Leo drückte den Rücken durch und stöhnte ein wenig. »Sorry. Mir tut alles weh. Ich hasse diesen dummen Teich.«

Ich runzelte die Stirn und verzog das Gesicht. »Ich schnall das alles nicht. Ich meine ...« Leo blinzelte mich an und legte eine Hand auf meinen Arm. Und plötzlich war das und nicht meine Unfähigkeit, mich auszudrücken, der Grund, warum ich nicht fortfahren konnte.

Seine Hand lag auf meinem Arm. Ein wohliges Gewicht auf meinem Ärmel. Lange, schlanke Finger, die ich bis jetzt nur gesehen hatte und die stärker waren, als sie aussahen, drückten mich beruhigend. Ich schloss die Augen, weil ich nicht anders konnte. Klar, ich hatte ihn berührt, als ich ihn aus dem Wasser gezogen hatte, aber das war nicht dasselbe. Ich hatte es kaum gespürt, denn alles, was in diesem Moment gezählt hatte, war, ihn irgendwie aus dem eisigen See zu bekommen.

Ich hätte nie gedacht, dass mir das eines Tages vergönnt sein würde und jetzt ... Ach, verdammte Scheiße. Meine Augen brannten, aber ich wollte nicht weinen. Wenn man weinte, konnte man sich auf nichts anderes konzentrieren, als auf die Tränen in seinen Augen, den Schmerz in seinem Hals und die Luft, die nicht ordentlich in die Lunge wollte. Aber im Moment gab es nur einen, auf den ich meine Aufmerksamkeit richten wollte. Und das war Leo. Vielleicht war das Liebe. Wenn die Selbstsucht einen Moment lang von einem abfällt und selbst das Glück im Angesicht der Person verblasst, die dafür verantwortlich ist.

Ich öffnete die Augen und lehnte mich zu einem weiteren Kuss nach vorn, der ohne Zögern erwidert wurde. Eine Weile blieb ich bei ihm, meine Lippen an seinen – kein Kuss mehr, sondern bloß eine Berührung sanfter, verletzlicher Haut und

Atem, der über Wangen strich.

Schließlich, beruhigt von seiner Anwesenheit und vergewissert, dass er da war, zog ich mich zurück und sprach weiter. »Wie kann es sein, dass ich mich immer noch an dich erinnere? Und du dich an mich. In der anderen Version hast du gesagt, du wärst gestorben in dem See, Teich, was auch immer. Und dass nur Tote zu Schutzengeln werden. Aber du bist jetzt am Leben. Wie kannst du immer noch mein Engel gewesen sein?«

Leo schnaubte und brach sogleich in einen Hustenanfall aus.

Ich goss eilig Wasser aus einem Plastikkrug, der auf dem Nachttisch stand, in einen pastellfarbenen Becher und drückte ihm den in die Hand. Leo trank und hustete abwechselnd, bevor er den Becher in seinen Schoß sinken ließ. »Dass du dich das erst fragst, nachdem all das bereits den Bach hätte runtergehen können ... Ich weiß auch nicht mehr als du. Aber na ja ... Technisch gesehen, war ich doch tot.«

»Was? Du meinst die paar Sekunden?«

»Jepp. Es war doch ein Herzstillstand, ja? Zwanzig Sekunden oder eine halbe Minute oder so, sagen die Ärzte. Nicht lang. Die Rettungsleute waren echt schnell, als sie bemerkt haben, dass ich abkratze. Muss man ihnen lassen.«

Ich ignorierte den Fakt, dass er versuchte, aus seinem Tod einen Witz zu machen. »Zwanzig Sekunden? Ich bin zwanzig.«

Leo sah mich unter zusammengezogenen Brauen an und ich starrte ebenso verwirrt zurück. Dann brachen wir beide in Gelächter aus.

»Oh Gott«, brachte Leo hervor und ich hatte das nagende Gefühl, wir beide könnten hysterisch sein. Aber das war einfach zu gut.

»Bitte schreib ein paar Romane à la Nicholas Sparks, ja? Mit Schicksal und Vorsehung und bla, bla, bla. Du hast echt Talent dafür, oh Mann.«

Ich rieb mir die Augen und schüttelte den Kopf, während ich ein letztes Mal auflachte. »Sorry. War das Erste, was mir einfiel.« Ich drehte seine Hand, die auf meinem Arm lag, um und verschränkte sie mit meiner. »Also haben wir keinen Plan, was, warum und wie? Ob wir die Vergangenheit geändert haben oder ob es sowieso so gekommen wäre?«

»Ich habe jedenfalls keinen Schimmer. Wir werden wohl oder übel damit leben müssen.« Leo seufzte und schloss die Augen.

Mit einem Mal bekam ich ein schlechtes Gewissen und strich mit dem Daumen über seinen Handrücken. Er war vor nicht mal vierundzwanzig Stunden tot gewesen und hier war ich und schwafelte ihn zu. »Schlaf, Leo. Ich bin nachher auch noch da.«

Sein rechter Mundwinkel hob sich. »Musst du nicht zur Arbeit?«

»Nope. Clara hat mir freigegeben.« Gott, war ich dieser Frau dankbar.

Leo nickte leicht. »Weißt du, was dir gefallen wird?«, murmelte er.

»Was?«

»Mein *Holden-Caulfield*-Shirt ist hin. Scheinbar haben sie es mir runtergeschnitten.« Er grinste ein wenig, die Augen geschlossen. Ich schnaubte und strich ihm durch das matte Haar. »Na Gott sei Dank«, meinte ich sanft.

Leo drückte den Kopf in die Kissen. »Kuss?«

Ich konnte mein Grinsen und den Schwall an Zuneigung in mir nicht unterdrücken. Die Hand an seine Wange gelegt, küsste ich ihn sanft und stupste mit meiner Nase seine an.

Als ich zurückwich, war er bereits eingeschlafen.

Bald nachdem Leo angefangen hatte, leise Schnarchlaute von sich zu geben, rief ich Mum an, die mich mehr oder weniger anschrie, weil ich ihr erst jetzt von dem Unfall erzählte. Aber sie beruhigte sich bald wieder, was wohl daran lag, dass sie nun einen unumstößlichen Beweis für Leos Existenz hatte. Dass es jetzt Beweise dafür gab, dass ich mir nicht aus lauter Einsamkeit einen Fantasiefreund zugelegt hatte. Bestimmt war sie erleichtert, dass ich einen richtigen Freund hatte – ich konnte das jetzt sagen, oder? Ohne bitteren Beigeschmack, weil meine Mum und Freunde ihn nie kennenlernen würden. Nein, ich konnte sagen, ich hatte einen festen Freund. Dieser war zwar nicht in einem tipptopp Zustand, aber das würde sich bald ändern. Abgesehen davon mochte ich das leicht zerkratzte Modell ebenso wie das unversehrte. Wichtig war nur, dass er hier war. Und dass ich hier war. Wann würde ich wohl seine Hand loslassen können? Ich hielt sie schon fest, seitdem ich von meinem Telefonat mit Mum zurückgekommen war. Heute wahrscheinlich nicht mehr, so viel stand fest. Ich brauchte diesen Anker. Es war alles noch so neu und unglaublich. Als wäre die Situation zuvor – als Leo noch mein Schutzengel gewesen war – nicht unglaubwürdig genug gewesen. Dass er jetzt so vor mir lag und ich ihn anfassen konnte, ließ mich beinah schwindlig werden.

»Hi«, hörte ich eine leise Stimme von der Tür aus sagen.

Ich hob den Kopf und sah Tina. Ich lächelte. »Hey.«

Sie rieb sich die Oberarme und machte ein paar Schritte ins Zimmer. Zuerst sah sie sich unschlüssig um, zog dann aber den verbleibenden Stuhl im Raum neben meinen und setzte sich an seine Kante. Sie lehnte sich nach vorn und legte eine Hand auf Leos Bein, das von einer Decke verborgen wurde. Ich drückte seine Hand und obwohl ich Tina nicht kannte, fühlte ich mich mit ihr irgendwie verbunden. Denn eine Gemeinsamkeit hatten wir und das war die Liebe zu dem Kerl vor uns.

»Wie geht's ihm?«, fragte sie.

»Er ist ziemlich müde«, murmelte ich. »Nicht müde genug für dumme Witze, aber na ja ...« Fremde Menschen waren noch immer nicht meine Forte, aber ich wollte mir nicht ausmalen, wie peinlich die Atmosphäre zwischen uns gewesen wäre, hätte sich diese Situation vor ein paar Monaten ereignet.

Tina schnaubte. »So ist er. Unpassend bis aufs Letzte.« Sie seufzte. »Schon komisch.«

»Was?«

»Vorgestern war ich ihm noch böse. Okay, nicht wirklich böse. Aber ...« Sie schluckte. »Hat er dir gesagt, warum wir gestritten haben?«

Ich fühlte mich unwohl. Hätte sich Leo mir anvertraut, wenn

er gewusst hätte, dass Tina mich konfrontieren würde? Leo war zwar nicht jemand, dem man alles aus der Nase ziehen musste, aber ... Ich war ein Fremder für Tina. Sie konnte sich unmöglich freuen, dass Leo eine Familienangelegenheit ausgeplaudert hatte.

»Es ist okay. Wenn du es weißt. Dem eigenen Freund sollte man so was erzählen können.« Ihr Blick verließ ihre Hand auf Leos Bein keinen Moment.

»Er hat es mir gesagt«, gab ich zu.

Sie nickte. »Dachte ich mir. Leo behält nicht viel für sich, wenn er jemanden gern hat.« Sie lächelte. »Ich habe früher alles von ihm gewusst.«

Aber nicht die Sache mit der Adoption. Das hatte er ihr nie erzählt. Ich kannte seine Beweggründe natürlich. Und er hatte damit recht gehabt, dass sie es schlecht aufnehmen würde. Vielleicht war das Ganze aber auch eine selbsterfüllende Prophezeiung. Leo hatte gedacht, sie würde es schlecht aufnehmen und dass es nichts bedeutete. Sie wiederrum hätte es vielleicht besser verarbeiten können, wenn Leo ihr sein Wissen nicht verschwiegen hätte. Manchmal war ich dankbar dafür, keine Geschwister zu haben. Mir schien die Dynamik zwischen den beiden unglaublich kompliziert. Andererseits, wenn man vom Blick ausging, mit dem Tina Leo bedachte, war Geschwisterliebe etwas Einzigartiges, das ich nie erfahren würde.

»Wir haben vorhin nicht viel geredet. Er war müde und hat geschlafen. Aber ... Denkst du ... es könnte wieder okay sein? Zwischen ihm und mir?«

Sie sah mich aus traurigen blauen Augen an und ich beeilte mich damit, zu nicken. »Auf jeden Fall. Er wollte unbedingt, dass ihr wieder in Ordnung kommt. Ja.«

Ich wischte mir nervös über die Wange und wünschte mir, Leo wäre wach, damit ich mich an etwas Vertrautem festhalten konnte. Ich war es gewohnt, ihn in solchen Momenten als lautstarke Präsenz an meiner Seite zu haben. Aber wenn das der Preis war, den ich bezahlen musste, um ihn in Fleisch und Blut bei mir zu haben, dann würde ich ihn verdammt noch mal bezahlen. Dass ich mich hundertprozentig wohl in meiner Haut fühlte, war ohnehin eine Seltenheit und ich hatte ein Leben voller Unsicherheit hinter mir. Leo war ja schließlich immer noch hier. Nur anders.

Tina schloss neben mir die Augen und senkte den Kopf.

Ich hob unschlüssig eine Hand. Sollte ich sie auf ihre Schulter legen? Oder nahm ich mir da zu viel heraus?

»Das war einer der schlimmsten Momente meines Lebens, als sie mich angerufen haben.« Ich gab einen zustimmenden Laut von mir, damit sie weitersprach. Jemand musste die Stille füllen. »Scheint so, als wäre ich immer noch sein Notfallkontakt. Unsere Eltern sind ja tot, das weißt du sicher auch.« Ich nickte, was dämlich war, da sie mich nicht ansah. »Ich meine, du hast da diesen blöden Streit mit deinem Bruder. Und dieser Streit nimmt ein unglaubliches Ausmaß an, bis du nicht mal mehr weißt, ob du den Grund fürs Streiten überhaupt so schlimm findest. Du machst einfach weiter und verstrickst dich in immer neue Dinge, bis dich sogar der Ton seiner Stimme so unglaublich nervt, dass du ihn am liebsten nie wieder hören würdest. Und dann stehst du da, dein Bruder ist halb tot, war eigentlich sogar tot und du fragst dich, wie du es so weit kommen lassen konntest. Ich will das nie wieder erleben müssen.«

Ich wusste nicht, was ich darauf sagen sollte. Einmal mehr litt ich an einem Fall von leerem Kopf und legte schließlich wirklich die Hand auf ihre Schulter, damit ich wenigstens irgendetwas beitrug.

Sie lächelte mich schief an und lehnte sich in ihrem Stuhl zurück.

Meine Hand rutschte von ihrer Schulter.

»Wann kann er nach Hause?«, fragte ich, um das Thema zu wechseln. Ich ertrug nur einen gewissen Grad an Hilflosigkeit und den Großteil davon hatte ich heute selbst schon aufgebraucht. Abgesehen davon fand ich, dass Tina und Leo ihre Probleme zuerst miteinander besprechen sollten. Ich war da keine große Hilfe, wie man gesehen hatte.

»Morgen, denke ich.«

Ich zog die Augenbrauen hoch. »Aber er war doch erst gestern praktisch tot?«

Sie verzog das Gesicht. »Ich weiß, aber technisch gesehen, besetzt er hier ein Bett. Das Wasser ist aus seiner Lunge raus und eigentlich braucht er nur Ruhe. Die bekommt er zu Hause auch. Es ist wahrscheinlich sogar besser für ihn, wenn er in einer vertrauten Umgebung sein kann. Krankenhäuser sind seltsamerweise keine besonders heilenden Orte.«

Damit hatte sie wohl recht.

Tina fuhr sich durch die Locken und stützte das Kinn auf die Hand. »Bleibst du hier?«

»Wenn du mich lässt.« Mir wurde wieder schlagartig bewusst, dass ich rechtlich gesehen keine Ansprüche hatte. Wenn Tina mich zum Gehen aufforderte, musste ich das wohl oder übel tun. Mein Magen verkrampfte sich bei dem Gedanken.

Aber Tina schnaubte bloß. »Du hast keine Ahnung, wie du aussiehst, oder?«

»Was meinst du?«

Sie grinste. »Einerseits kommt es mir so vor, als hätte dir jemand eins mit einem Beil übergezogen. Du siehst wirklich fertig aus. Müde. Aber andererseits lässt du seine Hand einfach nicht los.« Sie sah mir in die Augen und da lag etwas in ihrem Blick, das ich mit Zärtlichkeit verband. »Du magst ihn sehr. Und er mag dich, glaube ich. Ich stecke zwar immer noch in meiner adoptiv-kindlichen Krise fest, aber so gemein bin ich auch nicht. Du kannst bei ihm bleiben, so lang du willst.«

Für immer also.

24. Kapitel

Drei Wochen später

»Ich trinke heute, bis ich nicht mehr stehen kann«, informierte Leo mich und die anderen sachlich, bevor er sich ein Glas Wodka-Cranberry hinunterkippte.

»Ich trage dich nicht nach Hause«, meinte ich nur und stützte mich mit dem Ellbogen auf den Tisch.

Leo verengte die Augen. »Das liegt daran, dass du das gar nicht kannst, du Schwächling. Rory kann mich heimtragen. Nein, Rory *will* mich heimtragen, oder?«

Dieser hob allerdings beide Hände in einer Ich-ergebe-mich-Geste und schüttelte den Kopf. »Meine Arme tragen nur meine Freundin.« Er lächelte leicht und dachte wohl ganz offensichtlich an seine Freundin Zoey, die derzeit ein Auslandssemester an der NYU machte und kein Geld gehabt hatte, um für die Ferien nach Hause zu kommen.

In diesem Moment wurde mir klar, dass ich jedes Recht hatte, mich wegen Leos offensichtlichem Misstrauen in meine Manneskraft aufzuregen.

»Hey! Ich habe dich aus einem See gezogen. Ich habe dein Leben gerettet. Was willst du mehr von mir?«, grummelte ich und stieß ihm meinen Ellbogen in die Seite.

»Aua!«, rief Leo aus und rieb sich die Rippe. »Und jetzt willst du mich wieder verwunden, damit du mich noch mal ins Krankenhaus schleppen kannst?«

Ein paar Sekunden lang sahen wir uns mit verengten Augen an, bis Tina mit der Faust auf den Tisch schlug und Würgegeräusche von sich gab. »Ihr seid ekelhaft. Eure Vorstellung von Vorspiel ist ekelhaft. Ich will meinem Bruder bei solchen Dingen nicht zusehen müssen. Sonst kotze ich noch direkt hier auf den Boden.«

»Du machst das besser im Klo«, meinte Leo, ohne den Blick

von mir abzuwenden. »Sonst werfen sie dich raus und ich verteidige dich dann sicher nicht.«

Ich grinste und Leo senkte seinen Mund sanft auf meinen. Ich atmete zufrieden aus und strich mit dem Daumen über seine Wange, während er näher an mich heranrutschte.

Gute drei Wochen waren vergangen, seit ich Leo aus dem See gefischt und sich unser beider Leben um so vieles verbessert hatte. Leo hatte sich in meinem Leben ausgebreitet, als wäre er immer da gewesen und eigentlich stimmte das ja auch. Nur jetzt war alles ... neu. Anders. Ich konnte ihn anfassen, wann ich wollte und hatte mich in eine Art Kuschel-Oktopus verwandelt, weil ich jede freie Minute damit verbrachte, mich um Leo zu wickeln. Zum Glück war ihm das egal. Scheiße, ihm schien das sogar verdammt gut zu gefallen.

Nach all den Jahren war er regelrecht ausgehungert gewesen, was Berührungen anging, also passten wir gut zusammen.

Der Sex ... Der Sex war extrem genial und mehr sollte dazu nicht gesagt werden. Leo hatte so viele angestaute Gefühle und Fantasien über all die Zeit angehäuft, dass ich manchmal nicht wusste, ob wir Sex hatten oder immer wieder zufällig im Nirwana landeten.

Grace und Rory? Sie mochten Leo ebenso sehr, wie sie mich zu mögen schienen und langsam und beständig waren wir vier dabei, eine Truppe zu formen.

»Hey, Leute. Ich bin spät dran, sorry.«

Wenn man vom Teufel sprach. Oder an ihn dachte.

Grace ließ sich auf den letzten freien Stuhl an unserem Tisch fallen, den wir mit Klauen und Zähnen verteidigt hatten. Schließlich war der letzte Tag des Jahres und die Leute zogen ihren Nutzen daraus, dass die Pubs zwischen Silvester und Neujahr sechsunddreißig Stunden durchgehend geöffnet hatten.

»Kein Problem«, meinte Rory lächelnd und strich sich eine Strähne seines beinah schulterlangen Haars hinters Ohr. Grace trug ein Kleid, was ziemlich untypisch für sie war. Abgesehen davon sollte man meinen, im Winter wäre es zu kalt für so etwas. Man konnte nur hoffen, dass der Mayakalender nicht doch noch recht behalten und die Welt untergehen würde. In einem apokalyptischen Ödland à la *Fallout* kam man in einem Kleid schließlich nicht weit.

Grace und Tina begrüßten sich höchst umständlich über Rorys Kopf hinweg mit einem Kuss auf beide Wangen. Rory, der Mitglied im Club *Unnötig-riesiger-Menschen* war, zog die Schultern hoch und duckte sich und ich kam wieder mal nicht umhin, meine im Vergleich zu kurz geratene Statur zu betrauern. Manchmal wäre es echt praktisch, ein paar Zentimeter mehr zu haben. Zum Glühbirnenauswechseln zum Beispiel. Ich hatte nämlich keine Leiter.

Rory und ich hatten im Laufe der letzten Wochen mehrmals miteinander telefoniert. Die Geschichte mit Leo, dem See und mir hatte es doch tatsächlich in die Zeitung geschafft und Rory hatte mich noch im Krankenhaus angerufen und mir lautstark *Scheiße, was tust du?* ins Ohr gebrüllt. Der Rest war Geschichte.

»Könntet ihr nicht wenigstens eine einzige, gottverdammte Sekunde damit aufhören, euch zu betatschen?« Ich blickte verwirrt hoch und sah, dass Leo und ich immer noch umeinander gewickelt waren und er seine Nase an meinem Hals vergraben hatte. Ups?

Ich gab ein unwilliges Maulen von mir, als Leo den Kopf hob, um Tina zu antworten, doch er besänftigte mich mit einem Kuss auf die Wange.

Leo und Tina verband eine Art Hassliebe, die ich schon öfter bei Geschwistern gesehen hatte. Und vielleicht kam auch noch der Fakt dazu, dass sie sich erst vor so kurzer Zeit wieder versöhnt hatten. Beschimpfungen schienen ihre Art zu sein, sich langsam wieder anzunähern. Mir gegenüber benahm sich Tina unglaublich nett. Kaum war Leo im Raum, war es schwer zu sagen, wer von den beiden nervtötender war.

»Du bist nur eifersüchtig, weil du niemanden zum Betatschen hast, du pompöse Vorhangstange.«

»Abstoßende Stricknadel!«

»Unnötiger Kugelschreiber!«

»Widerwärtiger Kohl!«

»Das passt nicht in unseren Schwerpunkt!«, rief Leo wütend aus.

»Was war unser Thema?«, rief Tina ebenso laut.

»Lange, dünne Gegenstände.«

»Okay, du ... lächerlicher Besenstil!«

»Das ist das dämlichste Spiel, das es auf der Welt gibt. Ich bin mir sicher«, sagte Rory neben mir. Ich verdrehte grinsend die Augen und trank zufrieden meinen Cider.. »Auch nicht blöder, als *Runter, Mr. President.*«

Rory stöhnte auf und vergrub die Hände in den langen braunen Haaren. »Scheiße, das habe ich komplett vergessen.«

»Verdrängt. Du meinst verdrängt.« Ich erlaubte mir selbst, nur alle paar Jahre daran zu denken.

»Was ist *Runter, Mr. President?*«, fragte Grace.

»Das war ein Spiel, das wir alle in der siebten Klasse gespielt haben. Also alle Jungs auf dem Pausenhof zumindest. Wie sind wir überhaupt auf diesen Blödsinn gekommen?«, fragte Rory mich, aber ich zuckte bloß die Schultern. »Ich schätze mal, der große Bruder von irgendwem wird es an seinen kleinen weitergegeben haben. Du weißt ja. Wie mit *Patty Cake* und so.«

Leo und Tina hatten mittlerweile aufgehört, sich zu beschimpfen und Leo sah mich mit einer Menge Unfug im Blick an. Er wusste, wie die Geschichte ging.

»Jedenfalls geht es so: Du bist mit einer Gruppe unterwegs und einer der Leute legt eine Hand an sein Ohr, als würde er etwas über ein Mikro eingesagt bekommen. Alle, die es bemerken, machen es auch. Der Letzte, der es schnallt, wird mit einem *Runter, Mr. President!* zu Boden geworfen und alle Bodyguards werfen sich oben drauf.«

Die anderen lachten, aber Rory schüttelte bloß mit traumatisiertem Blick den Kopf. »Ich war immer der Letzte, dem es aufgefallen ist. Ich bin jeden Tag in der Pause fast gestorben, Mann. Das ist nicht komisch.«

»Es war schon ein bisschen komisch«, wandte ich ein. »Wie ein Baum, der zu Boden geht.«

»Ja, die Mädchen haben vom Rand immer *Baum fällt* gerufen!«, steuerte Leo bei und Rory sah ihn verwirrt an.

»Ich habe ihm davon erzählt«, meinte ich hastig und Leo biss sich auf die Lippe. Wir tauschten einen Blick. So was passierte uns noch immer viel zu oft. Es war einfach schwer für Leo, sich zu merken, dass niemand außer ihm und mir wusste, dass er bei all diesen Ereignissen und Anekdoten dabei gewesen war.

Rory zuckte die Schultern. »So oder so. Meine Knie waren nie mehr dieselben.«

»Armes Baby«, murmelte ich abwesend, weil mein Handy an meinem Hintern vibriert hatte und ich dabei war, nachzusehen, wer etwas von mir wollte.

Mum: *Sag Leo, ich hab seinen Schal gefunden. Ich sehe euch morgen?*

Ich tippte schnell eine Antwort.

Ich: *Danke. Ja, wirst du.*

Leo war bei Mum ein derart großer Hit gewesen, dass ich es bis heute nicht ganz glauben konnte. Sie hatte ihn noch im Krankenhaus besucht und ihn sofort ins Herz geschlossen. Ich war mir ziemlich sicher, sie mochte ihn mehr als mich. Aber das konnte ich nachvollziehen. Leo war schon ziemlich unglaublich.

Ich hatte ihr mittlerweile *gebeichtet*, dass Leo nicht aus Kanada war, sondern schon die ganze Zeit über in Manchester gelebt hatte. Laut der offiziellen Version hatte ich bloß nicht gewollt, dass sie in die Beziehung zu viel hineininterpretierte. Ein Glück, dass Mum mich als seltsam genug erachtete, um mir diese fadenscheinige Lüge abzukaufen. Dasselbe galt für Grace, die, als ich ihr diese Geschichte aufgetischt hatte, gurrende Laute von sich gab und mich in den Arm schloss, weil ich doch so ein armer, unsicherer Kerl war.

Ich legte mein Handy auf den Tisch und fuhr Leo durchs Haar. »Dein Schal ist bei Mum«, sagte ich zu ihm und strich mit der Nase über seine.

»Oh, gut. Wäre scheiße, wenn der fort wäre. Der war nicht billig.«

»Was für ein Schal ist das denn?«, fragte Grace und inspizierte ihre Haarspitzen.

»Hufflepuff-Schal. Ich hab ihn von den *Harry Potter Studios* in

London.«

»Hufflepuffs sind die Besten!«, rief Grace scheinbar maßlos begeistert aus. »Endlich treffe ich noch jemanden, der in diesem Haus ist.«

»Geil, Grace!«, rief Leo und umarmte sie stürmisch über den Tisch hinweg. Sogar da drückte er sein Bein noch fest an meine Hüfte, damit wir den Kontakt nicht verloren.

Rory räusperte sich neben mir und die beiden sahen ihn an.

Er hob langsam seine Hand und grinste. »Du auch?« Scheinbar waren Grace und Leo kurzzeitig zu einem Menschen verschmolzen, weil sie es gleichzeitig ausriefen.

»Hufflepuffs sind ziemlich gute Finder«, zitierte er weise nickend und die drei lachten und schlugen ein.

»Tina ist ein Ravenclaw«, sagte Leo und schniefte etwas hochmütig. »Ich denke ja, dass der Test kaputt war, als sie ihn gemacht hat. Slytherin wäre passender.«

Tina machte den Mund auf, um zweifellos etwas ebenso Kindisches zurückzuwerfen, aber Grace unterbrach sie, bevor ein weiterer Geschwisterstreit ausbrechen konnte. Merlin sei Dank.

»Was ist mit dir, Eric?«, fragte sie und nickte mir aufmunternd zu.

Ich verdrehte die Augen. »Gryffindor.« Alle stöhnten.

Verflucht sei *Pottermore* und J.K. Rowlings hundertprozentig akkurater Häusertest!

»Ich weiß, langweilig.«

»Wieso bist du überhaupt mit ihm zusammen?«, fragte Tina Leo spielerisch angewidert.

Aber Leos Blick lag fest auf meinen Lippen. »Er hat andere Qualitäten.«

Ich biss ihn zur Strafe in die Schulter. Er trug heute das Shirt, das ich ihm zu Weihnachten geschenkt und bei ihm zu einem Lachanfall geführt hatte.

Was darauf stand?

Holden Caulfield thinks you're a phony.

Manche Traditionen musste man einfach aufrechterhalten.

Grace ihrerseits hatte mir einen Klodeckelbezug mit *Grumpy Cat* drauf geschenkt.

»Da fällt mir ein, Tina, hast du nicht eigentlich gesagt, du kannst heute nicht kommen?«, fragte Grace mit schief gelegtem Kopf.

Tina nickte und ihre Locken sprangen dabei auf und ab. »Ja, ich wollte eigentlich zu Mona. Aber als ich bei ihrer Wohnung angekommen bin, war sie scheinbar schon stundenlang dabei, vorzufeiern. Sie hat im Bad gekotzt, also haben wir uns alle aus ihrer Wohnung verkrümelt.«

Sie schauderte.

»Das ist aber nicht nett«, warf Leo mit falschem, tadelndem Ton ein.

»Mona kotzt mindestens dreimal die Woche, weil sie zu viel trinkt«, winkte Tina ab und blinzelte dann ihr leeres Glas an. »Ich will noch was trinken, aber die Bar ist so voll«, grummelte sie.

Plötzlich rutschte mit einem schabenden Geräusch eine Flasche Schampus quer über den Tisch und blieb kurz vor Tina stehen.

Wir drehten unisono den Kopf zu Grace, die stolz grinste.

»Wo hast du die denn jetzt her?«, fragte ich.

Sie wackelte bloß mit den Fingern. »Ich bin ein Zauberer, Harry.«

Wir brachen in Gelächter aus.

Grace hob ihr Handy hoch, als es piepte und ihr Lächeln verschwand prompt, bevor sie es dann mit angewidertem Ausdruck auf den Tisch warf.

»Was ist los?«, fragte Leo.

»Benicio. Seitdem ich wieder mit ihm Schluss gemacht habe, lässt er mich nicht in Ruhe. Arschloch.«

»Ich könnte ihn ermorden lassen, wenn du willst«, ließ Rory hören. »Laut allgemeinem Konsens vergangener Siebtklässler bin ich nämlich der Präsident. Ich habe Möglichkeiten.«

Grace schnaubte, winkte aber ab. »Ich schaffe das schon. Kein Grund, eine internationale Krise heraufzubeschwören.«

Ich schloss die Augen, ehe ich ein wenig an der Bank, auf der Leo und ich saßen, nach unten rutschte und mich an seine Schulter lehnte. Klar, manchmal vermisste ich es, dass Leo mir mit einer einzigen Berührung die ganze Vielfalt seiner Gefühle für mich vermitteln konnte. Aber er war schließlich nicht auf den Mund gefallen. Und wer konnte schon von sich behaupten, dass er ganz genau und bis ins kleinste Detail wusste, was sein Partner für ihn fühlte? Wir wussten bis heute nicht, wie die Sache funktioniert hatte. Ob nun etwas an meiner romantischen Zwanzig-Sekunden-Theorie dran war oder ob es daran lag, dass wir am selben Tag geboren worden waren. Es würde wahrscheinlich ein Rätsel bleiben, nachdem sich etwaige Obrigkeiten nicht meldeten, um Klarheit zu schaffen. Ich schätzte, wir hatten auf ihrer To-do-Liste einfach keine sehr hohe Priorität. Das machte aber nichts. Wir kamen auch so klar. Egal, ob ich das Universum mit meinem Eingreifen nun besiegt oder nach seinen Regeln gespielt hatte – Leo war bei mir und wir waren zusammen. Endlich richtig zusammen.

Ich war mir nicht mal sicher, wer Leos Job übernommen hatte, aber ich wollte es auch nicht wissen. Ich wusste nur, dass ich immer noch schlechte Gefühle bekam und manchmal wusste, ich sollte das Haus nicht verlassen. Das reichte mir. »Alles klar?«, flüsterte er in mein Ohr und seine Lippen berührten dabei leicht die empfindliche Stelle dort.

»Könnte nicht besser sein«, gab ich ebenso leise zurück.

Die ersten Töne eines neuen Songs schallten durch die Lautsprecher und Tina stöhnte genervt auf.

»Ich hasse es! Warum spielen sie *Blurred Lines*! Das ist der beschissenste Song auf der ganzen Welt!«

Ich konnte mir mein Lachen nur mit Mühe verkneifen und spürte Leo neben mir vor unterdrücktem Gelächter zittern.

»Hey! Countdown!«, rief der Barkeeper und zeigte auf die Uhr. Die Musik stoppte und Tina stöhnte. Diesmal zufrieden.

»Zehn!«

Leo grinste.

»Neun!«

Ich grinste zurück.
»Acht!«
Er biss sich auf die Lippe.
»Sieben!«
Ich wollte sie küssen.
»Sechs!«
Aber ich musste noch warten.
»Fünf!«
Noch nie waren zehn Sekunden so lang gewesen.
»Vier!«
Ich strich ihm durchs Haar.
»Drei!«
Nahm seine Brille ab.
»Zwei!«
Er schloss die Augen.
»Eins!«
Ich holte Luft.
»Frohes neues Jahr!«
Es war perfekt.
Die ganze Bar bestand aus einem einzigen Geräuschball aus Jubel und dem Klirren von Gläsern an andere Gläser.
Und ich war mittendrin.
Es war mit Abstand der beste Start in ein neues Jahr, den ich je gehabt hatte.
Leo und ich lösten den Kuss und ich setzte ihm gerade die Brille auf, als mein Handy klingelte. »Da muss ich rangehen. Bin gleich wieder da.« Ich legte einen lauten Kuss auf Leos Mund, zerstörte im Vorbeigehen Rorys Frisur und machte mich eilig auf den Weg nach draußen.
Tief Luft holend, hob ich ab. »Hey Dad.«

EPILOG

Leo: Hey, du kleiner Dummkopf hast schon wieder deinen Schirm vergessen. Soll ich dich nachher von der Uni abholen, damit du nicht komplett nass wirst?
15:08 Uhr

Eric: Das wäre extrem genial von dir. Danke!
15:30 Uhr

Leo: Kein Ding. Irgendjemand muss doch auf dich aufpassen, oder? ;-)
15:41 Uhr

Danksagung

Ich müsste eigentlich noch viel mehr Menschen danken, als ich es an dieser Stelle tun werde, aber ich habe beschlossen, sie mir für (hoffentlich) kommende Bücher aufzubewahren. Daher danke ich in diesem Buch folgenden Leuten:

Danke meiner Mutter, der dieses Buch gewidmet ist. Du hast mir die Liebe zu Büchern und dem Schreiben vererbt und dir einen kleinen Bücher-Nerd herangezogen. Ich bin sicher, es war in meinem Interesse und nicht, damit du mit jemandem diskutieren kannst ...

Meinem Papa, der mir immer das Gefühl gibt, stolz auf mich zu sein, selbst wenn ich nur im Begriff bin, Socken zusammenzulegen.

Danke an Vio, weil sie geduldig auf dieses Buch gewartet und nur ab und zu gestichelt hat, ob sie bitte mal weiterlesen darf. Du bist die coolste Hufflepuff auf der Welt und ich hab dich unglaublich lieb.

Danke Eva dafür, dass dir dieses Buch gefallen hat und du mir ein so tolles Feedback gegeben hast, bei dem mir ein LKW vom Herzen gefallen ist.

Danke an Rebecca Wild für das tolle Cover. Es ist besser, als ich es mir hätte vorstellen können.

Danke an Taylor Swift und Ed Sheeran für ihren Song *Everything Has Changed*, den ich beim Schreiben auf und ab gehört habe.

Und danke an Petra, mit der ich seit Jahren nicht gesprochen habe, aber die mich mehr oder weniger dazu gebracht hat, in diesem Genre zu schreiben. Ohne dich gäbe es dieses Buch wahrscheinlich nicht.

HEARTSTRINGS

von Nina Hunter

ISBN-Paperback: 978-3-902972-15-6
ISBN-EPUB: 978-3-902972-55-2

Seit Chad denken kann, ist Musik sein ständiger Begleiter – sie erdet ihn, erinnert ihn an die unkomplizierten Momente seines Lebens und treibt ihn an. Während er auf den großen Durchbruch mit seiner Band HEARTSTRINGS hofft, muss er neben der Uni einen Job als Hausmeister annehmen, um sich über Wasser zu halten. Von Jona, für den er fortan arbeitet, ist er sofort fasziniert. Bald spürt er, dass er mehr für den stillen Jungen empfindet als nur freundschaftliche Gefühle. Doch je näher Chad ihm kommt, desto seltsamer verhält sich Jona und zieht sich immer mehr zurück. Als Chads Karriere endlich Auftrieb bekommt, muss er sich entscheiden – für seine Musik oder die Liebe …

DAS TICKENDE HERZ

von Rebecca Wild

ISBN-Paperback: 978-3-902972-37-8
ISBN-EPUB: 978-3-902972-53-8

»Mit einem Gentleman weiß ich leider nicht zu dienen, du musst wohl mit einem Piraten vorliebnehmen.«

Clock, die seit ihrer Notoperation nichts mehr fühlen kann, führt mit ihrem Freund Elliot ein verstecktes Leben an Bord eines Handelsluftschiffs. Mit dem Auftauchen des geheimnisvollen Luftschiffpiratens Hawk und seiner Windmagie kehren jedoch all die verloren geglaubten Emotionen in die Kammern ihres mechanischen Herzens zurück. Als Hawk sie entführt, um an einen magischen Stein zu gelangen, muss sich Clock die Frage stellen, ob alles Eisen ist, was Elliot damals in ihrem Herzen verbaut hat …

ROMANCE EDITION

Weil es kein schöneres Thema gibt als die Liebe

Entdeckt weitere sinnlich-romantische Romane und durchstöbert unser Programm für das Jahr 2015 auf unserer Homepage unter

www.romance-edition.com

Oder besucht uns auf Facebook unter

www.facebook.com/RomanceEdition

wo spannende Diskussionen rund um den Liebesroman sowie tolle Gewinnspiele auf Euch warten!

Das Romance Edition Team freut sich auf Euren Besuch!